LEGIONÁRIOS

A saga de Eslah e Hoilek

DESPERTAR

LEGIONÁRIOS

A saga de Eslah e Hoilek

DESPERTAR

Dezembro/2020

Diagramação e Arte Final (miolo):
Leila Milanez

Capa:
Ricardo Beda

Revisão:
Celio Cairo Borges

Produção Gráfica:
Fast Graph

O produto da venda desta obra destina-se exclusivamente à
Entidade Filantrópica Creche Nosso Lar.
Rua José Lourenço, 32, Anchieta, RJ. CEP 21.645-340.
Tel. (21)3012-6702
www.crechenossolar.org.br
E-mail: fale@crechenossolar.org.br

Dados Internacionais de Catalogação na Publicação (CIP)
(Câmara Brasileira do Livro, SP, Brasil)

Índices para catálogo sistemático:
1. Ficção espírita : Espiritismo 133.9
Maria Alice Ferreira - Bibliotecária - CRB-8/7964

AGRADECIMENTO

O nosso agradecimento e homenagem a todos que me amam e pensam positivamente para que eu possa ser melhor e mais atuante no bem.

Aos meus amigos do Plano Espiritual pelo muito que fazem para o pouco que produzo. Suas assistências e participação efetiva em minha vida.

Ao Grupo Espírita Preito a Jesus, instituição secular e bendita que tanto tem contribuído para que eu possa ser útil, seus dirigentes, médiuns, trabalhadores e frequentadores, a nossa gratidão.

À Creche Nosso Lar, instituição de ensino e trabalho fraterno, cujo lema é "um trabalho de amor", sua direção, colaboradores, associados, famílias assistidas e às crianças, a razão de tudo.

À minha família mais próxima, Marlene, minha mãe, Estela Regina, minha esposa, meus filhos Rodrigo e Livia, Lucas, meu genro e o iluminado Lorenzo, meu neto do coração.

DEDICATÓRIA

Dedico este trabalho a alguém que faz parte da minha vida e me fez existir, sempre dedicado ao sustento da dignidade e força moral. Ao meu pai Nilton Borges, hoje na espiritualidade.

Obrigado, pai, meu amigo de todas as horas, a quem amo e nunca esquecerei.

Esse é o nosso primeiro trabalho sem a sua presença física e amorável, participativa e honrada. De onde estiver continue a mirar nesse seu filho do coração, se não um exemplo de homem, um esforçado menino ainda necessitado do seu abraço e beijo de saudação amorosa, que tanto me faz falta.

Obrigado por tudo, e até breve...

APRESENTAÇÃO

Como seria um mundo ideal para você? Pense nisso... O que seria tolerado, o que seria considerado e o que seria descartado? Que tipos de mudanças você implementaria para criar um ambiente autossustentável e acolhedor? Haveria mercados e propriedade privada? Como seria a Legislação, se houvesse, e como seria a sua aplicação? Haveria prisões?

Neste mundo aperfeiçoado, quem você gostaria de ter ao seu lado? Sua família, um grande amor, talvez? Haveria a necessidade de tê-las ao seu lado ou saberia buscar a alegria em novas oportunidades? Quem sabe, um mundo aperfeiçoado não signifique nada se você não estiver aperfeiçoado também, não é mesmo? Assim, a leitora ou leitor poderia pensar: para uma cidade melhorada, haveria necessidade de pessoas igualmente melhoradas; mas até que ponto? Que características teriam esses habitantes? Errariam como nós? Dentro desta perspectiva, encontramos neste livro personagens, seus cotidianos e cenários que nos farão pensar e repensar nestas respostas, incansavelmente.

Os dramas pessoais desta obra poderiam ser replicados em qualquer lugar, mas aqui nos vemos em uma cidade, em dimensão paralela à Terra (crosta) que conhecemos e habitamos. É nesta cidade incrível, descrita em detalhes que aprofundam nossa experiência como leitores, que encontramos pessoas falíveis como nós. Conhecemos e passamos a acompanhar neste volume, as lutas individuais e os débitos sociais de Eslah e Hoilek, com o contraponto seguro do Instituto (responsável por buscar o melhor para a saúde mental dos habitantes da Cidade) personalizado pelo doutor Zafir, seu diretor e sustentáculo importantíssimo nesta trama de acontecimentos.

A partir daí, buscar nos enxergar nessas personagens, não nos seus momentos de exaltação, mas nas suas falhas, será o maior trunfo deste trabalho. Deveremos nos perguntar, ao final dessa primeira parte da história: teríamos feito o mesmo?

Temos aqui uma ficção que poderia muito bem representar os problemas de cada um de nós no caminho do aperfeiçoamento pessoal. Resta a nós nos questionarmos: onde estamos nesta trilha? Este livro será extremamente útil a nos fornecer exemplos realistas dos nossos comportamentos infantis e imaturos, que convivem com os nossos desejos de libertação e acolhimento, em busca da verdadeira joia do Amor, lapidada dia a dia nesta infinita jornada.

Livia Borges

Sumário

INTRODUÇÃO

Após alguns anos sem fazer uso da escrita com vistas a uma produção literária, aqui estamos mais uma vez tentando grafar alguns conceitos sobre a verdade que compreendemos pelo prisma da simplicidade. Reconheço não possuir recursos intelecto-morais suficientes para trazer algo relevante aos corações, e acredito que os leitores dessa obra terão acesso à mesma por pura fraternidade, considerando ser eu muito mais um acessório daqueles que me inspiram, do que autor.

Os trabalhos que temos publicado na feição de livros e textos para reflexão têm em comum a autoajuda, todos voltados para o aperfeiçoamento moral nas bases do Evangelho de Jesus, nosso Mestre e amigo de sempre!

Este é um trabalho diferente para mim, acostumado a deixar fluir um conceito, uma ideia, explorando na composição dos conteúdos as finalidades a que fazem jus pelo reconhecimento e respeito aos leitores, os quais, como disse, são amigos, e o contato com o que escrevemos é por consideração ao sentimento fraternal que nos une.

Às vezes, o estímulo para escrever em estilo diferente do que até então nos caracterizara os trabalhos, fazia-me pensar em como produzir algo do gênero romance. Assim considerando, a história nunca poderia ser construída a partir de realidades fictícias, trazendo à luz algo incompatível com o bom senso. Prezo pela autenticidade do que participo, ciente de que nada é totalmente pessoal.

Há alguns meses, à noite, antes de dormir, passei a cultivar o hábito de criar histórias em torno de uma personagem, seus trabalhos e modo de viver. No início, era apenas um meio de conciliar o sono, mas aos poucos foi ganhando forma a ideia de apresentá-la aos amigos a sua história, ganhando espaço no meu dia a dia. Tive, portanto, a iniciativa de escrever a respeito, buscando trazer ao público algo que, sinceramente, não sei o quanto é real ou produto da minha imaginação. Apesar disso, acredito ser válido o nosso esforço, tendo em vista a mensagem positiva que os textos traduzem, mesmo considerando o pouco que conheço e trabalho nas lides da espiritualidade.

Não poderia expressar a emoção que aos poucos foi me tomando e estimulando a produção dos conteúdos dos capítulos. Já havia sentido essa sensação, impulsionando-me a prosseguir e realizar coisas boas, embora muito poucas concluídas.

Por ter a certeza de poder contar com os préstimos dos nossos irmãos do mais além, creio que o produto deste singelo trabalho seja proveitoso e capaz de despertar o ânimo dos que venham a conhecer a história, quanto a um viver honesto e corajoso. O que daqui vier deve servir à causa do Cristo, sem o que, de nada terá serventia.

Muitos perguntarão: é um trabalho seu ou de psicografia? Acreditamos que tudo o que seja feito de bom grado, com intenção sincera de promover o bem, tenha a participação daqueles que obram pelo mesmo ideal. Assim sendo, a minha resposta é a de que analisemos o conteúdo do que se nos apresenta, buscando retirar o véu da crítica e enxergar a mensagem por trás do preconceito referente aos nomes desconhecidos em relação aos dos autores consagrados.

As informações descritas correspondem à lógica e à razão, relacionadas com o que tenho de conhecimento, assim como de aspectos novos que nos chegam pelos fios do pensamento em concordância com o contexto da história.

Servir é atitude louvável, mas construir nas bases do amor é, indubitavelmente, o que nos deve guiar os passos no infinito da vida. Esse trabalho visa mostrar exatamente isso, ou seja, o conhecimento de que em nossa marcha evolutiva nada termina ou começa. Tudo prossegue em constante transformação, sem amarras quanto às atitudes pessoais que digam respeito à vontade e suas inquietações.

A história completa será apresentada em três livros, mostrando o relacionamento das duas personagens centrais, Eslah e Hoilek, compondo uma trama que se desenrola por aproximadamente cem anos de suas vidas.

Neste primeiro volume, intitulado "Despertar", vão ser mostrados os problemas inerentes à existência na crosta e a retomada dos relacionamentos na quarta dimensão planetária, onde se encontram situadas as colônias. Além disso, o trabalho incessante e organizado, sob os critérios de justiça e amor, os quais caracterizam os processos de controle e equilíbrio dos indivíduos e das sociedades.

As colônias ou cidades espirituais reúnem os homens despidos do corpo físico, mas vivos e mantenedores de suas individualidades, prosseguindo seus trabalhos e desenvolvimento intelecto-moral em cumprimento ao processo evolutivo. "Cidade" é o nome de uma delas, onde a sua administração central dispõe de várias Organizações integradas para que a vida seja ordeira e progressiva. Neste trabalho vamos destacar duas: o Instituto de Pesquisas Psicobiofísicas e Genealogia e os Legionários. Nelas vamos acompanhar a sequência de ocorrências que vão guiar a trajetória de Eslah e Hoilek rumo à redenção.

Os nomes e referências utilizados foram inspirados como o vento que infla as velas da embarcação dos meus sentimentos, frágeis e singelos, diante do oceano da verdade que nos desafia a compreensão e a coragem na condução do entendimento da vida. Qualquer coincidência, em parte ou no total do trabalho, fica por conta do destino, uma vez que nunca li ou conheci uma história similar.

Espero que a luz continue a resplandecer sobre minha mente, pequena em conteúdo e verdade, mas ligada no bem, para que possa traduzir e materializar nos dois volumes seguintes o que me vem ao pensamento, trabalhando para a conquista de uma sociedade mais equilibrada e laborativa na luz.

O Autor.

*A felicidade é
atributo
da liberdade.*

A CIDADE

A organização da vida nas cidadelas, também conhecidas como colônias espirituais, é fruto de muito trabalho e disciplina, o que não se consegue somente com improvisação e boa vontade. Para tal, os trabalhadores ligados à segurança exercem importante papel na constatação dos maus comportamentos ou deslizes de postura, assim como o encargo das devidas advertências. A vigilância do perímetro e tarefas correlatas exteriores aos domínios desses núcleos habitacionais também fazem parte de seus deveres. A responsabilidade é atributo da liberdade.

Outra questão importante é o equilíbrio social baseado na participação de todos pelo bem de todos. A economia não tem referência com recursos financeiros ou comércio de produtos e serviços, assim como partidarismos políticos para definir a administração da urbe. Seus habitantes estudam e trabalham, produzindo os insumos necessários ao sustento da coletividade, além do desenvolvimento de tecnologia.

A administração central da Cidade possui ministérios responsáveis pela gestão nas áreas de saúde, educação, infraestrutura, transporte, segurança e integração. Esses órgãos contam com subdivisões respondendo pelo controle e operação de setores diretamente relacionados com o que lhes compete realizar para o equilíbrio da urbe.

O fechamento do exercício anual das atividades prevê a prestação de contas através de reuniões durante uma semana. Todas as observações e providências necessárias são registradas e divulgadas em relatórios acessíveis a todos os cidadãos. Não há informação privilegiada ou considerada sigilosa por qualquer órgão da administração central, assim como pelos seus ministérios. As exceções ficam por conta de planejamentos estratégicos relacionados com atividades de cunho superior, para as quais a não divulgação contribui para que os resultados correspondam às necessidades.

Outro aspecto importante da administração é a não existência de grupos representativos de classe, ou seja, sindicatos, associações de moradores, grêmios, etc. A política resume-se à organização das funções com os cargos necessários ao desenvolvimento das atividades inerentes aos processos administrativos e operacionais.

Não existe a prática de sufrágio, isto é, não há eleições, nem candidatos vinculados a chapas ou partidos. A composição dos cargos da administração central, dos seus ministérios e das demais Organizações que integram a Cidade é realizada por escolha dos próprios responsáveis pela sua direção. Para tal, é considerado, exclusivamente, a competência técnica e atributos morais, quesitos fundamentais para que o indivíduo ocupe um lugar como gestor na Cidade. Raramente ocorre uma indicação proveniente de esferas superiores. Quando isso se dá, geralmente é por solicitação da própria colônia, tendo em vista necessidades de administração específicas, como por exemplo, expansão de área, coordenação administrativa temporária para determinados objetivos de interesse mútuo entre colônias, e outros.

Os vínculos com a Cidade são de natureza temporária. Todos sabem que a vida continua e a evolução é o seu fator permanente, impulsionando o trabalho no ritmo da alegria em produzir o melhor, sem exceção.

É claro que não se pode esperar que a vida na Cidade seja uma perfeição, sem qualquer ocorrência de acidentes, desentendimentos, problemas de última hora, falhas organizacionais e técnicas, resultando em consequências mais ou menos sérias. Tudo isso acontece, como em qualquer outra comunidade. Entretanto, há de se ressaltar que a improbidade é nula. Não existe no exercício das diversas atividades das Organizações e setores da Cidade, a ocorrência de desfaçatez, traição, intriga, vingança, privilégio, lucro, vantagens ou qualquer atitude por interesse pessoal, em detrimento da coletividade.

Qualquer um poderia dizer: gostaria muito de viver em um lugar assim. Todavia, a responsabilidade de manutenção desse padrão comportamental é de todos. O processo punitivo é resultante de falha educacional.

Na Cidade, as crianças (dependendo da situação em que se apresentem, no que diz respeito a questões existenciais na crosta e de condições psíquicas que careçam de acompanhamento e desenvolvimento corporal e mental) recebem tratamento educacional específico por estudo de aptidão e necessidades morais, visando seu aperfeiçoamento para a integração no contexto social da colônia. Os jovens, em continuidade a esse processo, frequentam escolas politécnicas (concernentes ao nível das universidades da crosta) e cursos suplementares, somente trabalhando como estagiários, com carga horária compatível aos estudos e traslados.

Os concursos públicos têm caráter organizacional, visando estabelecer normas disciplinares para acesso aos cargos em disponibilidade, sem que isso acarrete prejuízo aos não aprovados naquele momento. Mesmo com a preparação dos indivíduos para exercerem atividade consoante suas aptidões, há de se considerar o livre arbítrio, fazendo com que haja reprovados nos exames admissionais. Ainda assim, todos são aproveitados para que possam trabalhar em atividades correlatas, ou mesmo diferentes das almejadas, sem afetação ou tristeza. A educação prima pela conscientização de que o progresso da sociedade não se faz sem a participação efetiva de todos, independente do que se queira fazer, porém do que deve ser feito.

Não existe região metropolitana ligada à Cidade, ou seja, a colônia funciona como um retiro de enormes proporções, sem periferia. As fronteiras são estabelecidas por muralhas e torres de vigilância, além do portão principal de acesso, absolutamente intransponíveis aos menos avisados.

A população da Cidade é formada por residentes responsáveis pelos serviços de manutenção e operação, os que trabalham em missões externas e os que estejam em trânsito, procedentes de outras colônias ou dimensões. A densidade populacional atual gira em torno de um milhão e duzentos mil habitantes, em área correspondente ao desenvolvimento laborativo e residencial, incluindo as edificações, praças, vias de acesso, áreas de cultivo, setores de processamento de insumos energéticos (comparados às fábricas na crosta), hospitais, institutos de ensino, de pesquisa e desenvolvimento e demais Organizações que laboram para a manutenção da cidadania.

A Cidade possui duas grandes vias, como uma cruz inscrita em um grande círculo, que se expande à medida que se ampliam as demandas da administração central. Não existem estradas vicinais. As ruas são projetadas de acordo com os acessos aos órgãos de trabalho, às áreas residenciais e de lazer. Não existe o conceito de propriedade. Todas as instalações são comunitárias, desde as residenciais até as destinadas às Organizações, isto é, o uso está relacionado com a necessidade. O patrimônio é público.

O plano piloto da Cidade sofreu modificações desde a sua concepção, nos últimos séculos anteriores ao evento do Cristo na crosta, idealizada por colaboradores etruscos, na projeção espacial da península itálica.

A admissão e o desligamento (definitivo ou temporário) de indivíduos na Cidade são atualizados diariamente pelo ministério da integração, uma vez que o fluxo de entrada e saída são ininterruptos, ocorrendo vinte e quatro horas por dia, sete dias por semana. Nesse sentido importa considerar duas observações: a primeira, relacionada com os que se ausentam por motivo de trabalhos externos, característico dos Legionários e outros que exigem a saída de membros e comissões para variadas finalidades e itinerários, assim como os que se destinam à crosta para vivenciar novas existências, compulsoriamente ou a título missionário; a segunda, quanto aos que retornam das referidas excursões, além de visitantes de outras colônias, como de indivíduos em experiência existencial na crosta, em desdobramento (desligamento parcial durante o sono do corpo físico). Ou seja, o fluxo é intenso e ininterrupto.

O acesso aos limites da Cidade fica sob responsabilidade restrita dos Legionários, os quais somente o permitem quando da autorização prévia da administração central e dos órgãos a ela subordinados. Pode-se dizer que não há qualquer possibilidade de enganar os responsáveis pela guarda do perímetro urbano. Não que se não tente fazê-lo, principalmente por parte daqueles que conseguem alcançar suas muralhas e o portão principal. Por mais que se possa considerar a necessidade de ações fraternas, os padrões vibratórios característicos dessas comunidades, em formato de colônia, funcionam como uma blindagem natural, impedindo que sejam burladas as regras para inserção de quem quer que não comungue das condições mínimas de sustentação desses padrões.

Não é rara a ocorrência de tentativa de confundir a segurança através de ações teatrais de indivíduos ou pequenos grupos, dispostos a penetrar e estabelecer-se na Cidade. Para muitos, precipitadamente, pode-se considerar falta de amor, ou mesmo uma atitude negativa quanto aos princípios morais de auxílio ao próximo. Entretanto, deve-se levar em conta que a preservação do equilíbrio da comunidade é estabelecida pela manutenção de vínculos comportamentais que não podem ser quebrados em qualquer hipótese. Isso acarretaria cisões e dissidências, levando à desorganização administrativa da colônia. Não há como conciliar retidão com faz de conta. Esse é um quesito essencial de um governo que trabalha para o equilíbrio social, que na Cidade é inegociável.

Caso houvesse a possibilidade de acesso irrestrito, irremediavelmente seria necessária a construção de dependências para a reclusão de indivíduos que assumissem, naturalmente, atitudes menos dignas, trazendo prejuízos ao controle e organização social. A princípio, poder-se-ia considerar providências de caráter educativo correcional, mas a índole e o padrão vibratório do indivíduo decretam a sua capacidade cognitiva determinando o seu comportamento social. Queremos dizer com isso que a administração central da Cidade admite indivíduos que se encontrem psiquicamente dentro de uma faixa evolutiva intelecto-moral aceitável, sem exclusivismos ou preferências. Deve-se esclarecer que desequilíbrio emocional não implica em problema de incompatibilidade vibratória, a qual está relacionada com o caráter, doença moral, enquanto aquele estado é uma situação reversível pelo tratamento médico adequado.

Na Cidade o trânsito dos seus habitantes ocorre durante as vinte e quatro horas do dia. Não há qualquer problema quanto à frequência de áreas públicas, como praças e vias, as quais à noite são amplamente iluminadas artificialmente, sem a utilização de cabos elétricos. As células de iluminação obedecem a princípios óticos de espelhamento energético da luz solar, cujo processo operacional utiliza transdutores, sem o uso de elementos químicos acumuladores e substâncias tóxicas. Somente os serviços públicos respeitam o horário diurno, com exceção dos já citados, relacionados com tarefas permanentes.

Os trajes não obedecem a padrões preestabelecidos (com exceção dos uniformes utilizados nas Organizações, respeitando o seu regulamento interno). Os modelos e cores são pessoais, sem qualquer critério quanto à forma e estilo. Os tecidos empregados são confeccionados nas oficinas de tecelagem, utilizando fios vegetais ou sintetizados por meios ainda não desenvolvidos na crosta (não são poliméricos). Não existe proibição quanto ao tipo de traje, tendo em vista a decência, uma vez que todos os habitantes da Cidade visam o bem-estar geral, sem exibicionismo tendencioso.

Não existe qualquer forma de jogo de azar e apostas. Somente diversões ao ar livre e em salões, onde a alegria é o objetivo e não o ganho de valores e notoriedade. Assim sendo, os esportes assumem outro significado, isto é, não existem agremiações esportivas, torcidas, formação de equipes para disputas organizadas, competições, troféus ou medalhas de títulos. As reuniões festivas são de caráter comemorativo, com acesso livre a todos que queiram participar.

Os eventos de arte são os mais frequentados, tanto os apresentados em praças, com espaços reservados para tal, em acomodações tipo concha acústica, assim como em salas no formato de teatro, comportando um número menor de pessoas. Os mais requisitados são os de teatro e música. Existem grupos teatrais com formação independente e uma escola de música estruturando uma orquestra mirim e outra para adultos, com aproveitamento sequencial por faixa etária. As apresentações teatrais e musicais não induzem ao desequilíbrio emocional, ou seja, embora haja liberdade de expressão para os atores e músicos, os mesmos optam, espontaneamente, por trabalhos mais voltados para roteiros sérios e clássicos, com mensagens construtivas, apesar da ocorrência de apresentações de peças e canções consideradas populares.

Em função das proporções da Cidade torna-se necessário o traslado por veículos. O ministério do transporte conta com uma frota de veículos com características distintas para atender ao número de passageiros requerido. Existem os veículos de transporte comunitário para algumas dezenas de passageiros, sempre sentados, com itinerários predeterminados, assim como aqueles para o atendimento à exclusividade de deslocamento de comissões ou grupo de trabalhadores em tarefas específicas, dentro e fora da Cidade. Neste caso, são requeridos agendamentos, incluindo atendimentos em caráter de urgência, para os quais são expedidas autorizações para o deslocamento de unidades. O controle de tráfego é realizado pelo centro operacional de transporte, através de um sistema de localização por identificação codificada de cada veículo. Eles transitam a uma altura aproximada de vinte metros do solo, sem emissão de ruído ou resíduos de qualquer espécie, uma vez que a propulsão obedece a princípios magnéticos com referências cruzadas por trajetória em malha, sem operadores. Os veículos para transporte comunitário dependem de plataformas localizadas em pontos estratégicos, com elevadores de altura compatível para embarque e desembarque. As edificações dispõem de uma área em laje técnica destinada para o acesso dos veículos para transporte exclusivo de equipes e comissões.

Todos os serviços de manutenção dos diversos sistemas de infraestrutura da Cidade ocorrem sem prejuízo operacional, obedecendo a critérios e metodologias preditivas, onde a qualidade é quesito fundamental para a garantia da maior disponibilidade dos equipamentos. Os técnicos responsáveis pelos serviços são capacitados e recebem reciclagem periódica para atualização sistêmica, com aplicação prática de tudo o que aprendem e desenvolvem.

De um modo geral, toda a tecnologia empregada nos sistemas utilizados na Cidade provém do conhecimento dos elementos da Natureza, incluindo os fármacos, equipamentos de comunicação interdimensional, dispositivos de densificação plasmática, câmaras para miniaturização corpórea (processos existenciais na crosta), instrumentos de suspensão parcial da atividade neural, indutores de letargia, sistemas de projeção de realidade virtual tridimensional com áudio, enfim, uma série de facilidades que possibilitam um viver pacífico e ordeiro. Entretanto, para que essa urbe possa existir e manter-se com esse padrão harmônico é imprescindível que todos os seus colaboradores tenham a consciência de que não existem vantagens e lucros para alguns, pois resultariam, inevitavelmente, em prejuízos para outros tantos.

À época de sua fundação, a área correspondia a pelo menos um quinto da atual. Os processos de ampliação e modernização foram sendo realizados em conformidade com os estudos naturais e desenvolvimento de tecnologia, sem paridade com a evolução das sociedades na crosta.

A porta da evolução conta com duas fechaduras. Uma é a Ciência, permitindo descobertas e invenções geradoras de conforto e bem-estar, abrindo margem para novas conquistas. A outra é a moral, cujos atributos garantem a manutenção da faixa de segurança para que as conquistas da

Ciência não iludam os desprevenidos quanto à irresponsabilidade de agir contrariamente à vida.

O cuidado com a saúde dos habitantes é contínuo, tanto em nível orgânico como mental, através de quatro Organizações subordinadas ao ministério da saúde: dois hospitais, um na ala sul e outro na norte, ambos voltados para questões orgânicas, incluindo todas as especialidades; o nosocômio central, cuidando da assistência mental e serviço social, com ênfase em pesquisas e comunicação interdimensionais dos pacientes em processos existenciais na crosta e em dimensões paralelas; e o Instituto, voltado para o desenvolvimento de tecnologia e procedimentos em psiquiatria e pesquisa em genealogia. Todas as quatro Organizações mantêm intenso intercâmbio, sob o controle direto da administração central.

Enfim, a Cidade é um núcleo habitacional no qual se produz qualidade de vida através de trabalho consciente para a preservação do equilíbrio social interligado a tantos outros em sua faixa vibratória, compondo uma imensa malha de pontos de luz, constituindo uma porção do que se chama quarta dimensão planetária. Um plano intermediário entre esferas superiores onde os indivíduos assumem mais perenidade de personalidade, e a crosta, com suas heterogeneidades necessárias aos embates construtivos intelecto-morais e ajustes psíquicos indispensáveis para avançar no processo evolutivo da vida.

O INSTITUTO

Na sala de espera do gabinete do diretor geral encontramos a sua secretária executiva, Ayvla, dedicada e eficiente servidora.

Adentrando a sala, Aslet, trabalhadora de intercâmbio educacional entre as Organizações da Cidade, e desta para outras colônias. Comparece para uma reunião com o diretor geral, tendo em vista a definição de detalhamentos de programas e informativos sobre projetos em andamento no Instituto.

- Bom dia, como tem passado Aslet?

- Tudo bem, e você Ayvla?

Ayvla, sorridente responde:

- Tudo bem, minha querida. Seja bem vinda. Vou anunciá-la; um instante, por favor.

Através de um interfone Ayvla informa ao doutor Zafir a chegada da visitante.

- Doutor, Aslet chegou.

- Por favor, faça-a entrar.

Ayvla acompanha Aslet até a entrada do gabinete, deixando-a em seu interior.

- Doutor Zafir é um prazer estar com o senhor mais uma vez, e espero não tomar muito do seu tempo, incomodando-o, certamente!

- Oh, minha cara, o que é isso! É um imenso prazer recebê-la. Todos nós temos afazeres, e quando são sinceros e úteis, precisamos colaborar uns com os outros para que tudo se ajuste e prossiga na obra do bem. Sente-se aqui, por favor.

A pesquisadora, embora já conhecida do diretor, na condição de ex-paciente do Instituto há dezesseis anos, sentia-se um tanto constrangida por considerar importuna a sua presença, em função das grandes responsabilidades daquele que dirigia uma Organização com tamanha importância para a vida na Cidade e além dela.

- Obrigada pela gentileza em receber-me mais uma vez, doutor.

- Aceita uma água ou um chá?

- Não senhor, obrigada. Penso em aproveitar todo o tempo possível para o que me traz aqui.

- Estou à sua disposição.

- Como é do seu conhecimento, estamos promovendo um intercâmbio entre a Cidade e os núcleos mais próximos em nossa esfera de ação, buscando o desenvolvimento de instituições afins, e até, quem sabe, a construção de novas, as quais possam espelhar-se no sublime trabalho aqui realizado.

- Sim minha amiga, sabemos da importância dos seus serviços e precisamos colaborar no que pudermos.

- Gostaria que o senhor pudesse, de forma sucinta, descrever as atividades do Instituto, sua organização administrativa e operacional. Essas serão as linhas gerais que vão ajudar-me a preparar os moldes do trabalho, construindo um modelo capaz de ser estudado e que permita o desenvolvimento de esboços construtivos de futuros projetos voltados à nobre arte do equilíbrio da mente.

- Então, vamos lá. O tempo urge!

O doutor Zafir passou a descrever o Instituto com a máxima precisão que o tempo lhe permitia. Ele é o tipo de pessoa com capacidade de síntese, aplicando-a para o máximo de aproveitamento do tempo, que entende e propaga como importante ferramenta de trabalho e realização, considerando os resultados que não se podem fazer esperar.

O Instituto de Pesquisas Psicobiofísicas e Genealogia tem na pessoa do doutor Zafir o seu diretor geral. Médico das ciências da mente, sociólogo e pesquisador dedicado e incansável, não só em sua esfera de ação como também em dimensão superior, participando de eventos em função do seu conhecimento e atributos morais ilibados. Suas ações são mais que meritórias, pois resumem bondade extrema e absoluta transparência quanto ao trabalho junto aos enfermos e desequilibrados mentais, a quem chama "irmãos em atendimento".

Seus trabalhos são referência para tantos que se dedicam a essa nobre e complexa atividade, a de conhecer e experienciar os modelos comportamentais humanos, tendo em vista o infinito de possibilidades criativas da mente.

- Nossos trabalhos são conduzidos por equipes de pesquisadores, médicos, enfermeiros, técnicos e auxiliares, todos capacitados para o alcance do melhor resultado que lhes compete nos diversos setores de pesquisa e reabilitação psíquica dos internos e daqueles que já tenham alcançado mais equilíbrio de suas faculdades mentais, mas que ainda necessitam de acompanhamento periódico.

- Quantas diretorias o senhor conta para o controle das atividades do Instituto?

- A direção geral dispõe de cinco diretorias: administrativa, médica, pesquisa e desenvolvimento, operacional e manutenção. Todas atuam em sintonia com o objetivo principal do Instituto, que é aquele estampado em sua fachada principal: "servir sempre".

- Quantos colaboradores realizam trabalhos diretos no Instituto?

- Incluindo todos os serviços prestados, gira em torno de mil e trezentos, atuando em dois turnos. O diferencial do trabalho desenvolvido é a interação entre as diretorias e seus setores, em função da sinergia existente entre elas, de forma que um determinado serviço recebe a atenção e participação integral da administração, sem conflito ou demonstrações de afetação por parte dos colaboradores de qualquer uma delas. Ninguém é mais importante. Aqui, trabalhamos para que o entrosamento seja sempre aprimorado! Afinal, a divisão de serviços tem o mesmo objetivo: servir sempre!

- Além dos trabalhadores fixos, o Instituto conta com estagiários e pesquisadores periódicos?

- Evidente! Mantemos relacionamento muito eficiente nesse sentido. Outras Organizações da Cidade, assim como de outros núcleos promovem trabalhos de intercâmbio no desenvolvimento de técnicas e aperfeiçoamento de procedimentos em todas as áreas do Instituto. Temos a felicidade de poder dizer que alguns dispositivos e técnicas aqui desenvolvidos são como que "exportadas" para esses núcleos e para a crosta, em regime de compartilhamento.

- Nesse sentido, o Instituto recebe comissões de pesquisadores e técnicos dessa dimensão contígua, ou seja, a crosta?

- Devemos ressaltar que tal prática é bastante comum, sendo em sua quase totalidade realizada nas primeiras cinco horas do dia, período no qual se dá o sono do corpo físico daqueles nossos irmãos, permitindo a organização dos traslados, previamente programados por equipes daqui, junto aos verdadeiramente interessados pelo progresso e bem-estar social. Ao despertarem, esses médicos, pesquisadores, técnicos, enfim, os que participam desses trabalhos, não raro sentem-se mais dispostos à realização dos seus serviços, manifestando o aprendizado obtido em nosso Instituto através de ideias e inclinações laborativas, vindo a alcançar novas diretrizes e êxito em "seus" projetos e descobertas.

- Doutor, quanta coisa acontece sem que lembremos, ou sequer cogitemos como realidade durante um simples sono!

- É verdade, minha filha.

- Bem, quais os serviços que o senhor poderia destacar como de maior importância no Instituto?

- Todos os serviços são importantes. Não fazemos distinção de nenhum deles. Desde a administração geral à operação sistêmica; da medicina clínica e investigativa à manutenção dos equipamentos e instrumental; da pesquisa e desenvolvimento de tecnologia para a obtenção dos insumos ao alcance de melhores resultados nos trabalhos realizados. Todas as áreas e serviços pertinentes a elas são reconhecidos e valorizados, assim como os seus responsáveis. A cadeia embora seja piramidal, não é plana, mas um sólido cuja base é apenas conceitual, pois que cada lado assim o representa.

- Entendo. Na prática existem situações a serem reparadas, ou tudo flui positivamente?

- O que lhe digo é o que fazemos, sem teorias não plausíveis. Entretanto, somos uma Organização humana e em constante aperfeiçoamento, o que significa que estamos sempre em busca do melhor, mas atentos para as medidas que se fizerem necessárias diante das ocorrências que não marcam data e hora para se manifestar. Não somos uma caricatura da perfeição, minha amiga, apenas um rascunho em aperfeiçoamento, contudo responsável e idealizador de uma sociedade mais equânime e feliz.

- Perfeito! O senhor poderia descrever as atividades permanentes do Instituto, dentre tantas que certamente ele realiza?

- O Instituto mantém em seu rol de atividades permanentes, pesquisa teórica e de campo, incluindo trabalhos valiosíssimos desde a anamnese completa e criteriosa, aos diagnósticos e terapias, com prescrições medicamentosas e catalogação sistêmica dos casos individualmente acompanhados com rigor quanto ao desenvolvimento e evolução dos sintomas, além da reintegração social e avaliação comportamental dos irmãos em atendimento. Importa ressaltar a relação permanente com os dois hospitais e o nosocômio central, para que possamos oferecer o melhor atendimento aos nossos irmãos que nos chegam na condição de paciente. E a depender da situação, o intercâmbio com unidades de saúde de outras colônias.

- Ótimo! E os recursos para desenvolver essas atividades, como são disponibilizados?

- Todos os recursos materiais, sistemas, equipamentos, instrumentos e vestuário são obtidos externamente, de outras Organizações da Cidade. Já os fármacos e suas aplicações terapêuticas, assim como parte do que consagramos à alimentação tem produção interna. Os insumos são quase todos desenvolvidos no próprio Instituto.

- Reconheço que todos os setores são importantes e trabalham em sintonia, como o senhor explicou, mas existe algum que merece maior ênfase quanto à produção?

- Um dos setores mais importantes encontra-se no pavilhão da diretoria de pesquisa e desenvolvimento. O laboratório é o setor onde os princípios ativos que constituem os medicamentos são elaborados. Nele são produzidos os insumos utilizados nos tratamentos aqui realizados. Um dos lemas desse setor é a qualidade, ou seja, a melhoria contínua dos processos e procedimentos, visando a obtenção de resultados satisfatórios para a recuperação de todos os irmãos em atendimento.

- Como são obtidos os princípios ativos que constituem os medicamentos?

- Possuímos variadas estufas com exemplares catalogados por gênero e aplicação, tratados com técnica, não raro exclusiva para cada tipo de planta. As substâncias são provenientes da flora cuidadosamente tratada, variando em espécie e cultivo, assim como a colheita de suas partes constituintes a serem aplicadas na extração dos fármacos.

- São também cultivadas plantas fora das estufas?

- As áreas externas, designadas como campo, possuem árvores e arbustos em alamedas, dispostos em conformidade com suas exigências quanto à vitalidade e acesso para as extrações necessárias e periódicas, mas nunca eventuais. Nenhuma árvore ou arbusto é cortado. Todo material orgânico é reaproveitado para a composição de adubos e substâncias fertilizantes pela associação de recursos fluídicos elaborados pelos técnicos, exímios na manipulação e dinamização dos elementos, produzindo as essências indispensáveis para a sustentação dos itens cultivados. Não são utilizadas substâncias tóxicas como defensivos agrícolas.

- Muito bom! Existem pomares nas áreas externas?

- Sim, são cultivadas árvores frutíferas sob rigoroso controle de produção por sazonalidade. Não há desperdício! As colheitas obedecem a critérios seletivos por espécie, realizadas tanto manual, como pela utilização de instrumentos adequados ao porte e acesso aos frutos. Os traslados e armazenagem são supervisionados permanentemente, evitando-se perdas desnecessárias, principalmente relacionadas com a temperatura e acondicionamento. Todo fruto é aproveitado. Polpa e casca para a produção de sucos e medicamentos; as sementes recebem tratamento especial para replantio, assim como para pesquisas de melhoria genética em setor específico do laboratório. A hibridização, enxertia e demais atividades de pesquisa ocupam lugar de destaque para a melhoria dos métodos e regime de produção, sem descaracterizar a flora, adulterando as espécies.

- Doutor, para fazer tudo isso, haja espaço! Como se divide o Instituto e qual a sua extensão?

- Nossos pavilhões ocupam uma área aproximada de cem hectares, divididos modular e sequencialmente, obedecendo a um fluxo operacional eficiente, permitindo o melhor desempenho dos trabalhadores quanto ao deslocamento e condução de suas atividades laborativas, principalmente quanto à lide com os irmãos em atendimento. À frente, onde nos encontramos, fica o pavilhão da administração, a seguir, o pavilhão médico, com seus alojamentos, consultórios, enfermarias, centro cirúrgico e tratamento intensivo. O pavilhão de pesquisa e desenvolvimento, onde se encontra o laboratório, atende a todos os setores, incluindo a engenharia clínica e a farmácia. Após, temos o pavilhão operacional, onde se localizam a cozinha, despensa e restaurante, e por fim o pavilhão da manutenção. A área final, que ocupa um terço de todo o complexo, é destinada às estufas e ao campo.

- A cozinha, a despensa e o refeitório devem atuar em perfeita sintonia para que não haja atrasos e conflitos. Como conciliar esses serviços, satisfazendo às exigências de qualidade do Instituto?

- Bem, a cozinha, a despensa e o refeitório formam um pavilhão único, obedecendo a rigorosos procedimentos de higiene, ergonomia e controle de acesso. As dietas são cumpridas e controladas por cardápio pessoal, de forma que as refeições (desjejum, almoço e jantar, com intervalos de aproximadamente quatro horas) sejam preparadas e dispostas em bandejas cobertas com indicação do nome e setor de internação. As bandejas são colocadas nas mesas, com quatro assentos, cada. As mesas e as bandejas possuem um sistema de aquecimento, mantendo a temperatura dos alimentos, sem que percam a consistência e paladar. As mesmas são recolhidas ao término das refeições e dispostas em compartimentos com distinção para material orgânico e utensílios. O refeitório tem capacidade para atender duzentos internos, serviço este realizado em turnos, considerando a capacidade de internação de quatrocentos pacientes (a maior parte recebe suas refeições nos leitos, devido à impossibilidade de deslocamento até o refeitório). Os trabalhadores dos diversos pavilhões utilizam o refeitório em horários alternativos, quando não fazem uso da alimentação nos próprios setores de trabalho, tendo em vista a impossibilidade de compatibilizar horário em função dos seus projetos e serviços. Como você sabe, a nossa constituição orgânica dispensa maiores insumos energéticos por absorção intestinal.

- Sim, compreendo. Neste sentido, para a produção dos insumos a serem utilizados como alimentação e medicamentos há algum produto de origem animal?

- Não, absolutamente. Não há utilização de substâncias provenientes de animais, aliás, inexistentes no Instituto. Todos os insumos são de procedência vegetal, mineral e fluídica, amalgamadas para as finalidades de equilíbrio e sustentação energética dos pacientes e colaboradores. Entretanto, existem situações em que são sintetizadas substâncias através de fluidos daqui e de outras atmosferas para a composição do que podemos chamar de "substância animalizada". Tal produto somente é utilizado em casos nos quais os internos encontram-se muito afetados pela dependência vibrátil densa da carne e suas variantes fluídicas, sendo ministradas por um intervalo de tempo durante a fase de abstinência, auxiliando no tratamento de desintoxicação.

- Perfeito, doutor Zafir. Sei que estou me alongando, mas o senhor poderia responder mais algumas perguntas, por favor?!

- É claro, faça-as.

- No pavilhão da manutenção, como é realizado o trabalho, tendo em vista a diversa procedência de equipamentos e serviços tão distintos?

- A diretoria de manutenção, embora possua um pavilhão para a realização dos seus serviços, atende aos setores como seus anexos. As atividades são realizadas de forma organizada e metódica, respeitando os procedimentos de recebimento, reparo, comunicação, requisição e controle de remessa e estoque, primando pela qualidade em todas as fases dos serviços. Há um setor de estudo de sistemas, máquinas e instrumentos, intimamente ligado ao laboratório, para a melhoria da eficiência na prestação de serviço, tanto do próprio pavilhão de manutenção, como dos demais setores que compõem o Instituto.

- E a segurança? Embora estejamos na Cidade, esse aspecto é sempre importante!

- A Segurança é um setor subordinado à administração. Conta com trabalhadores treinados e atuantes no controle de acesso em todo o perímetro, independente da portaria principal. Não são utilizados armamentos ou qualquer outro dispositivo que imponha a ideia de violência. O único recurso disponível é o rádio de comunicação e um bastonete retrátil, o qual emite um sinal de alta frequência, servindo para alerta e posicionamento de ocorrências que exijam procedimentos de orientação, socorro e até os mais enérgicos, mas sem violência. O monitoramento dos diversos setores do Instituto é permanente, realizado em uma central de controle com registro de dados sem perda por regravação em justaposição de memória física.

- Considerando a área, como são feitos os deslocamentos de pacientes e colaboradores?

- Os deslocamentos internos, dependendo da distância a ser percorrida, contam com um serviço de transporte por veículos com tração eletromagnética (dispositivo com excitação por força eletromotriz induzida, alimentado por energia solar. Os veículos não possuem elementos cumulativos químicos. São utilizadas micro células de transdução energética com tecnologia ainda inexistente na crosta). Devido ao encerramento das atividades de atendimento externo no período noturno, somente alguns ficam disponíveis para utilização, em pontos predeterminados. A sua condução dispensa operadores. Basta a indicação do destino no painel de controle e suas portas se fecham automaticamente, movendo-se por sensoriamento em rotas preestabelecidas por programação do sistema de controle do veículo em redundância com o centro de controle. A central de monitoramento acompanha a eficiência do transporte, tomando providências quando de qualquer ocorrência de pane ou falha operacional, o que praticamente não ocorre, tendo em vista que os serviços de manutenção estão sempre em dia.

- Percebi que os trabalhadores possuem uniformes com cores distintas.

- Sim, todos os trabalhadores são uniformizados, com distinção de cores e tonalidades discretas em função da diretoria a que pertençam. Os treinamentos e capacitações são realizados periodicamente em regime de reciclagem e cursos de aperfeiçoamento, com avaliação rigorosa por parte da supervisão de recursos humanos.

- E as internações, como são autorizadas?

- As internações respeitam procedimentos de análise detalhada de cada caso, suas indicações e necessidades, assim como a previsão de estadia e tratamento. O Instituto recebe pacientes da Cidade, assim como de outras regiões que nos chegam por solicitação, nunca em situação de emergência. Estas são realizadas ordinariamente pelos dois hospitais e, em situações especiais, pelos Legionários. As indicações sofrem avaliação criteriosa da diretoria médica e a internação pode até não ocorrer, bastando a administração de alguns procedimentos e medicamentos que podem ser ministrados fora do Instituto. Nestes casos, os quais chegam aos milhares, o Instituto colabora naquilo que pode para melhorar o estado geral dos pacientes, dando prosseguimento aos encaminhamentos necessários para que sejam atendidos e tratados em outras Organizações da Cidade e além dela.

- Qual a taxa de recuperação de pacientes, uma vez internados?

- Em nosso caso, não se trata de um número, um percentual, mas o trabalho realizado, ou seja, muitos casos chegam até nós necessitando de finalização do tratamento; alguns são iniciados e encaminhados para outras instituições para que seja dada a continuidade no processo de restauração psíquica, como disse. Se formos considerar somente o trabalho que aqui realizamos, podemos afirmar que não temos registro de nenhum caso que não tenha sido devidamente atendido, com a melhora do paciente, ainda que tenha tido necessidade de novos encaminhamentos.

- Desculpe-me insistir nessa questão, mas o senhor acha que seria possível existir algum caso que não pudesse ser resolvido naquilo a que o Instituto se presta?

Enquanto Aslet formulava a pergunta, o doutor Zafir a observava de forma a registrar algo na expressão da jovem, que ele não sabia definir a causa, mas sentiu certa ansiedade em seu semblante, não revelando tal percepção ao responder.

- Como disse anteriormente, não somos uma caricatura da perfeição, somente um rascunho em aperfeiçoamento. Trabalhamos com toda a seriedade e compromisso com o equilíbrio mental dos nossos irmãos em atendimento. No entanto, existem casos que desafiam a lógica e com certeza a razão. Afinal, estamos lidando com vidas com total independência quanto às suas manifestações pela vontade, nem sempre alicerçada na compreensão à luz da verdade. Entretanto, apesar das dificuldades e solavancos dos processos de conduta nas terapias, os resultados obtidos sempre apontam para a melhoria dos que aqui aportam.

- O senhor quer dizer que o Instituto sempre consegue reverter mesmo os casos, por exemplo, de paralisia mental, sem qualquer meio aparente para que o paciente retorne à consciência de si mesmo?

- Minha filha, a magia corresponde à manipulação de fluidos, contando com os ingredientes da vontade de quem opera e de quem crê. Aqui não agimos dessa forma. Não propomos aceitações ou submissões. Os processos utilizados são todos à luz da ciência da vida, sem a qual redundaríamos em achismos e crendices, esperanças vãs fundadas em princípios fúteis que não nos levam a lugar nenhum. Todos os casos até hoje trazidos para dentro dos nossos limites de ação obtiveram sucesso quanto ao atendimento realizado.

- Maravilha, doutor! Uma última pergunta, por favor!

- Não se faça de rogada, vamos a ela!

- Os dirigentes são substituídos frequentemente? Quais os critérios utilizados?

- A substituição dos nossos dirigentes obedece à indicação da direção geral, ou seja, atualmente a minha. Em algumas situações especiais submeto minhas decisões ao diretor da administração central da Cidade. Em toda a minha participação à frente da direção geral do Instituto nunca exoneramos nenhum dirigente, somente por solicitação deles, considerando questões de ordem pessoal e real necessidade de ausência por tempo indeterminado.

- Sei que disse que era a última pergunta, mas o senhor fez-me curiosa quanto à sua resposta. Há quanto tempo o senhor está dirigindo o Instituto?

- Recebi esta dádiva do meu antecessor, o qual desenvolveu seu trabalho com toda a dedicação por muito mais tempo do que o que tenho realizado. Trabalho nesta obra assistencial há cento e dezessete anos, auxiliando na promoção do atendimento aos falidos e esquecidos de si mesmos. Tenho a oportunidade de colaborar com uma Organização legitimamente fraterna, estendendo seus serviços a todos, indistintamente.

- Doutor Zafir, não tenho palavras para agradecer sua paciência e simpatia em atender-me. Foi maravilhosa a nossa entrevista. Muito obrigada por tudo. As informações colhidas serão fundamentais ao trabalho a que me propus fazer para o Órgão de comunicação a que sirvo. Quando estiver concluído trarei para sua avaliação final e envio para reprodução.

- Minha cara amiga, fique sempre à vontade para retornar quando e quantas vezes precisar. Estamos aqui para servir sempre; lembra? (faz referência à mensagem na fachada principal do Instituto)

Aslet despede-se e deixa o Instituto emocionada com a singular figura do doutor Zafir. Caminhando pelas ruas da Cidade, pensava consigo mesma: "em breve vou poder mostrar o trabalho para sua análise final, doutor Zafir". E sorrindo acrescenta: "espero que o senhor o aprecie, e quem sabe, o elogie".

*O equilíbrio social é
baseado na participação de
todos pelo bem de todos.*

A PROPOSTA

No Instituto os dias transcorriam normalmente. Seus pavilhões repletos de atividade e movimentos precisos e obedientes aos procedimentos, os quais todos respeitavam em total correspondência com os treinamentos e capacitações recebidas. Os supervisores de equipe dedicavam-se para acompanhar e orientar os técnicos, visando o alcance do melhor resultado possível, onde o emprego dos recursos, sempre renováveis, pudesse atingir a máxima produtividade.

Em uma das manhãs ensolaradas, encantadoras e promotoras da vida pela irradiação do astro rei, vamos encontrar o doutor Zafir no setor das estufas, juntamente com uma equipe de técnicos e do diretor de pesquisa e desenvolvimento, o doutor Peryn, botânico e especialista em técnicas inovadoras de cultivo de espécies em conjunto por comunicação de recursos naturais, somente abordados através de técnicas e conhecimentos desta esfera da vida planetária.

O doutor Peryn apresentava ao doutor Zafir o desenvolvimento de um canteiro contendo espécies autógamas, com alterações da anatomia das suas anteras e estigmas, melhorando a autofertilização. Explicava que nesses casos de hermafroditismo, a produção dos insumos a que se prestam tais plantas, melhora a floração e a consequente reprodução.

Outros assuntos foram abordados e mostrados os resultados pelo doutor Peryn, fazendo com que a comissão demonstrasse entusiasmo pela alegria do diretor geral, reconhecendo os esforços daquela equipe de trabalho, compromissada com o alcance de bons resultados em suas pesquisas e labores continuados.

Ao término da visita, quando o diretor geral despedia-se e afastava-se do grupo, aproxima-se dele a doutora Heldra, diretora médica, em companhia de dois médicos, cumprimentando-o e pedindo-lhe um instante de atenção.

- Bom dia, Doutor Zafir, peço a sua licença.

- Bom dia, doutora Heldra; senhores.

Os médicos Lizeu e Nest, ambos trabalhadores da clínica médica, atuantes nos casos de internação por desvios acentuados de personalidade, também cumprimentam o doutor Zafir.

- Perdoe-nos por dirigirmo-nos ao senhor durante uma visita, porém aproveitamos a oportunidade de estarmos passando por perto e soubemos da sua presença.

- Não há do que desculpar-se. Em que posso ser útil?

- Trata-se de um caso já seu conhecido, para o qual temos registrado a não evolução de melhora clínica. Gostaríamos muito que o senhor pudesse nos auxiliar pessoalmente, tendo em vista sua capacidade em nos direcionar quanto ao melhor caminho a seguir em casos complexos como esse.

- Não vejo qualquer impedimento para que possamos auxiliar no que pudermos, é claro.

- Doutor, confesso que ainda não havia presenciado nada parecido. Sinceramente, é um caso que acredito inédito, pelo menos que eu saiba. Talvez em função do pouco tempo em que esteja aqui no Instituto.

- Às vezes, somos defrontados por desafios inauditos e perturbadores, porém tudo tem solução. Deus não cria para dificultar, mas para desenvolver a capacidade de facilitar.

- É verdade, prezado doutor, entretanto estamos meio que sem saber como encontrar um caminho que nos conduza a um resultado satisfatório para o caso. De tudo que tem sido abordado e tentado pelas técnicas e procedimentos conhecidos, não obtivemos nenhum resultado favorável ou que pelo menos indicasse progresso.

- Minha amiga, sem dúvida vamos buscar contribuir com o que nos pede. Contudo, peço que aguarde o contato da nossa secretária Ayvla, que hoje ainda vai informar-lhe quando poderei comparecer ao seu gabinete e ter acesso ao caso, propriamente. À tarde tenho compromissos inadiáveis. Faremos um esforço para comparecer lá amanhã, se você puder nos receber.

- Sem dúvida, doutor, estaremos esperando a resposta.

- Por favor, envie-me, ainda hoje, os dados do irmão em atendimento. À noite vou ler e atualizar as informações de que disponho.

- Não temos como agradecer ao senhor tamanha bondade em nos atender tão prestimosamente.

- Estamos apenas cumprindo o nosso dever. Amanhã nos veremos. Ayvla informará o horário.

- Aguardamos sua presença. Obrigada, doutor.

O doutor Zafir acena e sorri para o grupo, em despedida, o qual alegremente corresponde.

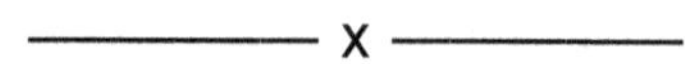

Conforme combinado, a doutora Heldra envia ao doutor Zafir os registros relacionados com o caso, sendo informada por Ayvla que o diretor geral estaria em seu gabinete, na diretoria médica, no dia seguinte, às 18:00.

O doutor Zafir somente teria tempo para ler as informações à noite, devido ao cumprimento de todas as suas responsabilidades no período diurno.

Em seu alojamento, o qual se localizava no próprio Instituto, leu atentamente os registros e rememorou o caso, seu conhecido, mas não acompanhado pessoalmente, dado não ser sua responsabilidade direta, aliado às muitas outras tarefas que lhe absorviam todo o tempo. Durante a leitura e análise dos registros deu razão à doutora Heldra, pelo que considerou um caso especial. Buscou o descanso nas primeiras horas da madrugada, fatigado pelo trabalho ininterrupto pela promoção do bem indistinto.

Durante o dia seguinte suas tarefas transcorreram como de praxe, sempre dinâmicas e conclusivas. Nada permanecia sem resposta ou, pelo menos, com uma indicação positiva de resolução. O doutor Zafir não transferia responsabilidades. O que lhe competia realizava com alegria e boa vontade.

No horário marcado ele é anunciado à doutora Heldra por intermédio de sua secretária. A doutora o aguardava ansiosamente em seu gabinete.

- Olá doutora Heldra, boa noite, tudo bem?

- Oh, doutor Zafir, que alegria em recebê-lo. O senhor está bem? Por favor, sente-se. Posso oferecer-lhe algo?

- Não, muito obrigado. Estou bem e à sua disposição!

A doutora Heldra com um leve aceno de cabeça agradece sua secretária, a qual pede licença e retira-se.

A sós com o diretor geral, a doutora começa o diálogo.

- Doutor Zafir, o material que lhe enviei ontem contém os registros do caso em questão, relativos ao atendimento ao paciente aqui no Instituto. O senhor teve tempo para acessá-lo?

- Sim, entretanto não foi possível alongar-me mais detalhadamente como deveria, em função do tempo que dispunha, o que farei quando puder. No entanto, de uma forma abrangente consegui inteirar-me dos aspectos fundamentais do caso.

- Excelente! Podemos, então, partir de um ponto mais concreto para o que estamos necessitando, tendo a sua cooperação inestimável.

A doutora Heldra passa a informar os detalhes do atendimento ao paciente em questão.

- Após o seu resgate pelos Legionários, nas regiões intermediárias há quase quinze anos, o paciente recebeu os primeiros cuidados no hospital da ala sul, lá permanecendo por volta de um ano. Posteriormente foi encaminhado ao Instituto, considerando a situação em que se encontrava após o tratamento a ele dispensado, sem que demonstrasse qualquer alteração do quadro. O supervisor da equipe de resgate o acompanhou desde seu recolhimento e recebimento dos primeiros cuidados em um posto de serviço mais próximo do nosso plano, incluindo a internação no hospital. Ele nos confidenciou que despertou interesse, em particular pelo caso do paciente, apesar de não conhecê-lo, em função do seu comportamento apático e profundamente introspectivo, alheio a qualquer estímulo e iniciativa de contato. Segundo ele, jamais havia lidado com alguém nesse estado.

- Estou ouvindo e buscando associar o conteúdo a que tive acesso nos registros que você enviou-me.

- Apesar de o encaminhamento ter sido solicitado pela direção do hospital, em cumprimento ao regulamento, esse supervisor, de nome Kalil, procurou-me para dar-nos informações sobre o paciente, demonstrando real interesse quanto à sua melhora. O que eu disse ao comandante Kalil é o mesmo que agora: estamos cuidando dele e envidando todos os esforços para o seu pronto restabelecimento psíquico. Para o senhor, doutor Zafir, preciso dizer que nos encontramos um tanto desconfortáveis com o andamento dos trabalhos, em face dos resultados aparentemente nulos. Não identificamos qualquer mudança no estado do paciente que pudesse sinalizar um avanço quanto aos aspectos emocionais e lúdicos. É como andar em círculos.

- Doutora, com o que sei do caso, acrescido desses detalhes, estou buscando fazer um paralelo entre as causas e os efeitos de tamanha severidade autopunitiva.

- Como, doutor?

- Sim, esses casos mais complexos de negação da vida, incluindo até as deformidades do corpo pelo qual nos manifestamos têm na culpa e no autoflagelo seus pontos de apoio incondicionais. Acredito que precisamos focar nossos trabalhos no intuito de encontrar o elo perdido; o fio partido, de ligação entre o antes e o agora. Não será tarefa simples, tendo em vista essa aparente paralisia. Todos os procedimentos ao nosso alcance já foram aplicados?

- É como lhe disse, o que até aqui desenvolvemos em técnica e procedimentos foi dedicado a ele durante os treze anos e meio que se encontra conosco.

- Entendo. Quando podemos vê-lo?

- Agora mesmo, se o senhor puder.

- É claro, não estou aqui a passeio! Vamos lá doutora.

Ambos dirigem-se para o pavilhão dos internos. O paciente estava em um alojamento exclusivo. Simples, com uma cama e a mobília necessária para os dispositivos utilizados pelos médicos e enfermeiros que o assistiam.

Lá chegando, encontraram os médicos Lizeu e Nest.

Após os cumprimentos, a equipe adentrou o quarto onde se encontrava o paciente.

O doutor Zafir passou a analisá-lo visualmente, sem expressar qualquer comentário, estando os outros três membros da pequena comitiva aguardando ansiosos as considerações do diretor geral.

Por uns quinze minutos o doutor Zafir o observou, sem demonstrar nenhum gesto ou inquietação, o que não condizia com as expressões dos demais. Ao ponto em que a doutora Heldra rompe o silêncio.

- Como o senhor pode constatar...

O doutor Zafir a interrompe com um sinal e indica a necessidade de afastamento do leito, dirigindo-se para a antessala, espécie de área para observação do paciente por meio de vidro refletivo.

- Doutores, vocês utilizaram a musicoterapia?

Responde a doutora Heldra.

- Sim. Devido ao espectrômetro de psicosfera (equipamento que mede o campo eletromagnético composto por emissões psíquicas do paciente) indicar um campo irredutível aos procedimentos usuais, nos fez adotar a música como parte da terapia para a excitação dos seus estímulos, sem, no entanto, conseguirmos alteração do campo. O equipamento gera imagem como que congelada. Uma fotografia, sem mudança de forma, intensidade e frequência.

- Ele estava a sós ou com a presença de alguém junto a ele?

- O procedimento indica a observação à distância para que não haja interferência indesejada pelas emissões dos acompanhantes.

- E quanto a visitas?

- Como lhe disse, de início, o que soubemos dele além dos registros usuais de encaminhamento do hospital, foram os fornecidos pelo supervisor Kalil, da equipe que o resgatou. Após algum tempo sem alcançarmos melhora no quadro, buscamos a administração central, e lá nos foi informado tratar-se de um irmão com acentuadas distonias comportamentais, revelando caráter rígido e comprometido com a verdade que integra a sua realidade. Em seus arquivos constam as experiências vivenciadas por ele e as recorrências das atitudes que o trouxeram mais uma vez de volta à Cidade, portando os mesmos problemas. Até aí, não vimos qualquer indício que configurasse a situação que estamos lidando. Ele, simplesmente, não reage a qualquer estímulo...

O doutor Zafir considera.

- A hipnose profunda não poderia ser aplicada, tendo em vista que ele neutraliza a recepção de qualquer onda mental externa. É como um bunker psíquico! A projeção da consciência ficaria também inviabilizada, em função do bloqueio, condição dessa terapêutica.

Permanece mais algum tempo concentrado e continua.

- Os seus registros obtidos junto à administração central revelam experiências de rejeição acentuadas. Ao verificá-las constatei que em sua última experiência na crosta ele fora mais uma vez tratado dessa forma, com vários agravantes. Isso certamente está contribuindo para o estado em que se encontra. Amigos, peço sua licença para retornar ao meu gabinete. Tenho assuntos a tratar que não podem esperar, todavia digo-lhes que estou compromissado com o caso, e que retornaremos à lide para trabalharmos na sua resolução. Vou estudar mais pormenorizadamente os registros enviados e traçaremos um plano de ação para alcançarmos o sucesso esperado.

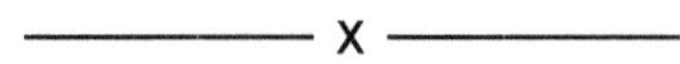

O doutor Zafir despede-se dos três médicos e retorna aos seus outros afazeres, que não eram poucos, mas antes de sair, desvia o olhar para o paciente, expressando um sorriso enigmático.

*O processo punitivo é
resultante de falha
educacional.*

DESCOBERTAS

O atendimento do "nosso" paciente prosseguia no Instituto com total dedicação de todos da equipe da doutora Heldra, mas não apresentava modificação do quadro que conhecemos.

O diretor geral voltou algumas vezes ao pavilhão médico para verificações e obtenção de informações sobre o andamento do caso, sempre prestimoso e com atitudes positivas quanto à sua resolução.

A situação não trazia nenhum incômodo para o doutor Zafir. Não deixava, de certa forma, de intrigá-lo. Entre os seus muitos afazeres buscava em sua mesa de trabalho um bloco de anotações, no qual acrescentava informações e pequenos diagramas com setas, indicando causa e consequência. Construía, aos poucos, um estudo de caso com detalhamentos que deveriam auxiliá-lo na orientação de suas pesquisas e procedimentos a serem utilizados com relação aos casos mais complexos em atendimento no Instituto.

Em um desses dias, enquanto aguardava o horário de uma reunião em seu gabinete, elevou o pensamento a Deus, como de costume, e entrou em estado de prece. Naquele momento, já em profunda concentração, viu com os olhos da alma, em êxtase, uma luminosidade que, aos poucos, assumia a forma de uma pequena tela cinematográfica, com a projeção esplêndida e viva de imagens em movimento, um verdadeiro filme, mudo, porém revelador dos diálogos aos seus sentidos aguçados e compenetrados no significado do fenômeno, já seu conhecido, mas que não se dava comumente.

Observava uma cena na qual dois jovens se encontravam em um jardim, à noite, nitidamente às espreitas, pois revelavam inquietude e preocupação para não serem vistos. Suas ações indicavam intimidade e demonstravam ansiedade quanto a permanecerem juntos, pelos gestos e incontida emoção. Ele, com expressão contrariada, manifestava disposição de enfrentamento com a situação que estavam passando, o que ficou claro tratar-se da contrariedade do relacionamento deles com relação à família da moça. Ela, desfeita em lágrimas, demonstrava temor quanto a segurança do rapaz, afirmando que o seu pai não aceitaria jamais o seu casamento e muito menos ser o pai da criança que ela já trazia no ventre.

Não os reconhecia de imediato, devido à penumbra, porém algo de familiar o impressionou na silhueta dos dois jovens. Já os vira, mas onde e quando? Não importava, pois que o cenário mudara repentinamente.

Agora, surgia o interior de uma casa. A moça com seus cabelos sobre o rosto, desgrenhados, sendo sacudida pelos braços por um homem mais velho, apesar dos esforços de uma senhora para contê-lo. Eram seus pais, os quais buscavam, cada um do seu jeito, negar a possibilidade de sua união com o jovem a quem se afeiçoara e mantivera, até então, relacionamento às escondidas.

O coração do doutor Zafir estava aos saltos. Uma emoção invadira-lhe o íntimo, mas o estado de êxtase o mantinha consciente, permitindo-lhe continuar acompanhando o desenrolar das cenas, a essa altura, dramáticas.

A moça esquiva-se em pranto convulsivo, apontando para o próprio ventre, indicando determinação em unir-se ao jovem. Revelava, em desespero, que estava grávida, talvez como último recurso para impor aos pais a necessidade de união com o rapaz. Alegava que o filho que esperava teria um pai legítimo e que a condição humilde do rapaz não lhe interessava; que eles se amavam e não dava importância para o que as pessoas podiam pensar a seu respeito. Expressava-se em gritos angustiantes e desesperados, gesticulando desnorteada.

A situação piorou, uma vez que os pais não sabiam da gravidez da filha. Apenas desconfiavam de seus encontros com o tal rapaz, a seu ver, absolutamente fora de cogitação como partido para a filha, já definido para ambos a concessão da mesma para casamento com o filho de um influente político ligado ao governo.

Ao ouvirem o que a jovem afirmava, aos gritos, a mãe leva a mão à boca, estupefata, enquanto o pai põe as mãos na cabeça e também grita impropérios, fora de si.

A mãe, buscando contemporizar a situação, se é que isso fosse possível, dirigindo-se à filha, implora-lhe para que se contivesse e respeitasse o seu pai, mas a jovem não respondia mais pelos seus gestos e palavras, acabando por ser agredida pelo pai com uma tapa no rosto, que a fez prostrar-se ao chão. Ofendida, levanta-se e avança para o pai, gritando, totalmente descontrolada, erguendo os pulsos como que para revidar a agressão. Nesse momento, transtornado e furioso, o pai desfere-lhe um violento soco no rosto, arremessando-a de encontro à lareira, fazendo-a cair ao chão mais uma vez.

A mãe grita e corre para acudir a filha, mas percebe que a mesma está sem sentidos, com sangue em sua cabeça. O pai, assustado, também corre para junto das duas, e ambos percebem que a queda havia sido fatal para a moça, que colidira a cabeça na aresta de um dos degraus da sala para a lareira.

O cenário muda, em continuidade àquela noite sinistra. Mostra o rapaz profundamente abatido no interior de um celeiro sem iluminação, onde somente os raios do luar devassavam o ambiente através das frestas das tábuas que o revestiam. Havia feno e utensílios para cultivo da terra.

O jovem trabalhava naquela fazenda em troca de alimento e local para dormir. Não tinha família, pois fora trazido para lá ainda menino, recolhido por alguns religiosos em tarefa social numa comunidade assolada por um devastador incêndio, deixando inúmeros órfãos desabrigados e indefesos. A sua difícil vida, ainda sem completar os vinte anos, já o fazia vivenciar a tristeza e a revolta duelando em seu abalado coração, desprezado e descrente quanto à felicidade. Aquela moça representava a esperança, o amor que nunca sentira de ninguém. Ela era tudo o que nunca teve: o sorriso da vida.

Assim encontrava-se naquele momento, em atitude de perplexidade inalterada, pois a notícia da tragédia já havia sido alarmada em todas as cercanias da pequena cidade, fazendo com que ele ali permanecesse quieto e indefeso, sabendo que a família da moça o alcançaria com sentimento de vingança pelo que sucedera. Não havia como fugir ou escapar da situação, devido não possuir recursos para deixar a fazenda, nem meios que o livrasse das mãos dos seus perseguidores.

No fundo, não sabia o que fazer. Estava completamente perturbado, quase insano. Perder alguém que para ele representava a própria vida fazia com que a realidade se turvasse e perdesse a razão de ser. As últimas horas, desde que soubera da tragédia que resultara na morte da sua amada, transcorreram céleres, fazendo-o anular os próprios sentidos.

Parecia não ouvir e ver mais nada. Estava inerte e esvaziava-se como um balão, cujo calor fora suprimido, extinto, fazendo-o precipitar-se para dentro de si mesmo.

Como que paralisado em seus sentimentos, é despertado pelo alarido de pessoas no exterior do celeiro, vociferando palavras e expressões contra ele, gritando para que se apresentasse, pois fora descoberto por informação do dono da fazenda, o qual não queria implicações com os mandatários do lugar, violentos e movidos pela avidez da vingança.

Sem esboçar qualquer reação o rapaz sai do celeiro, em completa mudez, alheio e indiferente ao risco que se apresentava diante de seus olhos tristes e abatidos, postando-se diante da turba, que silencia.

À frente do grupo estava o representante da lei ostentando uma insígnia, identificando-o como tal. Entre as várias pessoas, o pai da moça, homem influente nas decisões políticas da região, trazia uma arma consigo. Eles o acusavam de macular a dignidade da jovem e da responsabilidade pela tragédia familiar que resultara em sua morte.

O fato é que o pai diante do acontecimento buscara imediatamente as autoridades com as quais tinha estreita relação, distorcendo os fatos e colocando a responsabilidade do que ocorrera sobre o rapaz. A versão apresentada fora aceita sem questionamentos, dada a situação já nossa conhecida, na qual uma sociedade adulterada ser composta por membros que encobrem mutuamente suas más ações.

O alarme fora dado e constituída uma equipe de busca, conclamando a presença de todos, a essa altura chocados com a ocorrência funesta.

Com a detenção do rapaz, que não reagiu, seguiu-se o "julgamento", condenação sumária e cumprimento da pena capital imediata, pelos moldes da época.

Desde a morte da moça até a sua execução, todos os acontecimentos se deram em apenas um dia.

As imagens do cumprimento da pena capital foram suprimidas da tela, apenas permanecendo o olhar do rapaz, projetando-se além dela, como que penetrando na mente do doutor Zafir, que saiu do transe, abrindo os olhos, repentinamente.

Ainda envolvido pelo êxtase que aos poucos cessava, devolvendo-lhe os sentidos, procurava refazer-se, esfregando os olhos, com ambas as mãos no rosto suarento e boquiaberto.

Sentia-se fatigado. Apesar de ter passado apenas alguns minutos do seu tempo, pareciam horas, dias de tensão e angústia que o envolviam, como se ele estivesse ligado àquele contexto.

Voltou a fechar os olhos em atitude de respeito e gratidão a Deus pelo que lhe fora apresentado. Apesar da disponibilidade das informações das ocorrências na administração central, assistir o seu desenrolar com o compartilhamento dos sentimentos das personagens envolvidas no drama fazia toda a diferença.

Os céus haviam contribuído para que não mais conjecturasse acerca do caso para o qual estava dedicando-se além do que já fazia em prol do bem maior. Compreendeu que o paciente com problemas letárgicos era o mesmo jovem que lhe fora mostrado. Entretanto, a moça, quem seria? Onde estaria? Não conseguira visualizar o seu rosto. Certamente seria a chave para a resolução do caso.

Permaneceu em prece por tempo que não saberia precisar, até que fora interrompido por Ayvla, comunicando a chegada de uma comissão para reunião.

Pensou ainda, enquanto as pessoas adentravam o gabinete: "isso é contigo Zafir! Tens que fazer alguma coisa, afinal".

Naquela noite, não conseguiu conciliar o sono, como precisava para o devido descanso das muitas tarefas que realizava. As cenas não saíam de sua mente, revendo-as com a nitidez das imagens e dos sentimentos que brotavam do seu peito.

Cansado desta faina em achar os elos e as devidas explicações, rendeu-se ao sono, sem o perceber, concedendo ao corpo o direito abençoado do descanso.

Poucas horas depois já os raios solares anunciavam um novo dia, e o diretor geral era incentivado pelos deveres a retomar suas atividades no Instituto.

Ao adentrar em seu gabinete estancou diante da mesa, e com o olhar como que perscrutando o indevassável, chama sua secretária.

- Ayvla, por favor, venha até aqui.

- Pois não, doutor.

- Quando a pesquisadora Aslet esteve internada aqui no Instituto?

- Não sei precisamente, doutor, mas vou verificar.

- Disponibilize todas as informações que dispomos a respeito.

- Sim senhor. Vou providenciar.

O diretor geral senta-se e com aspecto intrigante olha através da janela de seu gabinete as árvores acariciadas pela brisa matinal, como a dizer: "tudo flui, tudo passa, tudo se resolve".

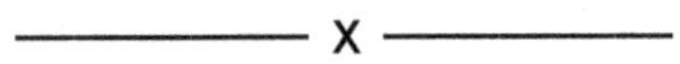

Ainda na parte da manhã, os registros relativos à internação de Aslet já se encontravam à disposição do doutor Zafir.

Ele não os pode analisar de imediato, dado seus compromissos. Somente à noite, ainda em seu gabinete, a sós, sem que pudesse ser interrompido, passou a ler os arquivos e analisar os registros, minuciosamente, fazendo no bloco mencionado algumas anotações, ao passo que demonstrava aspecto revelatório no olhar e no movimentar da cabeça, como a encontrar, aos poucos, os liames que deveriam esclarecer a identidade da moça, a qual seria o elo que faltava para a resolução do caso em questão.

Verificou que Aslet deu entrada no Instituto com transtornos psíquicos, também encaminhada pelo hospital da ala sul da Cidade, onde fora tratada de uma lesão cerebral e complicações de gravidez interrompida não intencionalmente. Sua internação no Instituto foi solicitada devido à incapacidade de manutenção do equilíbrio psíquico diante de situações nas quais fosse contrariada, denotando transtornos emocionais.

O seu tratamento apesar de exigir atenção especial quanto às terapias aplicadas, ocorrera dentro dos limites considerados normais, com recuperação segundo os moldes rotineiros, dando-lhe condições para iniciar, no tempo devido, trabalho em um órgão de ensino e comunicação da Cidade.

Não foi difícil concluir, definitivamente, que a jovem dos quadros vivos apresentados a ele tratava-se de Aslet, assim como o jovem era o paciente no qual se encontrava trabalhando para a resolução do caso.

A partir daí buscaria uma forma de fazer progresso com a situação, associando Aslet aos procedimentos, sem que ela soubesse, pois sentia que a espontaneidade do equilíbrio dele, quanto ao dela própria, precisariam ser consentâneos pelos meios naturais sem revelações intempestivas, as quais poderiam ter efeito reverso, levando ambos a um estado mais comprometedor.

Não revelaria suas conclusões a mais ninguém, justamente para manter total naturalidade na condução do caso.

Aslet ficara de retornar ao Instituto para mostrar-lhe o trabalho de pesquisa antes de sua apresentação para a direção a quem se reportava no Órgão onde trabalhava.

Pediria a Ayvla para contatá-la e verificar como estava o progresso do trabalho, comunicando-lhe o seu interesse em auxiliá-la quanto a qualquer providência ou informação que não dispusesse.

Enquanto isso voltaria para seus rascunhos, esboçando os procedimentos a serem utilizados, assim como os recursos e meios que pudessem contribuir para alcançar um bom termo para o caso.

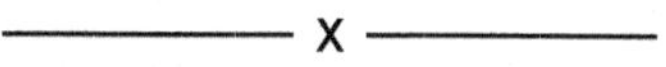

Importa considerar que apesar da administração central das colônias efetuar o controle de todos que se encontrem sob sua responsabilidade na condução dos processos existenciais na crosta, assim como nas demais dimensões na condição de desencarnados, não dispõem de uma "varinha de condão" para discriminar e ter em mãos as soluções de todos os casos, com as atualizações e critérios seletivos que possibilitem discernimento para a tomada de decisão quanto à precisão das situações e circunstâncias vivenciadas permanentemente pelas pessoas.

O trabalho é dinâmico e exige conhecimento e entrega por parte dos colaboradores da causa evolutiva. Não existem procedimentos padrão, os quais permitam enquadrar perfis e atividades. Cada caso deve ser conduzido de acordo com suas necessidades, o que nem sempre corresponde a critérios preestabelecidos, seguindo bulas ou recomendações genéricas.

Assim sendo, os registros referentes às pessoas são atualizados e possuem indicativos de providências a serem tomadas oportunamente para a consolidação do seu aperfeiçoamento intelecto-moral. O acesso às informações e à planificação dos envolvimentos nas intrincadas relações das pessoas requer estudo detalhado e pormenorizado, praticamente levado a efeito quando da análise que precede o planejamento dos futuros engajamentos existenciais. Durante o desenvolvimento da vida nas colônias, o dia a dia não requer esse procedimento investigativo, o que faria das pessoas seres manietados e conduzidos pela vontade dos outros, mesmo que bem intencionados.

Todos os relacionamentos de Eslah e Hoilek em suas existências pretéritas encontram-se registrados na administração central. No entanto, os atendimentos individuais em diversos órgãos da colônia buscam o indivíduo, o ser, atentando para suas condições psíquicas, independente dos relacionamentos que tenha mantido nas experiências anteriores àquele momento. Essa foi a razão da direção do Instituto não fazer conexão direta quando os mesmos foram atendidos, o que se deu em épocas distintas, com resultados diferentes.

Apesar da existência dos registros, os condicionamentos de ambos demonstraram resultados absolutamente contrários. Ela, necessitando esquecer, por um tempo; ele, precisando de um tempo para lembrar. Nesse conflito de reações psíquicas, o sentimento é fator primordial, pois expressa o estado emocional do ser, resultante do acumulado das experiências vivenciadas.

O conhecimento da situação de cada um não implica na formação de um estudo de caso específico e imediato. Aqueles que laboram nessas colônias não prescindem de muito trabalho para reunir informações, concatenar dados, checar testemunhos e provocar estímulos para a consecução de planos de ação, envolvendo os atores de dramas que se arrastam por milênios. O tratamento psíquico cuja base situa-se nos sentimentos não pode ser arbitrado por opinião pessoal, mas por trabalho exaustivo e, não raro, experimental, tendo em vista as variáveis que compõem o quadro de possibilidades, em atendimento às leis divinas.

No nível das colônias, ou seja, na quarta dimensão planetária, a percepção por melhor que seja quanto à verdade da vida, ainda não dispõe da visão de topo de uma realidade mais ampla, como se pode dizer, conhecedora do destino de cada um, descortinando tempo e espaço no processo evolutivo. Em uma figura de linguagem, poderíamos comparar tal situação àquela na qual se visualiza o roteiro de um rio desde a nascente à foz. Isso somente é possível em dimensões superiores, dado à evolução dos que lá habitam. Todavia, acrescentamos que estes irmãos não têm em mente perscrutar caminhos evolutivos de quem quer que seja, mas trabalhos em nível maior, tendo em vista os planos do Altíssimo.

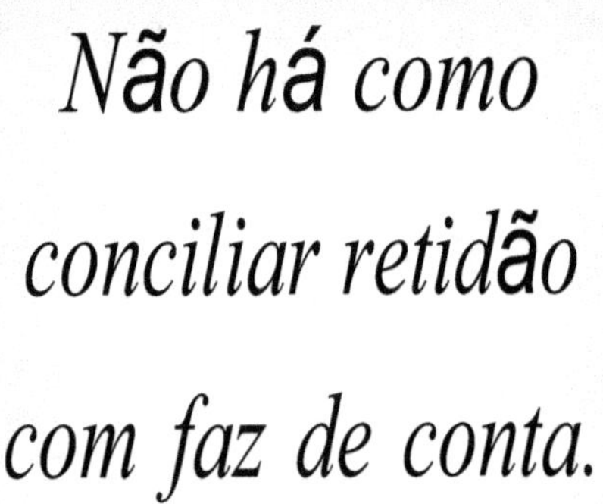
Não há como
conciliar retidão
com faz de conta.

NOVAS REVELAÇÕES

No dia seguinte, o diretor geral solicita a Ayvla o contato com Aslet, instruindo-a quanto ao seu interesse em saber como estava indo o trabalho e também auxiliá-la com mais informações, se fosse o caso.

Ayvla entra em contato com Aslet, trazendo-lhe muita alegria. Aslet comunica-lhe que o trabalho estava indo bem, e que esperava poder agendar uma reunião com o doutor Zafir para a semana próxima, no intuito de apresentar-lhe, buscando seus comentários e parecer.

Ayvla agradece e pré agenda uma reunião com o diretor geral, comunicando-lhe o contato com a jovem e demais informações sobre o andamento do trabalho que esta lhe havia passado.

Aquela semana passou e os trabalhos no Instituto acabaram por ocupar a mente cansada e obstinada do diretor geral.

O dia da reunião com Aslet chegou. No horário previsto eis que a jovem é anunciada por Ayvla, fazendo-a entrar no gabinete.

- Doutor Zafir, que prazer em revê-lo! Como tem passado?

- Estou bem, Aslet. E você, como está? Muito trabalho?

- Ah, disso não tenho que me queixar, o trabalho tem tomado todo o meu tempo, inclusive fora do horário de serviço, quando procuro melhor organizar-me para que tudo esteja conforme espero.

- Vamos nos sentar. Afinal você não espera que trabalhemos de pé, não é mesmo!

- O senhor sempre com o bom humor.

Ambos sorriem e sentam-se à mesa de reunião.

Enquanto Aslet retira a documentação da pasta que trazia consigo, o doutor Zafir a observava, com semblante natural, porém seus pensamentos não cessavam um só instante, vendo à sua frente não mais Aslet, mas a jovem das visões que lhes foram mostradas pelo Alto.

Aslet apresenta ao doutor Zafir uma cópia impressa do trabalho, cuja capa tem o título em fonte expressiva, "O INSTITUTO DA VIDA".

- Bem, o título é nobre e sugestivo. Basta saber se estamos à altura de tamanha referência!

- Ora doutor, o que mais não é feito nesta obra divina senão cuidar da vida de tantos quantos por aqui passam, recuperando o bem mais precioso que é a sanidade, a vontade, o equilíbrio mental!

- Devo admitir que você tem razão quanto a isso. Todos os que aqui trabalham dedicam-se para que esse objetivo seja alcançado. Bem, vamos ver o que nos trouxe.

O doutor Zafir folheou o trabalho, o qual continha textos, fotografias, diagramas e gráficos, apresentados de forma a proporcionar uma leitura agradável e comunicativa.

Ambos trocaram ideias a respeito do conteúdo do trabalho e permaneceram durante quase duas horas conversando sobre a forma de lançamento do mesmo, além da sugestão da inclusão de uma visita às instalações do Instituto por parte daqueles que se interessassem pela obra a ser divulgada tendo à frente a jovem e esforçada Aslet.

Em meio ao esgotamento dos assuntos relacionados com o trabalho em pauta, o doutor Zafir habilmente considerou alguns pontos da conversa, trazendo-a para o que tinha em mente.

Precisava envolver Aslet no seu plano para motivar o despertamento do paciente em foco, de forma a auxiliá-la também no que fosse possível, considerando que não era obra do acaso ambos terem sido pacientes do Instituto em épocas próximas e demonstrando perfis idênticos aos das personagens que vira em transe, corroborando as informações obtidas na administração central.

Assim, conduz o diálogo fazendo algumas perguntas e, da mesma forma, respondendo a outras, as quais deixava o raciocínio e a iniciativa ao encargo de Aslet.

- Você sabe que me passou pela cabeça a ideia da sua apresentação à feição de exemplo vivo, presente e atuante, como uma das pessoas que foram atendidas pelo Instituto? É claro, sem a citação no trabalho, mas com a participação nas visitas dos grupos de visitantes. Você faria as explanações e tiraria dúvidas, juntamente com os colaboradores das equipes do Instituto.

A jovem fica boquiaberta, sem meios de controlar a emoção.

- Doutor Zafir, isso é uma honra. Não me encontro a altura para corresponder a tamanha responsabilidade!

- Ora, não vejo por quê! Você tem trabalhado para levar ao conhecimento do público em geral, o que o Instituto representa na Cidade, principalmente àqueles com quem mantêm vínculo laborativo e cultural. Acredito que é um dever incluir você em nosso grupo para que se familiarize com nossos procedimentos e atue, dentro dos limites permitidos, como uma auxiliar geral.

- Doutor Zafir, não tenho palavras! Estou tão emocionada, que a vontade é de chorar de alegria!

- Sei de suas tarefas na Organização em que trabalha. Vou encaminhar uma solicitação para sua direção expondo a necessidade de sua presença conosco durante algum tempo, o suficiente para que tenha segurança nas exposições que fará durante as visitas como parte do lançamento do seu trabalho, muito bom, por sinal.

Aslet não consegue sustentar-se e chora de alegria, colocando suas mãozinhas no rosto, sentindo no peito uma emoção que não consegue definir.

O doutor Zafir percebe como que uma mão o estivesse guiando para que as palavras não faltassem, assim como as ideias. Também traído pela emoção, muda o tom e acrescenta.

- Aslet, ainda esta semana vamos encaminhar a solicitação mencionada. Acredito que não haverá qualquer embaraço em relação à adequação do horário para sua presença aqui no Instituto. Manteremos contato através de Ayvla, que me reportará quanto ao andamento do que chamaremos entre nós de "projeto reencontro". O que me diz?

- Reencontro? Sim, estarei aqui mais uma vez, nesse abençoado lar. Minha casa, para todo o sempre!

O doutor Zafir esforça-se para esconder a emoção que lhe toma o ser. Estava no caminho para sanar mais um, quem sabe dois casos onde a vida lhe requisitava a intervenção e colaboração afetiva e prestimosa, como irmão e tutor amorável dos que ali aportavam com o coração carente de paz.

No dia seguinte, o Instituto encaminha documento à direção da Organização em que Aslet prestava serviço, solicitando sua liberação por quinze dias, renováveis por igual período, para composição do seu trabalho, como medida de estágio e desenvolvimento de recursos para a conclusão do trabalho que se daria com a visitação supervisionada por ela.

Eis que a resposta não se fez esperar, na qual a chefia de Aslet aquiesce e agradece ao Instituto pela oportunidade concedida a um de seus colaboradores quanto ao aprendizado e melhoria na produtividade dos trabalhos internos, assim como àqueles que excediam aos limites da Organização.

Durante o intervalo de tempo em que tramitava a documentação para a liberação de Aslet para permanecer no Instituto, o doutor Zafir providencia uma reunião geral com a presença de seus diretores, na qual informa e solicita a colaboração de todos para que a jovem pudesse ter acesso às informações necessárias na fundamentação do trabalho. Enaltece a importância do seu conteúdo, o qual seria apresentado formalmente na Organização de ensino e comunicação da Cidade, incluindo visitas monitoradas nas dependências do Instituto, com a participação dela.

Aslet apresenta-se à direção geral no dia aprazado, não cabendo em si de contentamento e expectativa. Estava radiante, com seu sorriso largo, mostrando a bela dentição, emoldurando seu rosto de linhas que enalteciam uma personalidade decidida, embora simples e atraente.

- Seja bem vinda minha amiga, temos muita satisfação em recebê-la. Fique à vontade, não se sinta constrangida em suas necessidades informativas. Nossos diretores e suas equipes estão cientes do trabalho a ser realizado, assim como de sua participação direta no mesmo. Tudo o que for preciso faremos para que você possa colher as informações de que necessitar.

- Doutor, eu não tenho palavras para exprimir o meu agradecimento por tudo o que o senhor tem feito por mim e pelo que me propus realizar. O que era apenas um singelo trabalho de pesquisa passou a ter aspecto maior. Confesso espanto em perceber as proporções que assumiu. Espero poder corresponder às suas expectativas.

- Minha jovem Aslet, você não somente será bem sucedida, mas abrirá caminho para novos serviços envolvendo a pesquisa e o desenvolvimento de metodologias que agora podemos entitular como confrontativas. Mais tarde você entenderá o porquê.

Antes de o trabalho de Aslet ter início, o diretor geral solicitara a presença da diretora médica, a doutora Heldra para uma reunião em seu gabinete.

Nela, expôs o motivo da reunião sem detalhar suas razões primordiais, tendo em vista o que lhe fora mostrado em momento íntimo.

Disse que, em função dos estudos e análises realizadas por ele, considerando a situação de irreversibilidade do quadro do paciente em foco, pensara em adotar uma terapia que ele considerava como de confrontação temporal.

Passou a explicar à doutora Heldra o que tinha em mente, e a sua participação no controle do processo, o qual acreditava ser validado com o despertamento do referido paciente.

Falou sobre o trabalho que a jovem Aslet faria no Instituto, que já era do seu conhecimento, ligando-o com a oportunidade de aproveitá-la nesse processo, utilizando-a, com monitoramento contínuo. Seria considerada como agente de indução retrospectiva, sem hipnose, mas com base na música, que serviria para portar as vibrações contidas e inacessíveis do paciente, e, quem sabe, de ambos.

A doutora Heldra, naturalmente, mas de forma respeitosa, indaga quanto à razão da utilização da jovem que não pertencia ao quadro de trabalhadores do setor, os quais estariam, a seu ver, mais capacitados para empreender tal procedimento.

O doutor Zafir já esperava por tal questionamento, justo e apropriado. Razão pela qual, responde sem deixar dúvidas. Esclarece que em análise dos registros da internação de Aslet, assim como os que solicitara à administração central da Cidade, pode verificar que não fora coincidência o seu atendimento pelo Instituto há alguns anos e o seu ressurgimento para apresentar um trabalho de sua autoria, sobre o Instituto.

Ele detalhou como deveriam ser levados a efeito os procedimentos, assim como a inclusão de Aslet no processo, que não deveria ter conhecimento da sua participação como agente.

Acrescentou que assim deveria ser devido à existência de informações em seu registro de internação relacionadas com a aplicação de um bypass na região da memória, em função de ocorrência traumática sofrida, facilitando o tratamento dos traumas e lesões pélvicas e principalmente cerebrais que lhe impediam retomar a consciência plena da sua última experiência na crosta.

Vira, ainda, que nos apontamentos médicos, havia a indicação de realização oportuna de procedimento para a retirada do referido dispositivo de ação biomagnética com a retomada do processo do eu legítimo, atualizado e procedente da razão.

A doutora Heldra fica admirada com o que ouve, e percebe a oportunidade para a obtenção de sucesso em ambos os casos, tal como o doutor Zafir expôs. Concorda com ele e fica ao seu inteiro dispor para o que fosse necessário realizar. Aguardaria instruções dele para que, no que dependesse de sua equipe, fosse alcançado de melhor.

Ambos se despedem com alegria, certos de que tudo haveria de acontecer conforme a previsão do diretor geral.

Com Aslet já integrada às diretorias do Instituto, os trabalhos vão sendo realizados normalmente, com o desenvolvimento da jovem nas mais diversas metodologias e procedimentos, assim como nas técnicas e dispositivos, materiais e substâncias, tudo para um só objetivo: equilibrar a mente!

Vamos encontrá-la na diretoria médica, junto aos médicos nossos conhecidos, conversando sobre alguns procedimentos utilizados nos casos analisados naquele momento, quando são chamados a comparecer ao gabinete da doutora Heldra.

Lá chegando, Aslet e os médicos Lizeu e Nest deparam com o doutor Zafir juntamente com a doutora Heldra.

Após os devidos cumprimentos, a doutora Heldra comunica a razão da reunião.

- O nosso diretor geral está aqui junto a nós para apresentar um procedimento a ser adotado com um paciente que não tem apresentado, até então, reações positivas durante a sua internação no Instituto.

O doutor Zafir fala com seriedade.

- Amigos, o que lhes trago, na presença de Aslet, a qual agradecemos, não tem o propósito de inovar ou acrescentar ao que já tem sido feito por essa digníssima equipe, mas somente de apropriar alguns itens e incrementar algumas ações que acreditamos contribuam para que o melhor seja alcançado quanto ao irmão em atendimento.

Continuando sua exposição, o doutor Zafir torna o tom mais grave para que todos permaneçam compenetrados com relação aos procedimentos que deveriam ser levados a efeito, atendendo às suas expectativas, permitindo que o paciente pudesse reagir e reassumir o comando da vontade.

- Senhores, acreditamos que os entraves encontrados por ele estejam relacionados com alguma ocorrência que o expôs a níveis insustentáveis para a razão. Até aqui, todos já alcançamos a compreensão de tratar-se de um ou mais óbices relevantes e, quem sabe, recorrentes, sulcando demasiadamente o tecido neural do corpo mental em suas camadas correspondentes aos patamares ascensionais característicos da espécie. Neste estágio degradante, as formas pensamento são cíclicas e disformes, não oferecendo referência à razão, que flutua sem qualquer sinalização da verdade.

O doutor Zafir faz uma pausa e continua.

- Acreditamos que podemos associar a música com a espontaneidade em forma de inocência de alguém que não disponha de técnicas ou conhecimento relacionado com o caso, mas que aja com total desprendimento e amor. Por isso pedi a sua presença Aslet. Você deverá estar junto ao paciente durante o procedimento. Na verdade, fará parte dele.

Se houvesse uma tempestade, Aslet estaria como se fosse atingida por um raio. Ficou paralisada, sem saber o que dizer. Perplexa e confusa. Mal conseguia articular algumas palavras.

- Doutor Zafir, eu não sei nada sobre o caso.

- Minha cara, sei o que estou lhe pedindo, como indicação benéfica ao irmão em atendimento, e quem sabe a você mesma.

- Eu não sei o que fazer. Não conheço os procedimentos. Não sei como agir...

- Estaremos com você, em sala contígua, com total monitoramento. Você apenas permanecerá com ele, deixando fluir suas emoções, embaladas pela música.

- Doutor Zafir, estou insegura. Não, estou com medo mesmo!

- Não há o que temer Aslet. Estamos todos aqui com você. Afinal é só estar ao lado de alguém que precisa de nossas melhores vibrações, nossa ajuda para retomar suas atividades no consciente.

Tocando suas mãos nas dela, o diretor geral endereça-lhe um olhar significativo, como a dizer: você precisa disso tanto quanto ele!

Após alguns instantes de hesitação, onde ninguém ousava quebrar o silêncio, Aslet ergue a cabeça e fala mais com o coração do que com a boca.

- Doutores, estou aqui para aprender a servir. Não conheço lugar melhor que este para que isso se dê. Assim sendo, estou nas mãos de vocês para o que for preciso. Contem comigo!

Os procedimentos foram iniciados, com a presença de Aslet junto ao paciente, que se encontrava deitado com os olhos fechados, como que dormindo. Sentada ao lado da cama, sem tocar em nada, apenas olhava-o fixamente, por iniciativa própria. Na sala contígua permanecia o restante da equipe técnica, além daqueles que se encontravam reunidos anteriormente.

A canção utilizada, por sugestão do doutor Zafir, foi "Ave Maria".

No início nada mudava, tanto no semblante de Aslet, como no do paciente. No entanto, no transcorrer do processo um envolvimento fluídico passou a ser verificado entre ambos. Os técnicos olharam para a doutora Heldra indicando a ocorrência, registrada pelos sistemas através de sensoriamento sutilíssimo das ondas mentais que se integravam com a onda portadora de autoria de Schubert.

Todos permaneciam imóveis e absolutamente ligados nos acontecimentos.

Em determinado momento Aslet começa a manifestar-se como que assustada, levantando-se e caminhando de costas até encostar-se na parede atrás dela. Seus olhos ficaram arregalados, e sua expressão denotava espanto, evoluindo para desespero.

A doutora Heldra olha para o doutor Zafir, como a lhe interrogar quanto à situação.

Ele balança a cabeça negativamente, autorizando a continuidade do processo, sem deixar de acompanhar atentamente a cena.

O paciente, em determinado momento, começa a apresentar algumas sacudidelas pelo corpo, ainda com os olhos fechados, como que em um sonho, incomodado.

Aslet leva as mãos à cabeça e agacha-se, exprimindo sensação de dor.

A tensão vai assumindo proporções de aflição por parte da equipe técnica, mas a presença do doutor Zafir dá a segurança na qual todos se apoiavam.

O processo prossegue até que o paciente abre os olhos com expressão de atordoamento, como que tentando balbuciar algo.

Aslet inicia um choro, de início contido, mas aos poucos, vai ganhando intensidade.

Como que em um lance teatral, ambos, ao mesmo tempo, gritam nomes. Ela clama por Hoilek e ele por Eslah. Nesse momento, Aslet perde os sentidos, e o paciente volta a fechar os olhos, como desfalecido.

O processo é interrompido, com o imediato atendimento a ambos pelos médicos.

Aslet é conduzida a uma sala e colocada em uma cama para repouso, após verificação de seu estado. Ela permanecia como que dormindo, sem recobrar os sentidos.

Após exames preliminares, foi constatado que o bypass utilizado quando de sua internação no Instituto havia se rompido, conduzindo-a ao estado que apresentava anteriormente. Esta era uma situação possível, em casos de alta carga emocional com expressiva intensidade energética nos pontos de intersecção neuronal.

Ela permaneceu sob os cuidados dos médicos durante as vinte quatro horas que se seguiram, sem manifestar alteração do quadro.

Já no dia seguinte, os mesmos integrantes da equipe médica com a presença do doutor Zafir, recolocam a cama onde Aslet se encontrava, no mesmo quarto do paciente, uma ao lado da outra.

O mesmo processo foi iniciado. Contudo algo aconteceu de inédito: os semblantes dos dois, apesar de inertes, passaram a demonstrar um leve sorriso de paz.

Os técnicos ficaram perplexos com o que viam sem saber precisar a razão, uma vez que os sistemas integrados aos dois passaram a identificar coadunação psíquica, como se ambos se conhecessem e o seu reencontro apaziguasse o íntimo de cada um.

A harmonia aos poucos cedeu lugar a certa inquietação, mas os sistemas não acusavam distorções nos registros.

Aslet abre os olhos, aturdida e sem qualquer noção de tempo e espaço.

O paciente continuava com os olhos fechados, mas com o semblante sereno e tranquilo.

A equipe entra na sala e percebe algo que da posição em que se encontravam não tinham como observar. Os dois estavam de mãos dadas.

- Doutor, como pode ser isso?

Emocionado, o médico amorável responde.

- O poder do amor, minha cara doutora. O poder do amor...

Aslet é conduzida mais uma vez para a sala em que fora atendida anteriormente, já desperta, mas sem falar coisa alguma, apresentando o aspecto de cansaço e fraqueza.

O seu atendimento cumpriu os procedimentos usuais, como quando chegara ao Instituto pela primeira vez, só que a mesma reagia aos estímulos e terapias aplicadas.

O trabalho prosseguiu por cinco dias, até que Aslet recobrara a razão completamente, demonstrando consciência de si mesma e do conhecimento da equipe que a tratava, assim como a relação com a doutora Heldra e o diretor geral.

Vamos encontrá-los juntos, no quarto em que Aslet estava. O doutor Zafir faz uma explanação do que ocorrera, desde a proposta de estágio no Instituto, com vistas à complementação do seu trabalho, onde ela seria a cicerone para o acompanhamento das visitas até aquele momento.

- Aslet, a nossa iniciativa não foi precipitada ou leviana, expondo-a a um tentame para trazer o nosso irmão em atendimento à razão. De forma alguma! Fui inspirado por forças do Alto para assim proceder, tendo em vista a sua própria necessidade em restaurar algumas ligações psíquicas ainda desativadas por força de medida previdente, preservando-a para em oportunidade vindoura reatá-las ao conjunto de suas funções cerebrais, consoante os registros no corpo mental.

Aslet ouve o doutor Zafir com toda a atenção.

- A título de informação, a nossa vontade obedece a impulsos cerebrais, os quais se encontram relacionados com uma malha de dados complexíssima no ambiente mental, preexistente e consolidador da razão. Quando alteramos um fluxo cerebral, por medida cautelar, que foi o seu caso, por razões terapêuticas, o indivíduo continua a exercer o domínio sobre suas ações, sem considerar, no entanto, certos porquês, uma vez que a causa essencial da decisão, escolha, arbítrio, foi alterada pela utilização de um bypass. Aqui no Instituto são utilizados diversos meios com essa finalidade, obedecendo a critérios técnicos seletivos.

Embora sem alcançar totalmente o entendimento do que ouvia, Aslet mantém a atenção ao que lhe era explicado pelo diretor geral.

- Levei ao conhecimento da doutora Heldra a minha intenção e como deveríamos proceder envolvendo-a, assim como ao paciente que você conheceu. Concordamos que não haveria coincidências, mas fortes indícios de sua ligação com ele em experiências passadas na crosta. Quanto ao sigilo, justifica-se para que a sua espontaneidade não fosse prejudicada pelo prejulgamento de coisas que não poderiam ser avaliadas por você, tendo em vista a condição em que se encontrava.

Aslet começava a entender os motivos pelos quais fora colocada ao lado do paciente.

- A partir do momento em que você manifestou a quebra dos fatores impeditivos que prejudicavam o seu consciente, espontaneamente, por evidência dos traumas vivenciados no passado, o dispositivo implantado rompeu-se, e já procedemos a retirada do mesmo. Agora, você está, como podemos dizer, em totais condições para expressar-se como ser liberto de condicionamentos da iniciativa e exercício pleno do querer.

Tanto Aslet, como a doutora Heldra ouviam atentamente o que o doutor Zafir discorria, com total propriedade.

- Você era portadora de uma peculiar ação psicológica: a fuga pelo medo das situações e suas circunstâncias. Esse condicionamento envolve e lesiona mais ou menos a tessitura cerebral em suas conexões pelas sinapses em determinada região da rede neuronal. A depender da intensidade do trauma, a lesão é mais significativa, alcançando maior área e expirando cuidados médicos pertinentes, os quais foram assumidos pela equipe da doutora Heldra. Estes procedimentos auxiliaram na preservação da sua integridade emocional até que se pudesse implementar ações definitivas para sanar a região afetada, proporcionando-lhe o equilíbrio natural.

Aslet rompe o silêncio e pergunta:

- Doutor, compreendo mais ou menos o que o senhor está explicando. Agradeço ao senhor e a doutora Heldra, assim como a todos que se ocuparam comigo, tratando-me carinhosamente desde quando aqui aportei vinda do hospital. Da mesma forma que agora, quando, pelo visto, ainda necessitava de cuidados médicos. Muito obrigada pelo que tem sido feito por mim.

- Restou infomar-lhe que você permaneceu por anos com o dispositivo mencionado, sem passar, no entanto, despercebido da diretoria médica a evolução do seu caso. O acompanhamento ocorre toda vez que você faz as verificações periódicas relativas aos procedimentos a que tem sido submetida. Como o seu estado emocional não apresentava condições para a remoção do dispositivo, o mesmo foi mantido, aguardando melhores respostas quanto aos níveis de saturação das formas pensamento que emergiam da região neutralizada quando excitadas pelos equipamentos utilizados nos exames. Assim, chegamos até aqui, sendo possível e oportuno atuar na resolução de ambos os casos, uma vez que tinham a mesma raiz associativa do problema.

Aslet emociona-se. Os outros dois aguardam em silêncio.

- Sinto-me bem, apesar de fatigada, mas bem. E o rapaz, como está? Não me lembro dele com exatidão, apenas uma impressão que o conheço, mas não sei precisar de onde e como...

A doutora Heldra acrescenta algumas informações.

- Aslet, quando você chegou aqui no Instituto, nas condições descritas, promovemos todos os procedimentos pertinentes para o seu caso, dedicando-nos no sentido de proporcionar-lhe um despertar tranquilo e com a maior expressão de consciência possível. A começar pelo seu nome, o qual você informou ser Aslet, quando, em verdade, seria Eslah, nome que tivera na última existência na crosta. Confirmação feita pelo nosso paciente, alguém de suas relações, como explicou o doutor Zafir. Outras situações virão à tona no momento oportuno. Vamos acompanhar o seu progresso, passo a passo, mas devo dizer que você está praticamente apta a continuar seus afazeres. Em determinados momentos do seu dia a dia, sentirá ou assumirá comportamento inédito quanto ao seu modo de ser. Tudo isso faz parte de sua readequação ao domínio da memória que antes, em parte, encontrava-se inacessível. Entendeu?

- Sim, doutora Heldra, entendi sim.

O doutor Zafir remata a conversa indicando os trabalhos que os aguardam.

- Todos nós devemos prosseguir com os nossos deveres. Respondendo como Aslet ou Eslah, como preferir, deverá dar continuidade às visitas para os levantamentos de composição dos roteiros que integrarão o lançamento do seu trabalho sobre o Instituto. Durante este período e além, se for o caso, manteremos acompanhamento do seu tratamento até que esteja completamente bem.

- Somente tenho a agradecer por tudo! Quanto ao nome, por que ele parece-me tão natural, ao ponto de despertar aqui no Instituto assumindo-o com total espontaneidade?

- Como você sabe todos nós temos uma relação com a Cidade. É através dela que nosso processo evolutivo tem sido organizado. Esse nome fez parte de uma existência marcante em sua jornada de aperfeiçoamento, na qual você ocupou uma função muito marcante em uma Organização daqui. Isso fez com que você fizesse referência a ele espontaneamente.

O diretor geral fez uma pequena pausa, demonstrando pensar no que diria, e continuou.

- Quanto a isso, oportunamente você vai lembrar acerca dos trabalhos realizados nesta Organização e da importância da continuidade dos mesmos. Contudo, isso é assunto para mais à frente. Peço que por agora você não pense a esse respeito.

- Farei conforme o senhor está orientando, doutor Zafir. Quanto ao nome... Bem, por enquanto prefiro ser chamada de Aslet. Estou mais habituada. Ah, tenho uma pergunta: o rapaz, lembro que gritei o seu nome, Hoilek, e que...

O doutor Zafir a interrompe.

- Aslet, ele está em atendimento permanente pela equipe médica da doutora Heldra, e com a sua ajuda manifestou reação positiva aos estímulos que até então eram improfícuos. Isso é um excelente sinal para o início da sua recuperação.

- Poderei visitá-lo?

O doutor Zafir olha para a doutora Heldra, esboçando leve sorriso.

- Sem dúvida, minha querida, todavia tudo virá ao seu tempo.

LEMBRANÇAS

Em uma reunião no gabinete do diretor geral, a doutora Heldra apresenta o último relatório de situação do caso do paciente Hoilek. Nele encontravam-se todos os avanços conquistados pela equipe. Ele já se comunicava e expressava-se com bastante consciência do momento atual, sem, todavia, fazer qualquer referência quanto ao tempo anterior ao seu despertamento.

Durante a sua recuperação foi assenhoreando-se da vontade própria, como uma criança que passa a conhecer o que lhe surge à frente, mas não como algo novo, somente contatando e absorvendo o significado. O seu progresso era evidente e promissor, embora ainda reticencioso e monossilábico nas respostas.

De um modo geral, Hoilek já permitia encetar uma conversação mais ou menos pronunciada em termos de conteúdo, de forma imprecisa em alguns pontos, mas inteligíveis para o interlocutor.

O doutor Zafir faz alguns apontamentos e decide juntamente com a equipe médica atuar no acompanhamento do caso. Esse não era um procedimento comum do diretor geral, apenas o fazia em situações especiais que ele julgava procedente.

Em uma manhã vamos encontrar o doutor Zafir no quarto do paciente Hoilek fazendo-lhe a primeira visita desde seu despertar.

Ele adentra o quarto acompanhado pelo médico Nest, o qual apresentou o doutor Zafir a Hoilek, indicando-o como o diretor geral do Instituto. Após a apresentação o mesmo retira-se, deixando-os a sós.

Hoilek encontra-se sentado à mesa colocada no interior do quarto para o processo de conversação que se desenvolvia com os médicos e terapeutas. Embora já desperto e com as percepções atuantes, ainda mantém o olhar vago e não demonstra iniciativa. Dessa forma, responde às perguntas sempre sucintamente.

- Bom dia, Hoilek. É um prazer estar aqui com você.

- Bom dia.

- Embora tenha sido apresentado como diretor geral desse Instituto, quero que saiba que aqui estou na condição de um amigo, buscando auxiliar no que puder para que você alcance as melhores condições quanto ao restabelecimento do seu equilíbrio emocional.

Hoilek faz um sinal de afirmação com a cabeça.

- Como tem se sentido, meu amigo?

- Acho que bem. Às vezes uma dor forte no peito e aflição, mas...

- Fui informado quanto a isso. Entretanto, você deve saber que estamos trabalhando para sua recuperação, tanto física como emocional. E isso não prescinde de tempo, mas chegaremos lá, juntos...

Enquanto falava, o doutor Zafir observava as reações de Hoilek, cabisbaixo e triste, respirando fundo, de vez em quando, demonstrando incômodo ou dor. Ele continua a conversa.

- Nesse momento, o que lhe vem à mente? Alguma necessidade ou anseio?

Mais uma vez Hoilek responde sem palavras, indicando que não com a cabeça.

- Percebo. Houve um tempo em que eu também passei por momentos assim, sem querer comunicação com ninguém; sem saber nem o porquê de existir, como se eu nada representasse no contexto da vida, tanto minha como dos outros. Entendi, com o tempo, que não temos que fazer nada para existir, quero dizer, nada para provar ou demonstrar que somos significativos e necessários. Percebi com a razão, pela observação do que me cercava, que tudo, mas tudo mesmo, desde as mais elementares coisas até as maiores mentes que conhecia, permaneciam ligadas, e que eu era apenas um elo, mas um elo vivo. Assim sendo, deveria haver um motivo para que eu me manifestasse, me relacionasse, enfim, vivesse.

Hoilek que estava cabisbaixo ergue o olhar para o doutor Zafir, demonstrando prestar atenção no que ouvia.

- Verifiquei por mim mesmo que o único meio de fazer-me sentir vivo era através da exposição do que considerava ser, e para isso, haveria de me comunicar, deitar fora o que quer que fosse. Não me importava com o que pensassem a meu respeito, apenas mostrei-me e busquei aprender o que não sabia ou não compreendia, passando a ver as coisas de outra forma.

Hoilek passa a mexer os olhos como se buscasse tocar o fio de raciocínio que o doutor Zafir apresentava-lhe, naturalmente.

- Aqueles que comigo se encontravam auxiliaram-me para que me recompusesse e adquirisse a fidelidade comigo mesmo. Compreendi a extensão do significado da vida, desde o mais simples ao mais complexo, mas tudo se relacionando, tendo o Criador como início, meio e fim das expressões da vida.

Hoilek "quebra o gelo" espontaneamente, deixando escapar as palavras, mais balbuciando que falando, demonstrando, no entanto, alguma iniciativa.

- Não sei ou não lembro bem o que sei a respeito de mim mesmo. É como se as paisagens nada representassem. Vejo as coisas sem conseguir fixar a atenção em nada. Tudo parece vazio, não tenho vontade de fazer nada.

O doutor Zafir deu um tempo para que Hoilek realinhasse os pensamentos, estimulando-o a falar.

- Não é simples retornar ao convívio, ainda mais com pessoas que não conhecemos ou não lembramos, sem qualquer referência.

Hoilek continua a falar cada vez mais firme e demonstrando com as feições o significado de cada palavra que dizia.

- Sinto-me incapaz de precisar o tempo e as condições em que me encontro. Sou como um peixe fora d'água, num mundo à parte, ou talvez o mundo é que esteja apartado de mim. Não há sombras nem luzes, apenas o existir, estático e intocável, como que numa cúpula, sem contato.

O doutor Zafir percebia que apesar das condições do paciente, ele revelava bom nível de comunicação, inteligente e capaz de exprimir seus sentimentos, ainda que debilitado.

- Eu não me cobro, julgo ou tenho ideias; o pano de fundo da minha vontade não tem expressão, é alheio, sem qualquer intenção.

Hoilek respira fundo e com o olhar triste, sem encarar o interlocutor, prossegue.

- Sinto em meu íntimo uma espécie de vontade de me apagar, acabar, entende isso?

Hoilek, sem perceber, faz sua primeira pergunta para o doutor Zafir, que, alegremente responde.

- Sem dúvida, amigo. Como lhe disse, já passei por situação semelhante. Só sabe quem passa, não é mesmo? Mas passa...

- Percebo que as pessoas que estão aqui comigo sentem-se tristes porque eu não correspondo ao que elas esperam de mim. Eu não quero magoar nem ferir ninguém, mas sinto-me como que manietado, conduzido, contido, sei lá... Como se tivesse que ser cuidado para não prejudicar os outros. Não sei...

- Quanto a isso posso assegurar que é só impressão. A equipe, incluindo a mim, só tem em mente a sua recuperação, sempre respeitando a sua vontade acima de tudo. O nosso bem-estar, meu amigo, não pode ser improvisado, conduzido ou comprado. Ele é atributo do íntimo, da essência de cada um, como seres divinos e imortais que somos.

O doutor Zafir sorri para o paciente, tocando-lhe as mãos sobre a mesa, encorajando-o a continuar expondo o que lhe vinha em mente.

- Não sinto irritação ou alegria. Em verdade, não percebo nenhuma reação aos procedimentos empregados, e isso me entristece, por decepcionar aos que comigo permanecem pacientemente trabalhando para a melhora do meu estado.

O doutor Zafir fala, como que acrescentando ao que Hoilek dizia.

- Um abatimento psíquico, depressivo e lânguido ao extremo. Às vezes até para piscar os olhos o fazemos como um autômato, sem iniciativa, sem gestos, sem manifestar qualquer expressão de vontade. É assim mesmo...

Hoilek olha fixamente para seu interlocutor e fala com ainda mais expressividade.

- Sinto como se a vida continua a insistir comigo através da dedicação dos meus cuidadores. Eles não falam muito, mas estão sempre de bom humor na prestação de serviço, trabalhando na minha alimentação, higiene, medicamentos, vestimentas e a manutenção aqui do quarto. Embora as equipes sejam diferentes, todos são muito simpáticos.

- Nossos trabalhadores são treinados e capacitados para oferecer o melhor dentro da necessidade de cada um que aqui se encontre sob os nossos cuidados.

- É verdade. Qual é mesmo o seu nome?

- Zafir.

- Doutor Zafir, permita-me dizer-lhe que a rotina não me exaure, porque não busco por nada. Os dias e noites seguem-se sem que me interesse pelo significado da situação que me encontro. É como se nada existisse. Nem o tudo, nem o nada, somente o abismo e a nulidade do ser.

O doutor Zafir passa a flexionar os verbos das perguntas no pretérito, inspirando o paciente a admitir que seu estado é coisa que passou, e que no momento atual as coisas seriam diferentes.

- Você tem noção do período em que permaneceu nesse estado?

- Não, não tenho qualquer noção.

- E como foi que o gelo se quebrou? Em que ponto houve a ruptura da letargia de que era acometido?

- Não sei precisar, mas fui informado pelos que cuidam de mim, que tal ocorrera em um determinado dia, ao receber a visita de uma moça, com a utilização da musicoterapia. A partir de então, o meu estado passou a modificar-se lentamente no decorrer do tempo, evoluindo o aspecto geral quanto às posturas do corpo, como pela demonstração de consciência, paulatinamente crescente, até que pudesse ser considerado trazido da "morte do eu". Bem, foi o que me foi explicado por uma doutora. Esqueci o seu nome.

- Ela chama-se Heldra, e os médicos que acompanham o seu caso são Lizeu e Nest.

- Eles disseram-me que todo o processo desde a minha chegada ao Instituto até a retomada da atividade mental interpretativa passou-se quase quatorze anos. Não sei como é possível!

- Seu caso não é único, e nem foi o mais complexo, considerando intensidade e tempo para a reconstituição das conexões entre o organismo e o corpo mental. É claro que, no seu caso havia a questão da autonegação ou irrestrita punição, o que sabemos tratar-se do pior estado psíquico que conduz à inércia dos mecanismos psicomotores, inibindo os centros cerebrais límbicos, responsáveis pelas emoções e pelo comportamento social. Desculpe-me pelos nomes e referências. Mania de médico!

O doutor Zafir sorri e consegue um esboço de sorriso daquele rosto que durante anos permaneceu morto para si mesmo.

Pergunta, então, a Hoilek.

- Chegou, a conhecer a identidade da moça que o auxiliou de volta à razão?

- Não. Até hoje não sei quem foi esse anjo bom que me fez reviver.

- Bem, como tudo na vida acaba por revelar-se, certamente chegará o dia em que você a conhecerá e poderá agradecer por tamanha dádiva, não é mesmo?

- Sem dúvida, sem dúvida.

- Meu amigo, por hoje podemos encerrar nossa conversa, que foi muito produtiva. Estou deveras satisfeito com o seu progresso. Amanhã voltaremos a conversar mais um pouco. Procure descansar. Não se cobre; não se questione. Apenas siga as instruções dos nossos amigos da equipe médica. Eles sabem como conduzir as coisas. Foi um grande prazer estar com você. Até amanhã.

Hoilek não responde com os lábios, apenas dirige o olhar para o amigo Zafir, cuja mensagem era de agradecimento e confiança, indicando com positividade o que estava sentindo.

Nos dias que se seguiram, durante dois meses, o doutor Zafir esteve com Hoilek, espaçando seus contatos e permitindo a absorção dos ensinamentos e indicações necessárias ao seu pleno restabelecimento.

Em determinado dia, devidamente agendado para tal, foi programada a visita de Aslet, acompanhada por toda a equipe.

Encontramos todos juntos a Hoilek. O doutor Zafir inicia a conversação.

- Segundo fui informado pela doutora Heldra, o seu estado é promissor, e encontra-se cada vez mais apto para deixar o pavilhão médico, podendo ingressar em alguma atividade de seu interesse aqui no Instituto.

- Aos poucos estou me certificando disso. Eu sei que preciso melhorar e para isso preciso sair daqui e começar a ser útil. Não sei o que posso fazer, nem onde atuar, mas preciso sair dessa posição de vítima, de paciente, dando trabalho. Eu preciso trabalhar!

Todos sorriem admirados pela disposição de Hoilek.

- Aproveitamos a oportunidade para apresentar a pessoa que nos auxiliou em seu despertar e reinício da recuperação, que hoje percebemos estar "de vento em popa"!

Aslet é indicada a Hoilek, a qual sorri para ele, cumprimentando-o.

- Não tenho como agradecer-lhe pelo que fez, auxiliando-me a recobrar os sentidos. Muito obrigado. Desculpe-me não sei o seu nome.

Sem que ninguém esperasse, a jovem diz: Eslah.

Faz-se silêncio por alguns instantes. Uma surpresa para toda a equipe, que não tinha em mente tal reação por parte de Aslet.

No entanto, Hoilek, sem qualquer afetação, responde:

- Obrigado, senhora ou senhorita Eslah?

Eslah, sorridente, responde.

- Senhorita!

Todos sorriem e os mais diversos assuntos são conduzidos, sempre com bom humor.

No final do período estipulado para a sua permanência no Instituto, Aslet, agora Eslah, nome que assumiu definitivamente após a referida reunião, fez o lançamento do seu trabalho com o devido acompanhamento nos diversos setores do Instituto, seu lar, como se referia.

Continuou seus serviços fora do Instituto, mas com um "pezinho" lá, às voltas com um novo trabalho e novas pesquisas, de certa forma, sempre relacionadas com aspectos científicos, agora um tanto voltadas para a área de pesquisa e desenvolvimento.

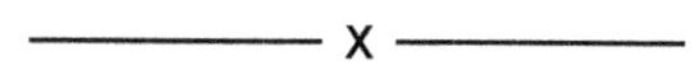

Após o seu restabelecimento, conforme previsão do doutor Zafir, Hoilek deixou o pavilhão médico, ingressando em atividade permanente na diretoria de pesquisa e desenvolvimento, com excepcional aproveitamento, trabalhando com total dedicação.

Não era raro que os pacientes com quadro mais complexo permanecessem temporariamente no Instituto assumindo alguma responsabilidade, de acordo com suas aptidões. Essa era uma estratégia para a certificação da conquista do seu equilíbrio psíquico e possibilidade de deixarem o Instituto para seguirem suas vidas, com a inclusão nos quadros de colaboradores das demais Organizações da Cidade ou outros destinos, conforme a situação de cada um.

Hoilek comparecia regularmente às consultas médicas, cumprindo todas as prescrições estabelecidas. Acusava, no entanto, a tal dor no peito, que chegava sem avisar. O doutor Nest, responsável pelo seu acompanhamento, sabia tratar-se do trauma no plexo cardíaco, devido ao que sofrera pela execução da pena a que fora submetido no caso do nosso conhecimento.

Hoilek fora condenado à morte por fuzilamento, sofrendo além do impacto dos projéteis em seu peito, o trauma psíquico, que o lesionou profundamente em nível mental. Esses ferimentos levaram-no à situação de difícil recuperação, a qual ainda mostrava seus efeitos danosos revelados pela inconstante dor no peito e, um pouco mais rara, uma quase crise de pânico.

Contudo, a vida continua, e faz-se necessário dar prosseguimento ao trabalho e à manifestação da vontade, para que a melhora se processe, lenta, mas progressivamente. Assim, Hoilek caminhava, evoluindo a cada dia, operoso e útil, demonstrando que o serviço fraterno é a grande cura de todos os males.

LUTA INTERIOR

Hoilek começa a prestar serviço na diretoria de pesquisa e desenvolvimento, de início auxiliando na prestação de serviço de acompanhamento aos técnicos em diversos setores.

Com o passar do tempo fez seu primeiro curso de capacitação em dispositivos de defesa e comunicação, permitindo-lhe participar na área de projetos como auxiliar instrumentista.

Em seguida, evoluindo em dedicação e ações meritórias naquele setor do Instituto, aprimorou-se nas versões mais atualizadas de projetores psíquicos (dispositivos que permitem a exteriorização da onda mental, exibindo tridimensionalmente as formas pensamento dos pacientes). Esses equipamentos sutilíssimos são acoplados em determinada área cerebral, possibilitando que as pseudo realidades sejam plasmadas temporariamente. Suas aplicações constituem ações terapêuticas e também estratégicas quando em processos de resgate realizados pelos Legionários nas regiões intermediárias, e mesmo em dimensões profundas, aquém da crosta.

Em um determinado dia ocorreu um fato constrangedor para Hoilek, quando no interior de uma sala utilizada para aferição de dispositivos de defesa por emissão de ultra frequência, um dos técnicos ergueu aleatoriamente um artefato semelhante a um fuzil, durante o serviço que realizava. Neste momento Hoilek entrou na sala deparando-se, coincidentemente, com o técnico empunhando o dispositivo em sua direção. Ele estancou e permaneceu imóvel, como uma estátua. O técnico de início não percebeu a situação, mas passando a seu lado verificou que ele estava com os olhos fixos e boquiaberto, inerte. Perguntou se estava tudo bem com ele, porém não houve resposta. O técnico o tocou no ombro para auxiliar de alguma forma, mas como que tivesse levado um choque elétrico, leva as mãos ao peito e queda ao chão, demonstrando sentir forte dor.

Hoilek foi encaminhado para o pavilhão médico e lá recebeu o atendimento necessário, vindo a restabelecer-se, não sem antes consumir alguns dias de trabalho da equipe médica, tendo à frente o doutor Nest, que, embora não se surpreendesse com o ocorrido, não deixou de considerar a seriedade que o caso requeria, dando ciência ao seu colega Lizeu e, principalmente, à doutora Heldra.

Os procedimentos utilizados não visavam reconstituição de tecido lesionado ou readequação orgânica, mas o equilíbrio entre o corpo mental e o consequente comprometimento cerebral ocorrido quando da vivência dos acontecimentos que determinaram suas experiências na crosta, incluindo as ocorrências que puseram término à sua última existência.

Apesar de Hoilek aparentar boas condições físicas, apresentava algumas falhas comportamentais em circunstâncias que o ligavam àqueles fatos pretéritos, sem que ele pudesse reagir, bloqueando suas emoções e consequentes ações. Numa linguagem mais comum, ele travava!

O supervisor do setor em que trabalhava tinha ciência do seu caso, assim como ser o trabalho uma excelente terapia para que ele pudesse harmonizar-se psiquicamente de forma mais rápida.

Embora essa ocorrência não fosse a primeira, fora a mais comprometedora com relação ao trabalho que realizava. Afinal, o setor em que servia era responsável pela pesquisa e desenvolvimento do Instituto, lidando, inclusive, com equipamentos de controle e segurança interna e externa.

Não fosse a confiança da equipe médica em seu perfil moral e o acompanhamento permanente realizado, assim como a anuência do diretor geral quanto à capacidade de resposta de Hoilek, ele não poderia estar exercendo atividades em tão importante núcleo.

O retorno às atividades no seu setor de trabalho ocorreu com normalidade, sem, no entanto, deixá-lo constrangido perante a supervisão e os colegas. Estes buscaram agir com normalidade, como se Hoilek apenas fora acometido de um problema eventual, sem maiores consequências. Tal comportamento fraterno foi providencial para que ele retomasse seus deveres, possibilitando em breve tempo alcançar um padrão de tranquilidade funcional e social.

Outras ocorrências similares foram verificadas no intervalo de dois anos, enquanto prestava serviço nas atividades da diretoria de pesquisa e desenvolvimento, sem configurar situação tão complicada quanto à descrita. Foram ocorrências fortuitas e espaçadas, quando Hoilek demonstrava insegurança e, às vezes, a dor no peito, como se fora uma espécie de angina.

De um modo geral esse tempo transcorreu bem, com a consolidação do restabelecimento de Hoilek para o trabalho que fazia no Instituto.

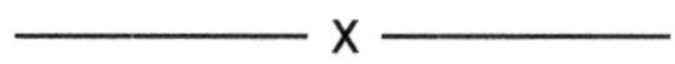

Durante esse intervalo de tempo, Eslah uma vez ou outra acabava por encontrá-lo aqui e ali, em função dos trabalhos de ensino e comunicação que fazia, buscando no Instituto suas âncoras para as configurações que idealizava na fundamentação técnica das causas e consequências das ações humanas.

Quando encontrava Hoilek, sentia uma atração forte e agradável por estar com ele, contrastando com o comportamento dele, que não dava muita importância a ela, tratando-a com gentileza natural de uma pessoa conhecida.

Nesses dois anos Eslah também prosseguiu seu tratamento no Instituto, sem qualquer impedimento quanto ao acesso a informações pretéritas. Todavia a equipe médica, por medida cautelar, concluiu não ser prudente e mesmo necessária a catalogação retrospectiva da memória pretérita de sua última experiência na crosta, tendo em vista a sua aproximação com Hoilek e o estado clínico de ambos.

Compreenderam que suas lembranças dessa existência ocorreriam com total espontaneidade, segundo razões que somente a vida poderia estabelecer.

Quanto à Hoilek, sabiam que esta seria uma situação mais complicada. Não que fosse impossível, mas sujeita a fatores que extrapolavam a capacidade de discernimento da equipe. O seu comprometimento fora muito grave, de forma que o passado em nada lhe seria útil para a manutenção de sua integridade psíquica. Somente o tempo e novas experiências o permitiriam acessar os acontecimentos pretéritos, após a consolidação integral do seu equilíbrio emocional.

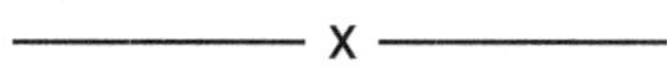

Em um final de tarde vamos encontrar Hoilek conversando com o seu supervisor.

- Sandrin, tenho pensado bastante sobre o meu trabalho aqui no Instituto e os conhecimentos que adquiri com a sua supervisão eficiente, além de toda a contribuição dos colegas. Não que desgoste de trabalhar com a equipe ou estar com vocês, mas eu gostaria de tentar desenvolver outros trabalhos...

O supervisor Sandrin o observa atentamente e pergunta.

- O que tem em mente, Hoilek?

- Não sei bem, mas é como se eu precisasse dar continuidade ao meu aprendizado. Talvez um novo serviço aqui mesmo no Instituto ou fora dele. Soube que os Legionários estão com inscrições abertas para um curso de admissão na corporação. Quem sabe eu pudesse fazer inscrição e tentar aprovação. É só uma ideia, mas gostaria de saber sua opinião.

- Bem, Hoilek, todos nós gostamos de você e do seu trabalho, mas sabemos que tudo passa e necessariamente progride. Não tenho nada a opor quanto a você deixar o Instituto e vir a prestar serviço com os Legionários. Quero que se sinta à vontade para tomar suas decisões, sem que pese qualquer sombra de dúvida com relação ao nosso apoio.

- Sandrin, você é para mim muito mais que um supervisor de trabalho. É um amigo que prezo e sei que posso contar em qualquer situação. Vou amadurecer a ideia e qualquer decisão a respeito você será o primeiro a quem comunicarei, antes mesmo de pedir aprovação da diretoria médica.

O supervisor Sandrin sorri e toca o ombro de Hoilek, com demonstração de sincera amizade.

O doutor Nest não demonstrou qualquer apreensão ao ser consultado por Hoilek quanto à possibilidade de vir a prestar serviço nos Legionários, conversando com ele nesses termos:

- Você tem alguma ideia da razão do seu interesse por esse novo trabalho?

- É como eu lhe disse: não estou insatisfeito em trabalhar no Instituto. De forma alguma! Foi aqui que me restabeleci e o trabalho me preenche o tempo, podendo ser útil e desenvolver atividades novas, realmente interessantes. Contudo, sinto a necessidade de prosseguir atuando em outras formas de serviço. Li a respeito do que os Legionários realizam na Cidade e fora dela. Interessei-me pelo que eles fazem e gostaria de pertencer ao quadro de colaboradores daquela corporação. É como se eu precisasse estar lá, atuando e conquistando coisas que aqui eu não poderia. Não sei explicar direito. Desculpe-me.

- Ora, Hoilek, não há do que se desculpar. Você tem vontade própria. Decide sua vida. Se sente vontade de atuar naquela corporação, vamos trabalhar para que você esteja em condições.

- O senhor acha que eu não poderia tentar a admissão?

- Não é uma questão de tentar a admissão, mas de fazer o curso, ser aprovado e trabalhar lá. Quando disse apto, foi nesse sentido, entendeu?

- Sim. O senhor acha que eu não tenho condições para isso?

- Hoilek, vou levar a sua solicitação para a diretoria médica. Assim que tiver uma resposta comunico-lhe.

- Está bem doutor. Só peço que não leve muito tempo, para que eu não perca o período de inscrição.

- Fique tranquilo, farei isso o quanto antes.

Ambos despedem-se. Hoilek retorna para seu setor de trabalho, enquanto o doutor Nest dá continuidade aos seus afazeres, sem, no entanto, finalizar seus trabalhos naquele dia, antes de levar o caso para a doutora Heldra, que o recebe em seu gabinete, sendo notificada a respeito.

- Pois então, esse foi o pedido de Hoilek, doutora Heldra. Pessoalmente, tenho minhas reservas quanto ao seu trabalho fora dos limites do Instituto. Embora tenha demonstrado equilíbrio na realização dos serviços, sabemos que ele ainda não possui domínio de si mesmo diante de certas circunstâncias!

O doutor Nest diz isso demonstrando preocupação, exibindo fisionomia como que desaprovando a saída de Hoilek.

A doutora Heldra o ouve e também exibe fisionomia bem séria, respondendo ao doutor.

- Nest, apesar de acreditarmos no bem maior, dado que Deus em tudo se manifesta, não podemos prescindir de responsabilidade nas lides com as pessoas que aqui se encontram para atendimento psíquico. E

Hoilek é uma daquelas que nos desafia com suas reações quase imprevisíveis. Tenho conversado com o doutor Zafir sobre o seu caso, através dos seus relatórios. Não vou e não posso tomar qualquer decisão quanto ao pleito de Hoilek sem antes obter a concordância explícita do diretor geral. A situação requer apreciação superior, tendo em vista circunstâncias que nos escapam o círculo de informações. Qualquer erro de nossa parte pode vir a acarretar prejuízos de difícil reparação futura, retroagindo todo o ganho até aqui obtido em seu tratamento.

- Disse a ele que responderia em breve, devido ao período de inscrição dos Legionários. A senhora tem ideia de quando podemos ter essa resposta?

- Vou comunicar ao doutor Zafir ainda hoje sobre o assunto. Peço que você aguarde. Vamos ver o que conseguimos, o quanto antes. A ansiedade para Hoilek não contribui em seu tratamento. Amanhã falo com você a esse respeito.

Os dois médicos ainda tratam de mais algumas questões e despedem-se.

A doutora Heldra não perde tempo e encaminha ao doutor Zafir um sucinto relatório sobre a situação de Hoilek, informando-o quanto ao seu pedido e solicitando a sua opinião.

Ao receber o relatório, o diretor geral analisa-o e, sem demonstrar surpresa, pede a Ayvla que solicite a presença da diretora médica, juntamente com os médicos Lizeu e Nest em seu gabinete no dia seguinte, na primeira hora da manhã.

Permanece por alguns momentos refletindo sobre o caso e, através da prece, busca em Deus inspiração para lidar com o destino que não pertence à Criação, mas ao Criador.

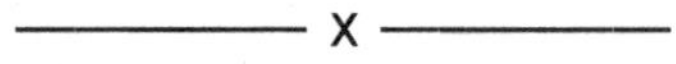

No dia seguinte vamos encontrar o grupo de médicos reunidos no gabinete do diretor geral em conversação a respeito da possibilidade da saída de Hoilek do Instituto, tendo pela frente o processo seletivo dos Legionários.

O doutor Zafir faz as suas colocações.

- Senhores, a questão primordial é o controle emocional dele. Sabemos que o processo de libertação dos seus condicionamentos pretéritos não será efetuado somente com boa vontade pessoal, mas por vivência educativa tanto na dimensão em que ora nos encontramos, como na crosta, onde ainda existem pendências a serem quitadas em seu campo mental.

A doutora Heldra considera.

- Sabemos dessas questões, doutor Zafir, mas até que ponto devemos liberar Hoilek para voos mais altos. Afinal de contas, ele já demonstrou fragilidade aqui mesmo no Instituto, confundindo um instrumento de medição com uma arma!

O doutor Zafir responde.

- É verdade doutora, contudo acredito que enquanto ele não encarar os próprios fantasmas que o detêm na defensiva, não vai superar o medo, a angústia e a tristeza, fatores repressivos em seu caráter. Assim sendo, estou inclinado a permitir a sua inscrição, e não vejo maiores problemas para que seja aprovada, considerando o nosso aval.

O doutor Nest acrescenta.

- O acompanhamento que atualmente fazemos, que é de praxe, será mantido sem nenhuma alteração? Pergunto isso, porque em caso de aprovação e início no curso, a agenda de compromissos que deverá atender é bem puxada!

O doutor Zafir responde.

- Sem dúvida ele seria requisitado a responder a todas as exigências como um aluno comum. Quanto às consultas, continuaria a fazê-las nos períodos predeterminados, em conformidade com a agenda do curso, da mesma forma que os outros alunos e os colaboradores dos demais órgãos da Cidade.

O doutor Lizeu faz uma consideração.

- No caso de Eslah, o seu progresso tem sido excelente, e sabemos que ela tem estado, quando pode, com ele aqui no Instituto. Da parte dela isso acaba contribuindo para a melhoria dele, conforme a relação existente entre os dois, mesmo que ele não se dê conta disso.

O doutor Zafir acrescenta.

- Sim, doutor Lizeu, a presença de Eslah é um trunfo nesse jogo de emoções, o qual precisamos utilizar com maestria, buscando sempre auxiliar a ele, sem prejudicá-la. Com a saída dele, certamente vai carecer da companhia dela, contudo...

O doutor Zafir interrompe a própria fala e reflete por alguns segundos, continuando.

- Contudo, parece-nos que aquela corporação deverá ser a nova referência entre os dois. Para constatarmos isso, somente com o passar do tempo...

Os médicos se entreolham, e a doutora Heldra pergunta ao diretor geral.

- E quanto aos Legionários? Faremos alguma consideração especial na ficha dele?

- Não vejo razão para qualquer informação além das que normalmente prestamos. O caso de Hoilek não se resolverá por agora. Os Legionários conduzirão o curso como das outras vezes. Sinto que Hoilek será aprovado e que deverá concluir o curso. Estejamos preparados para dar-lhe o suporte necessário para que alcance a formatura.

Dirigindo-se para o doutor Lizeu, conclui.

- Neste caso, a presença efetiva de Eslah será decisiva para o bom termo de tudo isso.

A doutora Heldra volta a falar, dirigindo-se para o doutor Nest.

- Bem, então vamos autorizar a inscrição dele. A se confirmar a aprovação para o curso, de antemão já estamos posicionados quanto à permissão final, mantendo o acompanhamento e os cuidados necessários para que possamos auxiliá-lo em sua conclusão, conforme orientação do doutor Zafir.

O doutor Zafir faz ainda uma consideração.

- Meus amigos, temos nas mãos um caso que envolve dois seres que já estiveram lado a lado em várias experiências na crosta, sem, contudo, conseguirem o sucesso desejado, com relação ao progresso de ambos, evolutivamente falando. Sabemos que Eslah prosseguiu independente dele, mas ele parece não andar sem que ela lhe cutuque e incentive a marcha. Os dois ainda vão precisar de tempo para reduzir as distâncias que o amor universal determina para sua maior manifestação.

O médico passa a falar como se vislumbrasse o futuro, desviando o olhar para a janela cuja paisagem sempre lhe inspirava.

- Em futuro não muito distante ambos trabalharão juntos com a união de suas forças em nome do amor, e ainda construirão muitas coisas boas, auxiliando a todos que puderem encontrar em seus caminhos no infinito porvir.

Voltando-se para os médicos, conclui sorridente.

- Quanto a nós, aqui estaremos enquanto a divina providência nos permitir, trabalhando no apoio e na retaguarda, dando os suportes necessários aos que precisem dos nossos serviços.

Todos sorriem e ainda falam de alguns assuntos de interesse da diretoria médica. Logo após, a reunião é concluída e a equipe da diretoria médica despede-se, agradecendo a atenção do doutor Zafir pela atenção e orientação prestada.

Passadas três semanas dessa conversa, vamos encontrar Hoilek com todo o material de inscrição para o curso de admissão nos Legionários. Já havia conversado com o supervisor Sandrin, comunicando-lhe a sua decisão de tentar aprovação naquela corporação. Buscara autorização da equipe médica para a possível mudança de trabalho, sendo informado de que não haveria problemas para que viesse a servir como membro dos Legionários, desde que mantivesse seu acompanhamento periódico de rotina, que já ocorria trimestralmente. Caso houvesse aprovação esse período seria readequado às disponibilidades do curso.

Assim, Hoilek inscreve-se para a admissão no curso, prestando as provas de verificação de conhecimentos e aptidão, sendo aprovado em todas as etapas, com apenas uma ressalva na parte médica, uma notificação de acompanhamento no Instituto para avaliação de tratamento.

Isso não contribuiu negativamente para a sua aprovação, uma vez que o Instituto faz acompanhamento periódico de rotina com a grande maioria dos habitantes da Cidade.

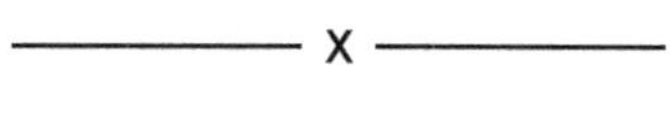

Pode-se dizer que essa é uma providência que deveria ocorrer em todas as comunidades, tendo em vista que a saúde mental exige controle preciso para não vir a apresentar resultados insatisfatórios somente comprovados quando é tarde demais, ou seja, as atitudes já foram tomadas e os danos ocorridos.

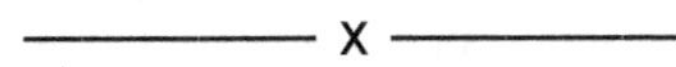

A aprovação de Hoilek foi comunicada oficialmente pelos Legionários ao Instituto, o qual respondeu com autorização para a sua inclusão no curso de formação de novos Legionários.

A transferência ocorreu sob muita emoção por parte de todos, sem, no entanto, provocar dramas e lágrimas, apenas sinceros abraços e sorrisos, com desejo por parte dos colegas e da equipe médica para que Hoilek fosse bem sucedido em sua nova empreitada.

O doutor Zafir compareceu à sua despedida do Instituto, abraçando-o e dizendo-lhe como a um filho, que todos ali estariam sempre com ele em tudo o que necessitasse.

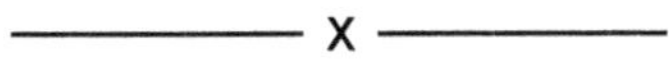

Já havia transcorrido duas semanas que Hoilek tinha deixado o Instituto, quando Eslah dirige-se ao setor em que ele trabalhava, buscando informações para seus trabalhos, cujo propósito fundamental era vê-lo e passar alguns momentos com ele.

Dirigindo-se ao supervisor Sandrin, por não ter encontrado Hoilek, o mesmo informa-lhe sobre sua saída do Instituto, ingressando nos Legionários com vistas à realização de curso para ingresso naquela corporação.

- Eu não sabia que ele havia se inscrito para admissão no curso.

- Sim, foi muito rápido, desde a conversa que tivemos a respeito, sua inscrição e admissão.

Eslah mal consegue disfarçar a sua contrariedade, pois sabia que durante a primeira fase do curso, algo em torno de um ano, os internos ficavam reclusos aos limites da corporação. E isso a impediria de estar com ele.

Fala meio que desconcertada.

- A nossa Organização promoveu as informações a respeito da prova para admissão no curso, mas eu não sabia do interesse de Hoilek...

- Ele não lhe falou nada quando você esteve aqui da última vez?

- Não, infelizmente nos desencontramos. Era o dia de seu atendimento no pavilhão médico, aí não pudemos nos falar.

- Que pena Eslah, vocês são tão amigos. Contudo, em breve poderão estar juntos de novo.

Eslah despede-se de Sandrin meio que abestalhada, essa é a expressão para descrever a expressão do seu rosto.

Deixara o Instituto sem saber bem precisar o sentimento que a envolvia, mas seu coração apertava, ao ponto de lhe faltar o ar para respirar. Uma emoção intensa ia tomando conta do seu ser, num crescente que a fez parar em uma pequena praça, na qual se sentou em um dos bancos e ficou sem saber bem o que fazer, nem para onde ir. Estava como que envolta em uma nuvem de incerteza e tristeza.

Pensava consigo mesma: "por que ele não me disse a respeito da sua vontade de trabalhar nos Legionários"? Rememorava se da última vez que se viram ele tivesse falado sobre o assunto. "Mas não, ele não disse nada". Pensava no que o supervisor Sandrin disse-lhe quanto à repentina decisão e da rápida transferência. Tentava achar uma razão para que ele tivesse faltado com consideração para com ela. "Será que ele não me tem qualquer apreço? Não significo nada para ele? É claro, nós não formamos nenhum par romântico! Nunca falamos nada sobre esses assuntos; só de trabalho. Ele quase não fala".

Por bastante tempo Eslah ficou sentada naquele banco, perdida em conjecturas sobre as razões de Hoilek ter saído do Instituto e ingressado nos Legionários sem que ela soubesse.

As primeiras estrelas começavam a reluzir no grande manto azul do céu, quando caiu em si e percebeu o adiantado da hora. Levantou-se e voltou a caminhar ainda cismada e desmotivada, mas prosseguindo meio que trôpega em sua luta pela vida.

*Doutor Zafir referindo-se ao **I**nstituto: não somos uma caricatura da perfeição, apenas um rascunho em aperfeiçoamento, contudo responsável e idealizador de uma sociedade mais equânime e feliz.*

OS LEGIONÁRIOS

A administração central da Cidade conta com uma força de segurança atuante em seus limites e em missões externas, chamada Legionários. Sua estrutura tem o formato militar, sem, no entanto, existir patentes e comandos interligados por subalternidade, tipo piramidal. Seus membros obedecem aos critérios estabelecidos pela administração central através de um comandante geral, o qual presta serviço na sede dos Legionários. Representa a liderança máxima das equipes através dos comandantes de divisão e supervisores de equipe.

A sede dos Legionários dispõe de edificações apropriadas para suas atividades administrativas e operacionais, incluindo instalações de treinamento e simulação de eventos, manuseio de dispositivos e alojamento (em prédio anexo fica a cozinha, refeitório e despensa). A segurança das Organizações existentes da Cidade é por conta de cada uma delas, ou seja, os Legionários somente atuam ostensivamente em suas áreas públicas e perímetro, além de missões externas.

Os serviços fora da Cidade, na mesma esfera de ação, possuem correspondência direta com o centro de controle, setor que desempenha o monitoramento operacional das atividades dos Legionários. O controle dos postos externos é realizado de forma compartilhada com as demais colônias que atuam em regiões espaciais próximas, os quais dão apoio às incursões por demanda de suas administrações centrais. Os serviços nas regiões intermediárias contam com apoio logístico situado nos postos de socorro distribuídos conforme a organização dos núcleos habitacionais a elas ligados, formando uma espécie de malha.

Quanto às incursões ou serviços ordinários na crosta as equipes utilizam como base de apoio instituições que reúnam condições vibratórias satisfatórias para o desenvolvimento de suas atividades. Já, as expedições em dimensões subcrostais, os Legionários contam apenas com o que podem levar consigo, incluindo os recursos de suplementação energética, materiais e dispositivos operacionais.

As equipes possuem renovação em função da necessidade, devido à transferência de integrantes para outras atividades na Cidade ou fora dela, incluindo a situação de retorno à crosta para vivência de novas existências. A complementação e ampliação do quadro contam com inscrições periódicas para admissão através de processo seletivo, o qual inclui conhecimentos gerais, aptidão comprovada por sistema de paridade emocional, além da apresentação de motivos pessoais a serem considerados pela coordenação geral do certame.

O treinamento e capacitação dos membros admitidos ocorrem através de curso realizado em um período de até seis anos. As instalações dos Legionários na Cidade possuem infra-estrutura capaz de garantir a permanência dos alunos, incluindo as fases e atividades concernentes ao curso. Todos os sistemas, equipamentos e instrumentos utilizados individual e coletivamente são disponibilizados e mantidos com a participação dos próprios alunos, monitorados por instrutores e supervisores.

O processo de formação de um legionário é realizado em cinco fases, teoricamente com duração de um ano por fase, sendo considerado um período de mais um ano, reservado às intercorrências, processos de reciclagem e problemas inerentes ao cumprimento de todo o conteúdo do curso. O aproveitamento dos alunos tem que ser satisfatório, sem exceção. Dentro desse período ocorre uma etapa final chamada "Prova de Fogo", não revelada inicialmente aos alunos, na qual devem satisfazer o aprendizado em relação ao que não demonstraram bom desempenho ou problemas durante as fases do curso.

A primeira fase é o curso básico (os alunos permanecem em tempo integral na sede), formado por conhecimentos gerais, técnicas elementares operacionais, disciplina ética (os legionários são extremamente rígidos) e manipulação instrumental. Ao término desta fase o aluno presta prova de habilitação. Os que forem aprovados iniciam a segunda fase do processo de formação. Os que apresentarem dificuldades e não obtiverem os conceitos necessários para prosseguir no curso são aproveitados em atividades internas na corporação, tipo administrativas, aguardando novo processo seletivo para tentarem novo ingresso. Se optarem pelo desligamento, o mesmo se dá, sem qualquer embaraço pelo comando geral.

Na segunda fase os alunos têm acesso a conhecimentos e procedimentos para abordagem individual e coletiva, controle mental para sustentação energética, utilização de dispositivos de defesa e neutralização de forças antagônicas. Nesta fase os alunos têm livre acesso dentro dos limites da Cidade, devidamente monitorados. A supervisão gera relatórios sobre a eficiência de cada um, definindo a sua aprovação para o prosseguimento no curso. Esta fase não requer prova de habilitação. Praticamente não há registros de não aprovação, com exceção de alguns casos de readequação, os quais são resolvidos pontualmente.

Na terceira fase os alunos passam a prestar serviços externos, dentro da faixa vibratória dos núcleos habitacionais, em incursões pontuais nas regiões intermediárias. São formados grupos de no máximo seis alunos. Durante esta fase iniciam-se os procedimentos individuais de autossuficiência, com a utilização dos recursos disponíveis de autodefesa e isolamento energético, assim como a geração de relatórios e projetos de sua autoria, voltados para a melhoria dos processos utilizados pelos Legionários em suas diversas atividades. Os alunos permutam atividades na sede em períodos menores aos que exercem externamente.

Nesta fase é admitida a realização do primeiro período de reciclagem para o aluno que demonstrar problemas de adequação aos procedimentos (não é incomum essa ocorrência). Neste caso, é providenciado o seu retorno para a sede dos Legionários, podendo vir a ser submetido a tratamento em qualquer Organização da Cidade, caso necessário. Com a sua recuperação, o mesmo retorna para dar continuidade aos serviços exigidos, levando-se em conta suas reações não compatíveis com o esperado, alongando o período geral para a conclusão desta fase para todos os alunos (de um a dois meses).

Poucos casos resultam em não continuidade na terceira fase. São aqueles nos quais o aluno manifesta problemas mais acentuados que demandem muito tempo para recuperação, não restando opção a não ser seu desligamento do curso. Este poderá ainda atuar, quando do seu interesse, em outras funções na sede dos Legionários, de acordo com a disponibilidade dos setores que a integram, aguardando, se for o caso, novo processo seletivo, após os tratamentos a que se submeta.

A quarta fase é crítica. Nela os alunos descem ainda mais em direção às fronteiras dimensionais, vindo a prestar serviços específicos nas regiões intermediárias e auxiliares na crosta, participando ativamente das tarefas apresentadas pela supervisão. Paulatinamente, passam a atuar em pequenas missões que integrem o rol de procedimentos exigidos para o sucesso do seu amadurecimento como um futuro Legionário.

Como na fase anterior, os alunos permutam atividades na sede em períodos menores aos que exercem nas atividades exteriores, buscando preservar o seu padrão vibratório, mas dando prosseguimento ao processo de adequação psíquica em função da densidade atmosférica nas regiões intermediárias e crosta. Ainda nesta fase é admitido o segundo período de reciclagem, pelas mesmas razões descritas na terceira fase, isto é: inadequação ou falhas recorrentes (são poucos os casos). Como já explanado, o aluno retorna à Cidade e passa pelos procedimentos para sanar os problemas apresentados. Raros casos não admitem retorno para a conclusão da quarta fase. As exceções, como nas fases anteriores passam por processo semelhante para destinação dos alunos.

A quinta e última fase é a mais complexa. Nela os alunos, quase Legionários, são expostos a todo tipo de trabalho, e embora supervisionados, experimentam as agruras que esses heróicos trabalhadores assumem nas mais difíceis situações. As missões admitidas no curso apesar de serem de curta duração, fazem com que os alunos sintam o quanto as regiões intermediárias, a crosta e as dimensões subcrostais são inóspitas, com realidades que extrapolam o conceito de vida humana e organização social. A realidade se mostra em formas e contextos inacreditáveis. Os alunos vivenciam o horror em todas as espécies de manifestação, razão pela qual não podem permitir qualquer sintonia com as emissões saturadas de inferior padrão vibratório.

Nas fases anteriores essa é uma das situações mais determinantes no impedimento da continuidade do aluno para as fases seguintes, obrigando-o à reciclagem, o que não é admitido nesta fase, ou seja, os alunos não podem agir contrariamente ao que se espera de um Legionário, considerando as consequências que poderiam advir à sua integridade psíquica, com resultados imprevisíveis. A atuação dos instrutores, supervisores e comandantes nesse sentido é intensa e determinante, jamais deixando um aluno à mercê de situações comprometedoras, em qualquer hipótese.

Durante esta fase os alunos só vão para a sede apenas uma vez, por uma semana, e retornam às suas atividades externas até a sua conclusão.

Após essa conquista, os alunos voltam para a Cidade, quando recebem a comunicação da necessidade de ainda passar por uma etapa final, considerada "Prova de Fogo", provocando surpresa e apreensão. É uma estratégia psicológica que faz parte da têmpera exigida para a formação de um Legionário, ou seja, lidar com o imprevisível.

Depois do cumprimento desta última etapa, que não registra reprovações, apenas algumas observações relacionadas à eficiência dos alunos, ocorre o evento da formatura. É desnecessário dizer da emoção que toma conta de todos os corações que participam dessa cerimônia. Não há um só aluno que não se emocione, como todos os convidados, comando geral dos Legionários, comandantes, supervisores, instrutores, representação da administração central da Cidade e convidados. Afinal, encontram-se ali diante de todos, enfileirados, aqueles que cumprirão as recomendações do Cristo, ou seja: as difíceis tarefas de manter a disciplina e a ordem; levantar os caídos; dar alento aos que sofrem; ajudar os desesperançados; oferecer o braço amigo aos desamparados pela sociedade em que o egoísmo impera, enfim, ser um fiel irmão de todos!

Nesse dia, devidamente uniformizados, os formandos recebem a espada com o seu nome gravado, além das insígnias dos Legionários, composta por um brasão contendo a figura de duas mãos dadas sob as radiações do sol, tendo ao fundo a inscrição: "Legionários da Luz".

Após a formatura é concedida aos formandos uma semana, a título de folga. Ao término desse período se apresentam no comando geral dos Legionários, onde recebem suas designações para a prestação de serviços na Cidade, em missões nas regiões intermediárias em seus postos de socorro, na crosta e em dimensões inferiores a ela. De início, como auxiliares dos mais experientes, e, aos poucos, vão assumindo funções mais diretas. A definição não é aleatória, segue orientação dos comandantes e supervisores através de detalhados relatórios com a aptidão de cada um.

Costuma-se considerar os trabalhos nas dimensões paralelas e adjacentes à crosta como sendo simples e fáceis, uma vez que os chamados "espíritos" tudo veem e podem. Ledo engano! Esquece-se de que a vida e seus desafios são permanentes em qualquer lugar. Com os Legionários a situação não é diferente; muito pelo contrário. Eles têm que instruir, treinar, desenvolver tecnologia, enfrentar situações difíceis, perigos reais quanto ao equilíbrio físico e mental, formar e controlar equipes multitarefa, ao passo da manutenção de uma corporação que presta serviço em diversas modalidades e ambientes completamente distintos e complexos.

Os trabalhos externos podem contar com o intercâmbio operacional de outras Organizações do gênero, pertencentes aos demais núcleos habitacionais (colônias) que formam parte da quarta dimensão planetária. Nessas missões ou incursões nas regiões intermediárias, crosta e principalmente nas dimensões subcrostais as equipes podem ser compostas por membros pertencentes a mais de uma Organização. Para que não haja desencontros ou descontinuidades, os serviços são subdivididos em tarefas paralelas ou sequenciais, de forma que as equipes os realizem com formação procedente da mesma Organização. Nestes casos somente os comandantes de divisão integram o controle da missão, avaliando o seu progresso e as providências que devam ser adotadas em função do andamento, através dos relatórios dos supervisores de equipe.

A indumentária utilizada pelos Legionários é diferenciada. Para os serviços internos, na Cidade, os mesmos são reconhecidos pelo uniforme e postura séria. Não são utilizados dispositivos ou equipamentos. Somente as equipes atuantes na segurança do perímetro portam a espada e outros itens considerados necessários.

Nos serviços externos, invariavelmente a espada é item indispensável, além, é claro, dos demais artefatos que compõem a lista de dispositivos e equipamentos a serem utilizados em função das tarefas e situações que se apresentem. Sua utilização é admita em confrontos com hostes de seres trevosos, assim como em embates duros contra séquitos submetidos ao controle perverso de entidades ignorantes, malignas por convicção e equívoco. Nessas ações, embora sejam utilizados esses equipamentos, não ocorrem mutilações ou lesões mais sérias nos que oferecem resistência ou buscam agredir os Legionários. O trabalho tem a finalidade primordial de recuperar e nunca ferir, mesmo sob a ação de represálias. A defesa dos Legionários faz-se necessária diante de emissões de ondas eletromagnéticas de alto teor destrutivo, além de fluidos com baixíssimo padrão vibratório, os quais assumem formas pensamento capazes de tontear e mesmo nocautear quem as receba. Dependendo do ambiente, da intensidade das emissões e das condições operacionais, a luz pessoal dos Legionários não é suficiente para impedir a ação refratária energética de tais emissões. Nestes casos a utilização dos dispositivos de defesa e controle torna-se indispensável.

Os Legionários trabalham em regime integral, obedecendo a escalas de plantão nos serviços ordinários. As missões, obviamente, não dispõem de turnos, pois dependem do objeto a que se destinam, sendo organizadas com respeito aos devidos revezamentos necessários e previamente programados. As dispensas podem ocorrer no caso de lesões e outros problemas durante a realização dos trabalhos, quando se dão as substituições.

Há casos, e não são raros, em que não existe possibilidade de permuta, devido ao ambiente onde são realizados os serviços, assim como das circunstâncias desfavoráveis à movimentação de pessoal, a qual denunciaria a presença dos Legionários. A estratégia da camuflagem para tornar possível o acesso e a ação em regiões inóspitas e de difícil acesso, embora menos comum, seria identificada, comprometendo o planejamento para o cumprimento dos objetivos traçados.

Os traslados em missões externas são proporcionados por veículos com propulsão de tecnologia ainda não desenvolvida na crosta, cujo princípio é eletromagnético. Podem transportar desde pequenas equipes até grupos maiores com algumas dezenas de Legionários. Nas incursões em regiões inóspitas, em que os veículos podem ser detetados, o desembarque ocorre a uma distância considerada segura, e partem a pé, até seus destinos finais. Na crosta, no espaço dimensional paralelo, em área desprovida de construções são estabelecidas bases para aterrissagem e decolagem dos veículos, os quais não produzem, normalmente, interferência naquela dimensão.

Quando em missões específicas de resgate em regiões inóspitas, os legionários podem vir a ter que alterar a sua vibração característica, naturalmente bem superior aos que lá habitam e "dominam". Para tal, passam por um período de densificação vibratória no âmbito psicobiofísico, o que os torna capazes de aparentar um ser igual perante os habitantes dessas regiões. Isso é fundamental para viabilizar o acesso e suas atividades, as quais não podem prescindir de eficiência com destaque quanto à rapidez e precisão, quesitos fundamentais para o êxito das incursões. Com o passar do tempo (alguns dias) o processo de respiração e absorção de luz natural, quase ou inexistente nessas regiões submetidas a altas pressões, faz com que as alterações realizadas no corpo comecem a retroceder, o que determina a necessidade de abortar a missão ou substituir, se possível, os membros da equipe que se encontrem em princípio de falência orgânica. O monitoramento é pessoal, sendo necessário que o Legionário indique ao supervisor ou comandante da missão o que se passa com ele, atitude essa, fundamental para não comprometer o sucesso do trabalho.

Os Legionários representam a mão que ampara e disciplina, atuando onde e quando forem necessários os seus serviços. São uma verdadeira referência da ordem que deve existir em qualquer Organização dedicada à realização de serviços públicos destinados ao convívio saudável e desenvolvedor do bem. Em suma, é uma corporação, uma guarda dos princípios morais, zelosa pela ética e comportamento ilibado de todos os seus representantes. Como diriam os "mortais": um orgulho para todos!

O INÍCIO

Hoilek apresenta-se na sede dos Legionários, assim como todos os demais aprovados para o curso. O encantamento com as instalações e as perspectivas para o início das atividades espelhava-se no semblante de todos.

No grande pátio onde os alunos foram reunidos formavam-se grupos, uns mais empolgados que outros, mas todos manifestando risos por não conseguirem esconder o contentamento que os dominava.

Hoilek com seu temperamento recatado quase não falava, só observava. Analisava o comportamento dos seus futuros colegas, admirado pelo extravasamento da alegria pelos gestos e conversação descontraída. Ele mantinha-se sempre introspectivo, consciente que nada dura para sempre e com a sensação constante de que tudo poderia escapar-lhe das mãos a qualquer momento.

Durante o tempo em que ficou no Instituto após o seu despertar, por mais de dois anos, em função dos trabalhos e cursos que fez na área de pesquisas e desenvolvimento de projetos, acabou por especializar-se em sistemas com variadas aplicações, incluindo dispositivos de uso exclusivo dos Legionários. O seu modo de ser e comportar-se facilitava bastante o aprendizado, justamente pela capacidade de concentração no que lhe era apresentado. Estudava com afinco, sem distrações, incansavelmente. Isso fez com que se destacasse nas equipes em que participara, tanto nos cursos como nos trabalhos realizados. Tal situação facilitou a concordância da direção geral do Instituto quanto à sua liberação para a admissão no curso dos Legionários, mesmo com as observações constantes em sua ficha, relativas ao comportamento e possíveis reações adversas, o que não era incomum para qualquer um dos alunos. Neste caso, o Instituto estaria à disposição para assumir as providências necessárias, considerando o tratamento oportuno, atuando de forma a não prejudicar o andamento das atividades do grupo e o aprendizado imprescindível para a aprovação final.

Ao deixar o Instituto, ingressando nos Legionários, mantinha o olhar vago característico, embora certo do que queria, ao mesmo tempo que alimentando dúvidas em alcançar o objetivo. A sua intenção era trabalhar exaustivamente para esquecer aquilo que nem sequer lembrava, mas sentia as reações. Ele fazia um grande esforço para voltar-se contra o passado, buscando apagar suas evidências no presente de sua vida.

Permanecia horas vislumbrando paisagens distantes, quieto, sem revelar mudanças no semblante. Era como se em nada pensasse, apenas vivesse com o propósito de dar cumprimento a um dever: o de existir, sem se importar consigo mesmo ou com os relacionamentos. Mantinha-se indiferente a tudo, apenas cumprindo o que lhe fosse solicitado. Esta foi a razão em optar pelo curso para ingressar nos Legionários, uma vez que ali não precisaria resolver questões por conta própria ou pensar quanto ao que fazer, simplesmente agiria segundo as determinações dos seus superiores. Pelo menos era o que ele pensava.

Em determinado momento soou uma sirene e o vozerio cessou repentinamente. Todos ficaram em total silêncio, na expectativa dos acontecimentos. Alguns Legionários passaram a orientar a formação dos alunos em filas paralelas, de forma que ocuparam grande parte do pátio. Do segundo pavimento do prédio que cercava todo o pátio, surge uma comitiva com o comandante geral dos Legionários, alguns comandantes de divisão e supervisores de equipe, além do um representante da administração central da Cidade. Através do sistema de som o comandante geral Atílio dá as boas vindas a todos, pronunciando-se em nome da corporação. Salientou a importância do trabalho e a dedicação máxima que os alunos deveriam ter durante o curso para que pudessem alcançar o melhor aproveitamento, o que seria indispensável para aprovação e consequente formatura. Falou sobre a origem da corporação, sua administração, operação e missão na Cidade e além dela. Ressaltou a responsabilidade que pesava nos ombros de todos, sem exceção, assim como dos critérios inalienáveis que eram as bases para a continuidade do trabalho realizado pelos Legionários.

Em seguida, os outros integrantes da comitiva fizeram uso da palavra, transmitindo sempre em tom de encorajamento e estímulo uma mensagem de força e seriedade para que todos pudessem alcançar o término do curso com o sucesso esperado. O representante da administração central acrescentou em sua fala, a consciência que os Legionários devem ter quanto ao equilíbrio dos núcleos habitacionais *f*ormadores daquela parte da dimensão planetária. Exaltou que todas as colônias dispunham de Organizações como aquela, cada qual com sua administração própria, tendo, no entanto, o mesmo dever quanto à segurança interna e serviços externos, individualmente ou em conjunto. Desejou a todos um bom trabalho e que, em breve, estariam todos mais uma vez reunidos para o evento da formatura, ocorrência singular e importantíssima para a Cidade. Mais alguns manifestos de outros membros da comitiva foram ouvidos, encerrando-se o evento com a retirada da mesma.

Assumindo a palavra, os supervisores orientam o encaminhamento dos alunos em grupos, conforme a senha que receberam na apresentação, antes do evento. Instrutores passam, então, a dar instruções aos seus grupos, orientando-os quanto aos procedimentos comuns a todos, indistintamente. Em seguida, foram conhecer a sede, uma espécie de visita acompanhada, sendo mostradas todas as suas dependências. Ao término do dia, os alunos ocuparam o pavilhão do alojamento com divisão de gênero. Começava assim, mais um capítulo na vida daqueles que seriam em alguns anos, o esteio da Cidade no aspecto segurança e serviços especializados na lide com o sofrimento e o resgate da luz que busca se apagar, mas que pela sua natureza divina, não o consegue.

No dia seguinte, vamos encontrar Hoilek às voltas em seus primeiros contatos com Timon, um dos vários instrutores do curso básico. Os alunos, devidamente uniformizados, iniciavam o aprendizado comum a todos, com a apresentação do conteúdo e seus conhecimentos.

Durante o transcorrer daquele primeiro ano, em período integral, os alunos aprenderam a disciplina que deve reger a vida de um Legionário no exercício de seus deveres, que nunca cessam. Um Legionário é sempre Legionário! Esse era um dos lemas da corporação.

Hoilek fez novas amizades, sem, no entanto, permitir maiores envolvimentos. Ele passou a ser conhecido como "aquele que sabe e não fala". Todos gostavam dele, mas as suas reservas impediam maior proximidade e, por conseguinte, mais contato e ampliação das relações.

Durante as aulas, tanto teóricas como práticas, Hoilek era o aluno tipo representante de classe, para quem todos se reportavam na ausência dos instrutores. Mesmo com a seriedade que lhe caracterizava o comportamento, atendia a todos com educação e sem demonstrar cansaço. Só não distribuía sorrisos. O máximo que se conseguia dele era uma expressão facial com ligeiro puxar de canto de lábios, meio que simulando um sorriso; mas só isso.

Os instrutores viam em Hoilek uma referência, com avaliações das melhores possíveis. Ele era um aluno exemplar em tudo o que fazia, entretanto fechava-se como uma "dormideira" ao menor gesto de intimidade por parte dos colegas, e mesmo dos instrutores.

Certa feita, uma aluna de nome Tamira, por inocência ou interesse em sua companhia, pela ajuda que recebera de Hoilek para a conclusão de um trabalho na matéria de dispositivos psicomotores, projetou-se em sua direção buscando abraçá-lo. Para sua surpresa, ele, como um gato, saltou para traz, detendo-a pelos braços, com firmeza e sério, sem nada dizer. A moça, constrangida, desvencilhou-se de suas mãos e pediu desculpas, buscando justificar a atitude como um ato de fraternidade, de agradecimento pela ajuda recebida. Hoilek apenas balançou a cabeça afirmativamente, como reconhecendo a explicação de Tamira e aceitando seu agradecimento. Alguns colegas presenciaram o ocorrido e por respeito a ele e às divisas dos Legionários em não propagar nada negativo, não divulgaram o que presenciaram.

Do lado de fora da sede dos Legionários, Eslah, absorvida em seus trabalhos prosseguia na labuta diária. Não que a imagem de Hoilek se apagara de sua mente, mas as suas ocupações com o desenrolar dos meses amorteceram o incômodo da sua ausência ou, pelo menos, a sensação de não poder vê-lo quando desejasse. Por já ter o hábito de escrever, mantinha um diário, no qual depositava suas emoções mais íntimas, como em um baú de relíquias inacessíveis. Apesar de ter por Hoilek uma atração difícil de conter e explicar, conseguia conter a angústia que sentia pela falta de acesso a ele. Em seus sonhos, às vezes, o via ao seu lado como parte de si mesma, porém sem poder tocá-lo; havia sempre uma espécie de isolamento que os separava. Acordava sobressaltada e com a sensação nítida de falta, carência, abandono; era horrível, mas, fazer o quê! Algumas vezes durante o atendimento no Instituto, Eslah conversava a respeito desses sonhos com o doutor Lizeu, o médico que a acompanhava. Este, sabedor do que se tratava, mas sem poder revelar para Eslah as verdadeiras razões por traz dos sonhos e dos seus sentimentos reprimidos, tendo em vista tratar-se de questão terapêutica a lembrança espontânea do seu relacionamento com Hoilek, mantinha-se mais como ouvinte do que propriamente como médico. Dizia-lhe da necessidade de descontrair e continuar a desenvolver suas atividades, naturalmente, e que a vida haveria de trazer-lhe as explicações no tempo certo.

Em um final de manhã de um dos dias agendados para seu atendimento vamos encontrá-la no consultório do doutor Lizeu.

- Como lhe disse, esses sonhos são recorrentes, embora não ocorram frequentemente, mas de vez em quando, lá estou eu às voltas com ele. Tudo se passa mais ou menos do mesmo jeito: vejo-me ao seu lado (faz referência a Hoilek), como que enamorados ou coisa parecida, não sei dizer. A sensação é boa; de ventura, alegria. De repente, muda tudo; passamos a discutir, não conosco mesmo, mas sobre algo que nos perturba e faz com que ele se exaspere, revolte-se. Não ouço palavras, mas sei que é sobre nós dois. Depois não o vejo mais; somente discussões com pessoas mais velhas do que eu; não lembro se as conheço. A mulher, talvez; não me é estranha. Aliás, ambos não me são estranhos, mas a mulher parece-me mais íntima. O sonho se estende nesse clima, até que um grande vazio se faz e acordo sobressaltada, com o coração aos pulos. Quando tenho esse sonho o dia se arrasta para mim. É uma dorzinha de cabeça que não passa e um desconforto pélvico. Tudo parece lento e sem graça. Doutor Lizeu, perdoe-me pela enésima vez trazer-lhe essa situação.

Sorridente, o médico responde.

- Eslah, você é uma paciente, uma amiga e uma companheira nossa; uma "três em um"!

Eslah o acompanha sorrindo, meio sem vontade.

- Minha amiga, sabemos que o remédio para todos os males é o trabalho. Existem coisas que não nos compete abordar com o intuito de resolver, curar, estabelecendo uma linha final para o que nos aflige. Apesar do que possa parecer, a medicina, assim como todas as ciências submete-se ao possível, devendo respeitar o que seja prudente. Um passo mal dado, mesmo com o intuito de sanar um problema, pode custar anos de trabalho, além de muita dor de cabeça. Uma verdadeira retroação!

- O que pode ser feito com relação a isso? Li a respeito de terapia de regressão de memória...

- Eslah, o Instituto trabalha para recuperar o equilíbrio mental e não para remendar cérebros. Quero dizer com isso, que apesar de existirem muitas portas, nem todas conduzem ao que almejamos. No seu caso, como em muitos outros, revelações do passado, principalmente as que nos conduzem a experiências pretéritas em existências na crosta, devem ser categoricamente acessadas sob critérios que consideramos experiências cruzadas. Explico: uma simples ação em um ponto do caminho pode alterar todo o roteiro, influenciando decisões e o destino em si. Todas as ocorrências são pautadas em decisões, escolhas aqui e ali, mas contribuindo para o desfecho das situações e suas circunstâncias. Tudo isso fica gravado indelevelmente no corpo mental, nossa sala cofre das emoções e sentimentos; a residência da individualidade. O cérebro é um mecanismo excepcional, o qual trabalha sob impulsos da matriz mental, sede mnemônica do ser que somos, ou espírito, como preferir.

O doutor Lizeu faz uma pausa e continua.

- O que você hoje sabe, acredita, tem consciência, é a manifestação do que existe em sua mente, fruto do aprendizado milenar nos diversos reinos nos quais a vida se expressa. A sua vontade apresenta-se pelo cérebro, instrumento de comunicação, de relação, espécie de interface entre o mundo interior mental e o universo exterior. Os seus sentidos comuns permitem essa comunicação, transmitindo pelas conexões nervosas as mensagens do que se nos surge como realidade. O senso da verdade está sujeito ao conteúdo mental. Razão pela qual, não se pode ser o que não se conquistou, entende?

Eslah permanece atenta às explicações do doutor Lizeu, com expressão pensativa. Ele continua.

- A compreensão é uma via de mão dupla. Só se sabe o que foi experimentado, vivenciado e posto em prática. Daí vem as respostas, os erros e os acertos, os sorrisos e lágrimas, constituindo aos poucos, o tecido mental com suas variantes que tendem ao infinito, quanto maior for a aquisição de conhecimento pelas experiências vividas. Podemos afirmar que o querer é fruto das conjunções dessas variantes, as quais não nos permitem agir de outra forma que não a disponível e expressa pelo conjunto concatenado, tipo um funil. A depender da questão, a ação e a reação estão seladas; não há como fugir disso.

A essa altura da explanação, Eslah passa a encarar o médico mostrando acompanhar o seu raciocínio. Ele acrescenta.

- As experiências na crosta não representam a solução da evolução. Isso se dá nas dimensões superiores e não nas inferiores. Se ainda é necessário o retorno para a vivência de existências por lá, podemos considerar duas situações: a primeira sendo para aprendizado e reparos psíquicos de relevantes proporções, assim como de efeito reconciliatório. A segunda para o exercício de missões previamente estabelecidas e espontaneamente aceitas. O processo evolutivo não depende dessas ocorrências. O que acontece em ambas as situações é periférico, ligado a ajustes e modulações, uma vez que o patamar humano já foi atingido, restando aperfeiçoar, o que pode ser realizado na dimensão onde a razão se estabeleça.

Diante do que ouve, Eslah questiona.

- Então, por que não podemos ficar por aqui ou ir para outro lugar melhor? Não sei...

- Eslah, como lhe disse, não nos é permitido sustar o princípio inteligente e sua ascensão vertiginosa para o infinito, já individualizado e com a consciência de si mesmo. Não há como deter a evolução, o que não quer dizer que não possamos recapitular as lições nas quais não obtivemos bom aproveitamento. Nada fica estacionado ou retroage. Tudo prossegue, queiramos ou não. Esse modelo único e divino não é negociável! Todos o seguimos, sem exceção. Se por uma razão ou outra precisamos retornar para dimensões inferiores e retomar uma lição não compreendida em sua totalidade, irremediavelmente haveremos de voltar ao banco daquela série perdida, não aproveitada. Contudo em relação ao estágio humano no qual nos encontramos, não estamos evoluindo, de uma forma mais abrangente, apenas corrigindo. Evoluir é crescer mentalmente, o que acarreta mudança dimensional. Compreendeu?

Eslah fica meio que encafifada com o que ouve. O doutor Lizeu conclui.

- Agora, imagina se diante de uma dificuldade ou até um problema mais sério, ao invés de se buscar os meios disponíveis para a sua solução, considerando o que sabemos a esse respeito, simplesmente adotarmos metodologias furtivas de tempo, pesquisa e desenvolvimento, acessando as trincas pretéritas formadoras daqueles escaninhos mentais a que me referi a pouco, esmiuçando-os em busca de respostas que não existem ali, uma vez que as causas da realidade atual estão aqui, no seu modo de ser, pensar e agir, modificando-se através das experiências continuamente vivenciadas. A nossa cura, se é que assim podemos nos exprimir, está na modificação do comportamento, face à compreensão do que somos pelo aprendizado que a vida nos possibilita.

Eslah insiste, questionando.

- Mas então, por que existe a tal terapia, se não pode ser útil?

O doutor Lizeu responde, sem embaraço.

- Eu não disse em momento algum que o acesso a essas informações não podem ocorrer. Existem situações em que a terapêutica por nós utilizada aponta tal necessidade. Entretanto, não se liga a questões de curiosidade, ou solução imediata de traumas e demais ocorrências debilitantes do equilíbrio mental. No seu caso, como já lhe dissemos, a espontaneidade deve constituir o meio mais satisfatório para o alcance do seu equilíbrio psíquico, o que se dará, no tempo certo. Olha o quanto você tem melhorado! Como tem sido outra pessoa, mais focada, menos insegura! Eslah, você está muito bem! O que lhe falta é o que falta a todos nós: paciência e trabalho para podermos ter tudo o que precisamos no tempo da vida!

Ambos sorriem; ela um pouco sem graça, e ele lhe toca as mãos como atitude de encorajamento e apoio fraterno.

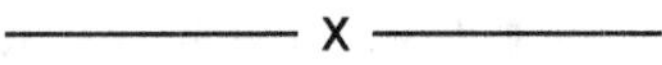

Durante aquele ano, o primeiro do curso dos Legionários, Hoilek compareceu ao Instituto para acompanhamento de rotina, sem revelar nada além do que já não fosse conhecido da equipe médica. Mantinha o mesmo comportamento, o que não lhe trazia qualquer dificuldade para relacionar-se e aprender a ser um Legionário. Quanto aos colegas é que complicava um pouco, pois exigia certo tato para estar junto a ele e manter um relacionamento considerado normal.

Ao término da primeira fase os alunos prestaram as provas para verificação de conhecimento teórico e prático. Cinco por cento dos alunos não obtiveram conceitos suficientes para a continuidade no curso, sendo convidados a permanecer na corporação para prestação de serviços administrativos e como auxiliares em tarefas para as quais foram considerados aptos.

Hoilek fazia parte de um grupo seleto de alunos, os quais obtiveram os melhores conceitos nas provas, tendo avaliação pessoal com louvor por parte dos instrutores.

O restante prosseguiu, sem comemoração por terem conseguido aprovação para a segunda fase. Os Legionários são discretos e não permitem atitudes que venham a constranger os alunos desclassificados.

Os aprovados continuaram seus afazeres na sede, recebendo as instruções necessárias para que não houvesse solução de continuidade entre as fases do curso. Os alunos mudavam metodicamente suas atividades sem degraus, ou seja, continuamente os instrutores modificavam os conteúdos programáticos e suas relativas atividades de campo, agora presentes na segunda fase.

Um tanto menos excitada pela memória de Hoilek, Eslah não deixou de pensar em quando e como pudesse reencontrá-lo. É claro, não seria por acaso!

Deus não cria para dificultar, mas para desenvolver a capacidade de facilitar.

TRABALHO INTERNO

Os trabalhos dentro dos limites da Cidade e em seu perímetro receberam o incremento dos grupos de alunos em regime de aprendizado, com o devido acompanhamento dos instrutores e supervisores nos muitos serviços sob a responsabilidade dos Legionários.

Durante a execução de uma tarefa na sede, no setor de abastecimento, ocorreu o encontro de Hoilek com o comandante Kalil. Ele encontrava-se na Cidade retornando de uma missão externa. Ao ver Hoilek, qual não foi a sua surpresa, saudando-o com um largo sorriso e palavras de contentamento em vê-lo no curso para ser Legionário.

Sinceramente emocionado, fala-lhe.

- "Ora vejam"! É você mesmo! Que prazer vê-lo aqui em nossa corporação, meu caro amigo!

Hoilek, surpreso e meio que perplexo com a saudação, devido a não conhecê-lo, responde do seu jeito.

- Eu o conheço?

Pelo tom e poucas palavras, Kalil, num átimo, lembrou de como o encontrara quando do seu resgate nas regiões intermediárias, assim como o vira pela última vez no Instituto. Rapidamente contornou a situação, dando outros contornos às expressões.

- Talvez não se recorde, mas estivemos juntos quando do seu encaminhamento ao Instituto para acompanhamento.

Hoilek, sem muito esforço, busca na memória qualquer referência àquele homem, mas não encontra. Responde, então.

- Não, não me lembro do senhor ou da situação.

Kalil, sempre amigável, dá outro sentido à conversação.

- Isso não faz diferença. O que importa é vê-lo conosco, e isso é muito bom. Como está se saindo, está gostando do curso?

- Como se chama?

107

- Oh, que insensato! Desculpe-me, não me apresentei. Meu nome é Kalil, sou um colaborador nos Legionários.

- Meu nome é Hoilek. Estou na segunda fase do curso.

Kalil estende-lhe a mão para cumprimentá-lo. Hoilek hesita um pouco, mas cumprimenta-o, apertando-lhe a mão.

- Quero que saiba que será um prazer tê-lo como integrante na corporação. Nosso trabalho requer pessoal comprometido em seriedade e dedicação para que continuemos a desenvolvê-lo com êxito. Afinal, a segurança é fator fundamental para que os núcleos habitacionais continuem seu trabalho no contexto planetário. Bem, posso estar atrapalhando o seu trabalho. Cheguei aqui e o interrompi sem nem sequer apresentar-me. Desculpe-me!

- Não é incômodo algum.

- Eu vou ficar na Cidade por pelo menos uma semana tratando de questões relacionadas com o trabalho que estamos desenvolvendo fora daqui. Durante esse tempo será um prazer revê-lo. Se precisar de algo em que eu possa ser útil, conte comigo.

Mais uma vez, Kalil, sorridente, estende-lhe a mão, cumprimentando-o em despedida. Hoilek não hesita e corresponde ao seu gesto, contudo ainda sério, acrescentando.

- Foi um prazer senhor. Obrigado pela confiança.

Kalil afasta-se e segue o seu caminho, pensativo: "um dia ainda vamos dividir tarefas meu amigo. Ah, isso vamos".

Apesar de ter bons conceitos e ser admirado pelos colegas, Hoilek não se sentia muito à vontade nos serviços burocráticos. Preencher papéis, fazer relatórios, organizar pastas não era definitivamente do seu gosto. Preferia trabalhos práticos em que pudesse executar tarefas com movimento e atenção.

Sabemos que os seus problemas consistiam em não permanecer parado, situação que o conduzia a pensar e refletir. Isso o incomodava profundamente, porque nessa condição não havia como se desvencilhar das questões que o perturbavam quanto às incógnitas do passado.

O aparente mau humor era proveniente disso. Enquanto estivesse trabalhando em movimento, tudo bem. Mesmo calado, era focado e participativo, com mínimas palavras, mas comunicava-se. No entanto, se estivesse desenvolvendo atividades administrativas, ah, isso era maçante para ele. Além de não falar, não apresentava feições nada agradáveis. Cenho fechado e totalmente introspectivo, apesar de não distrair-se quanto ao que tinha que fazer.

Dos trabalhos sob sua responsabilidade, além dos estudos, os que mais lhe agradavam eram a guarda nos postos de vigilância e ronda no perímetro da Cidade, assim como os serviços no depósito de dispositivos, instrumentos e sistemas, em função do curso que fizera no Instituto, o que lhe permitia lidar com esses artefatos, os quais exigiam conhecimento técnico e habilidades que dispunha.

As equipes eram formadas sob monitoramento direto dos instrutores, conduzindo os alunos e demonstrando como agir nas mais diversas situações envolvendo a relação interpessoal, além do manuseio dos dispositivos necessários para cada tipo de atividade. Não havia ações violentas ou que resultassem em necessidade de custódia, devido a não existirem transgressores do regimento interno da Cidade, espécie de código civil regulamentar dos direitos e deveres dos cidadãos e daqueles que transitassem em seus limites. No entanto, não era incomum o uso de dispositivos de alerta e que determinassem o afastamento daqueles que mascarassem situação de carência e vulnerabilidade nas proximidades dos muros da Cidade. Os Legionários tinham que aprender a diferenciar a intenção dos que assim se apresentassem, por serem conhecedores do regulamento para ingresso na Cidade, o qual somente era admitido a partir de autorização prévia expedida pela administração central ou pelos próprios Legionários, quando do retorno de missões.

Na reta final da segunda fase do curso os alunos manifestavam certa apreensão, principalmente os que não estavam obtendo bons conceitos, apesar do esforço notório dos instrutores e supervisores, cuja dedicação é inquestionável, sempre atentos para que os alunos possam absorver todo o conteúdo programático e amadurecer nos procedimentos. Todos têm consciência da importância do bom aproveitamento por parte dos alunos, futuros Legionários.

Vamos interromper o andamento da história e voltar oito meses antes.

─────── X ───────

Eslah encontra-se atarefada em sua sala de trabalho, quase se escabelando com um relatório que não fechava.

- Não é possível! O que pode estar errado! Está tudo certo! Por que essa fonte não encaixa no texto?

Levanta-se meio atônita e busca a chefe, abrindo a porta de sua sala sem bater, demonstrando intimidade para tal.

- Tejany, por favor, não estou conseguindo fechar o relatório! Estou à beira de um colapso!

Como que acostumada a essas atitudes intempestivas de Eslah, Tejany para o que estava fazendo e responde.

- O que foi dessa vez, Eslah?

- Dessa vez como? Hoje é a primeira vez que entro aqui. Não lhe incomodei em momento algum!

Meio que com sorriso cansado, Tejany responde:

- Tudo bem, esquece. O que está acontecendo?

- Posso entregar o trabalho da inauguração do novo pavilhão das artes amanhã?

Colocando as mãos na cabeça, Tejany muda o tom.

- Eslah, você sabe que precisamos enviar o material para a diagramação final, reprodução, distribuição e organização das equipes que vão utilizá-lo para orientação dos convidados. Você tem noção da situação?

Eslah senta-se à sua frente e com carinha de vítima, acrescenta.

- Tejany, não consigo avançar no acabamento das fontes dinâmicas no texto. Fiz e refiz o dia inteiro. Você sabe que quando isso encrenca...

- Já falou com o Leoni?

- Claro! O que ele me disse pra fazer já fiz, mas o bendito do quadro não permanece no espaço que defini no texto. Quando incluo, muda o formato, escangalhando a configuração toda.

- Eslah, não dá para esperar mais. Faz estático. E me entregue hoje ainda.

- Poxa! Maior esforço pra fazer a coisa certa, e aí, essa...

Tejany olha repreensivamente para Eslah, que não completa a frase.

- Eslah, fica calma! Isso acontece! Ninguém vai saber que era para ser diferente, entendeu? Vai ficar tudo bem. Manda o trabalho direto pra mim. Eu encaminho para a diagramação.

- De jeito nenhum! Vou terminar conforme você disse e eu mesma encaminho para o Semon.

- Ok. Agora vai e termina isso!

Eslah sai da sala de Tejany mordendo um dos lados do lábio inferior, gesto característico seu quando se encontrava aborrecida.

Já eram quase 20:00 quando sai do trabalho, com a cabecinha nas nuvens. Sentia-se esgotada, mais chateada que triste. Não gostava de deixar de fazer o que lhe competia. Tinha o hábito de franzir a testa e quase fechar os dois olhos. Era como demonstrava sua insatisfação.

Naquela noite não conseguia conciliar o sono. Lá pelas tantas, adormeceu e meio que agitada viu-se, como em sonho, diante de um rapaz, aos seus olhos, encantador. Qual não foi sua surpresa, quando verificou tratar-se de Hoilek, um pouco diferente, mas era ele, mais novo, contudo era ele. O cabelo despenteado, mas o mesmo olhar, porte e voz. Estava à sua frente, sorrindo. Ela ficou confusa, porque nunca o vira sorrir nas vezes que esteve com ele no Instituto.

Estava contemplando o seu rosto quando, de repente, entre eles interpõe-se um homem, mais velho. Repentinamente da sua memória eclodem lembranças até então amortecidas no consciente. Reconhecera-lhe a fisionomia. Era seu pai, o senhor Drumal. Ela assusta-se e dá um passo para trás. Não sabia o que pensar, pois até ali não se recordava da figura paterna, nem de qualquer outra ligada à sua última existência na crosta. Os olhos do senhor Drumal cuspiam fogo! Ele vociferava com ela, enquanto sentia as mãos de uma senhora. Sim, era sua mãe, Carmen. No transe não mais visualizou a imagem de Hoilek. Tudo ficou confuso. Só ouvia a voz do pai, agressiva, e da mãe buscando acalmar a situação. Sentiu-se ferida em sua dignidade e respondeu com a tenacidade que a caracterizava quando tinha certeza de alguma coisa. Não sabia bem o porquê da discussão. De repente, Hoilek volta à cena e fica entre seus pais e ela, buscando tocar-lhe as mãos. Memorizou uma frase que pensara naquele momento crítico: "eu te amo até a luz do infinito"! Os pais sumiram e ficou só a imagem daqueles olhos que nada poderia fazê-la esquecer.

O cenário mudava e via-se em seus braços, num recanto de uma colina, sob árvore encantadora com umas florezinhas amarelas. Ele acariciava seu rosto com o olhar apaixonado dos jovens, mas não deixava de revelar certa tristeza no semblante, o qual mostrava olheiras prematuras, o que não lhe tirava a beleza que a cativava, como se fosse o par que Deus fez só para ela. Como estava feliz naquele momento. Não havia dores, tristezas, somente o abraço carinhoso, pois estava deitada em seu colo, e ele recostado na árvore, adorno imprescindível para aquele quadro enternecedor de jovens amantes da vida.

O cenário mudou mais uma vez, vendo-se agora em uma cama. Era a do seu quarto, o reconhecera pelo quadrinho sobre a mesinha de cabeceira, de um anjinho com as mãos postas, em atitude de prece, além de um rosário que ficava no espaldar. Ouvira passos no assoalho em direção ao quarto. Era o senhor Drumal acompanhado de sua mãe, que adentram o quarto sem bater à porta. Ela salta da cama, assustada. Em seguida, já se vê na sala em plena discussão com o pai. Parecia a cena anterior, mas com a diferença de que ela não podia conter-se. Estava possessa, A mãe chorava e implorava para que ambos se acalmassem.

Não sabia bem o porquê, mas de repente, lembrou-se do bebê. Ela estava grávida. Sim ela carregava o filho de Hoilek, seu amor, sua vida. Nesse momento fugaz sentiu um tapa em seu rosto, fazendo-a desabar ao chão. Sentia-se tonta, mas energicamente levanta-se e enfrenta o seu agressor e pai, levantando os bracinhos frágeis, como a defender a vida que brotava de suas entranhas. Mais uma vez sente um grande choque no rosto e percebe que se projeta ao chão, sentindo uma forte dor na cabeça.

Tudo fica turvo. Somente a figura do belo Hoilek sorrindo permanece em sua mente. A imagem vai desvanecendo lentamente, dando lugar à total escuridão. Se fosse colhida por um redemoinho não se sentiria tão tonta e angustiada. Passou a ser dominada por sentimentos desesperados, sem que pudesse fazer qualquer referência quanto ao tempo e lugar. Apenas a dor na cabeça e a sensação de vazio no ventre.

Desperta sobressaltada e ainda atônita refaz-se do que percebera. Senta-se na cama e já mais consciente percebe o que havia se passado com ela. Rememora o tratamento no Instituto; as palavras do doutor Zafir quando se referira ao "projeto reencontro"; as conversas com do doutor Lizeu sobre perscrutar o passado; a ocorrência do despertamento do paciente com a sua participação; o nome que passou a adotar após esse fato; a atração incontida que sentia pelo paciente, Hoilek.

Coloca as mãozinhas no rosto e chora convulsivamente. Não saberia dizer o quanto permaneceu assim. O tempo não contava mais. Somente as imagens do sonho revelador permaneciam em sua memória. O sorriso triste do seu amor; a árvore de flores amarelas; o vento acariciando seus cabelos, além dos dedos ásperos daquelas mãos que apertara quando o auxiliara a despertar no Instituto.

Levanta-se ainda em lágrimas, e andando pelo quarto coloca as mesmas mãozinhas sobre o ventre e chora ainda mais. A lembrança do que sentia retorna com força vulcânica do seu âmago, rompendo com tudo o que as aparências poderiam conter. A mágoa, tristeza, saudade, tudo isso e muito mais, misturado, revoltando a sua compreensão.

Assim permaneceu por toda a noite. O dia raiou e Eslah, mecanicamente, agiu como fazia todas as manhãs, partindo para o trabalho. Como uma autômata deixou-se chegar até sua sala para um dia em que lhe seria exigida a participação na composição final de um trabalho importante, relativo à inauguração do novo pavilhão de artes no ministério da integração.

Fazia tudo o que lhe pediam. Raramente falou naquele dia. Não sentia sono, nem fome, nem cansaço. Estava como que em suspensão. Somente a sensação de vazio no ventre e a figura de Hoilek lhe vinham à mente, além da frase que continuava a ecoar nos seus ouvidos, dita sob a bela árvore de flores amarelas: "eu te amo até a luz do infinito"! Quando se lembrava de falar-lhe aquela frase, deixava um leve sorriso triste fluir de seus lábios.

Os serviços transcorreram dentro de certa normalidade e o que havia de ser feito o fora. Ao término do dia, Eslah, esgotada retorna para

113

casa e recolhe-se para mais uma noite, agora de luta contra a insônia e confusos sentimentos.

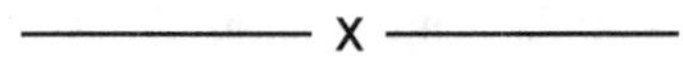

Após o ocorrido, Eslah procura o Instituto, e na presença do doutor Lizeu, revela-lhe o que se passara, contando-lhe nos detalhes tudo o que sucedera, afirmando que o passado e a sua relação com Hoilek lhe fora revelada no "sonho" que tivera.

O doutor Lizeu não se surpreende, mas respeitosamente a consola, buscando trazer-lhe paz ao coração, verdadeiramente esgotado pela torrente de sensações dos últimos dias, desde o que lhe fora revelado durante o sono.

Ele fala-lhe como a uma filha.

- Eslah, procure dar curso às suas responsabilidades. O tempo e o trabalho são os melhores remédios para nossos males. Reconheço o quanto deve estar sendo difícil para você, entretanto minha amiga, não há outra solução a não ser encarar a realidade e prosseguir na luta pela compreensão e equilíbrio diante do que der e vier.

Eslah não se contém e deixa rolar pequenas pérolas preciosas de seus olhos claros, em forma de lágrimas que lhe auxiliavam a desabafar. Reúne forças e fala ao médico amigo.

- Doutor Lizeu, eu sei que devo prosseguir com a minha vida, mas quero dizer-lhe que sofro tanto...

Uma torrente de soluços prorrompe de seu peito ferido e imensamente angustiado. Suas faces molhadas contrastam com sua bela fisionomia, contudo deprimida pela situação que a torna triste e apagada.

O médico também emocionado, mas com o controle da situação, fala-lhe mais ao coração do que à mente.

- Eslah, a verdade seja qual for, sempre é preferível ao oculto e disfarçado. Pense: agora você sabe da realidade; o porquê de suas dores; de sua internação e da situação em que vive com relação a Hoilek. Isso é bom para que as suas decisões e atitudes sejam pautadas no discernimento e consciência, para que tudo prossiga dentro da paz e equilíbrio, produzindo alegria e felicidade.

Eslah ainda chorosa, mas já se sentindo menos abafada, fala-lhe.

- Doutor Lizeu, eu não sei bem o que fazer quanto a essas revelações. Não sei onde estão aqueles que foram os meus pais. Só ficou o sentimento de perda em meu coração. Quanto a Hoilek, estamos vivendo no mesmo lugar. Continuo a sentir uma grande atração por ele.

Ela olha para o médico como a pedir-lhe opinião quanto a procurar Hoilek. O médico, no entanto responde-lhe contrariamente.

- Eslah, o que aconteceu com você certamente algum dia virá a acontecer com ele. Não sei como isso se dará, mas lembre-se: o destino sempre se cumpre! Acho prudente você não forçar nenhuma aproximação, nem muito menos tocar nesse assunto com ele. Isso, em hipótese alguma, entendeu?

- Por que eu não consegui lembrar tudo isso quando fui atendida aqui no Instituto?

- Eslah, você ainda está sendo atendida. Quanto ao fato de não ser indicada a lembrança das ocorrências que agora você teve acesso, foi uma estratégia para que pudesse ter mais domínio sobre si mesma. Na época de sua internação você não possuía elementos para suportar com equilíbrio o acúmulo de sentimentos que fizeram ruir suas reservas emocionais. Hoje, com o amadurecimento do seu controle psíquico, tais revelações já puderam ser assimiladas pelas vias da mente, antes torturada e vítima, agora consciente e capaz.

Ela olha para ele como que lamentando a situação, mas o bom senso impera e ela acena que sim com a cabeça.

Ambos ainda tratam de alguns assuntos referentes ao seu atendimento no Instituto e encerra-se a consulta.

Eslah parte para suas atividades e o doutor Lizeu busca a diretora Heldra para participar-lhe do ocorrido. A doutora Heldra, por sua vez, faz o encaminhamento do relatório do acompanhamento de Eslah ao doutor Zafir, contendo as últimas ocorrências.

Quando pode ter acesso ao relatório o doutor Zafir o lê atentamente, e ao término, suspira profundamente, olhando para a Natureza através da janela de sua sala. Pensa consigo mesmo: "nada detém o amor! Nada"!

Um Legionário

é *sempre Legionário!*

PRIMEIROS ENCONTROS

Nos dias que se seguiram depois do que lhe fora revelado e do atendimento junto ao doutor Lizeu no Instituto, Eslah sentia-se por um lado acabrunhada e infeliz, vazia, com nítida sensação de perda, por outro, motivada a rever Hoilek, agora com a compreensão do significado da atração que sentia por ele. Esse outro lado acabou por falar mais alto, e ela não parava de pensar nele. Só que havia uma questão que a deixava um tanto incomodada. O Hoilek do "sonho", cuja aparência era de vinte anos, contrastava com o atual com aparência de mais de trinta. Era como se ela entrasse em uma máquina do tempo, sentia a atração por alguém que conhecera no passado, vendo-a modificada na forma e nas atitudes. E esse sentimento a confundia. Não conseguia atinar com outro modo de mudar a situação sem que pudesse estar com ele e ver o que sucederia.

Quando tinha impulso de ir procurá-lo, lembrava das recomendações do doutor Lizeu, para deixar por conta do destino o despertamento de suas reminiscências, considerando tudo o que passou e da forma como reagiu durante anos de tratamento. Ela, da mesma forma, não fora diferente. Também teve seus problemas para recuperar o equilíbrio emocional, o que levou anos de trabalho e atenção do pessoal do Instituto.

Pensava: "definitivamente não poderia estar com ele, principalmente para tratar desse assunto. Isso está fora de cogitação! E se nos encontrássemos meio que por necessidade de trabalho; assim, como se estivesse precisando de ajuda de alguém que conhecesse e fosse lá dos Legionários..."

Conjecturou umas ideias, e para quem lida com pesquisas, não seria difícil pensar em uma forma de chegar até ele. Bem, daí em diante, não saberia dizer o que aconteceria, mas aí ficaria por conta do destino, como disse o doutor Lizeu.

Na semana subsequente propôs a Tejany um projeto de pesquisa com o objetivo de compor uma espécie de portfólio dos Legionários para a administração central da Cidade, com vistas à divulgação e atualização dos serviços daquela importante corporação. Para tal, precisaria de um trabalho de campo e visitas às suas instalações, fazer entrevistas e colher informações para a composição do projeto.

Tejany argumentou que eles já possuíam material para aquela finalidade, mas Eslah considerou que a atualização seria recomendada e mesmo necessária, utilizando as novas tecnologias de comunicação visual, tanto impressa como nos espaços destinados para esse fim no saguão de promoção permanente das Organizações.

Tejany acabou por concordar com o serviço, que no entender de Eslah seria realizado em até um mês. A chefe considerou muito tempo, mas como Eslah era perfeccionista, levou em consideração e autorizou.

Naquele dia, ao deixar o trabalho, voltou para casa caminhando lentamente, olhando as estrelas, que em seu pensamento tinham cor amarela, como as florezinhas da árvore do seu "sonho", vendo nas constelações o desenho do rosto daquele que após aquela noite não mais saíra de sua tela mental.

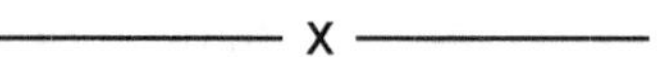

A partir da concordância de Tejany quanto à realização do trabalho para confecção do portfólio dos Legionários, dirigiu-se ao comando geral da corporação, apresentando a carta de apresentação para que fosse obtida a autorização de acesso às instalações. Foi confeccionado um passe para que ela pudesse acessar as dependências da sede, sempre com a companhia de um responsável pelo setor a ser visitado. Os trabalhos seriam agendados para melhor atender aos interesses da pesquisadora, prestando o acompanhamento devido.

No início da segunda fase do curso, na qual os alunos tinham livre acesso dentro dos limites da Cidade, vamos encontrar Eslah com suas pastas e um dispositivo portátil de registro pictográfico, espécie de câmera, com a capacidade de captação de imagens tridimensionais. O equipamento utilizava emissões de raios luminosos de alta frequência, e captava o retorno dos mesmos, com as devidas compensações pelo ângulo de incidência, em função da posição da câmera, permitindo a composição das imagens pelas superfícies atingidas através do cruzamento das informações em uma espécie de malha de dados. Ela o utilizava sempre que precisava fazer gravações para seus trabalhos de pesquisa, principalmente quando cobria matérias que envolvessem tecnologia. Afirmava que não podia pecar nos detalhes, deixando de lado informações fundamentais para a compreensão do que lhe competia mostrar.

Durante sua pesquisa, dirigiu-se ansiosa ao setor de depósito de dispositivos para que pudesse apresentar um trabalho que mostrasse os recursos utilizados pelos Legionários, dentro, é claro, do que lhe fosse possível revelar. Lá chegando apresentou-se ao atendente, sendo encaminhada para dentro do pavilhão para ser atendida pelo instrutor, o qual se encontrava com um aluno em prática nos serviços pertinentes ao setor.

Mal conseguindo sustentar a respiração após quinze meses aguardando aquele momento, Eslah suava nas mãos; o coração palpitava descompassado, contudo manteve a postura. Deu uma ajeitada sutil no cabelo, preso em um dos lados por uma presilha com uma borboletinha. À sua frente estava aquele homem, de costas para ela, arrumando um objeto em uma das muitas estantes. Nesse momento o tempo parou ou, pelo menos, ficou em "câmera lenta". Estava prestes a rever alguém que há pouco tempo soubera quem fora em sua vida. Não conseguia falar ou mover-se, apenas respirava sem sentir. Poderia ficar ali observando-o, apesar da bolsa pesada que sustentava em um dos braços, e no outro uma pilha de documentos. Nada importava. Rememorou em instantes o sentimento que a ligava àquela pessoa querida; não, amada.

Fez um hum-hum, pigarreando, chamando a atenção dele quanto à sua presença.

A pessoa se volta e dirige-se à Eslah.

- Bom dia. Em que posso servi-la?

Eslah como uma estátua, fica muda. Não era Hoilek! Meio atordoada responde:

- Bom dia. Por favor, eu esperava... Bem, eu... É que eu gostaria de falar, quero dizer... Hoilek não está mais trabalhando nesse setor?

- Sim, atualmente ele tem prestado serviço aqui, porém agora pela manhã foi até a área de treinamento levar uma remessa de equipamentos.

- Ele volta ainda na parte da manhã?

- Não sei dizer. Hoje com certeza, mas... Eu posso ser útil em alguma coisa?

Ainda atabalhoada, responde.

- Não. É, quer dizer, sim. Sabe o que é, estou fazendo um trabalho aqui na sede dos Legionários para a administração central, e já conheço Hoilek há algum tempo, entende? Por isso gostaria de dar continuidade ao trabalho com ele. Mas nada impede que possamos fazer isso por intermédio de outra pessoa.

- Se não há urgência para você, não tem problema algum. Faça contato conosco antes de retornar, para que se assegure da presença dele.

Meio sem graça, Eslah agradece a compreensão e as informações a ela dispensadas e diz que fará conforme orientado. Despede-se e retira-se, mordendo um dos lados do lábio inferior.

Pensava consigo mesma: "dá para acreditar! Azar ou mais uma peça do destino"?

Já havia deixado o setor de depósito de dispositivos, encaminhando-se para a saída, quando algo lhe chama a atenção, fazendo-a olhar para o lado, uma pequena via interna do complexo de edificações que compunham as instalações da sede dos Legionários. Há uns cinquenta metros de onde estava, caminhava um homem em sua direção. Ela estanca. Não consegue desviar o olhar, voltando o corpo para poder identificar a pessoa. Seu coração mais uma vez agita-se. A cada instante ele aproximava-se mais, revelando os traços fisionômicos do alvo de sua atenção há tanto tempo. Definitivamente era Hoilek!

O que fazer, pensava confusa, nervosa. Apenas olhava para ele, que se aproximava cada vez mais, sem percebê-la de forma alguma. Ela não pensou no cabelo, no peso da bolsa, na sua aparência, em nada. Apenas olhava-o sem saber como comportar-se.

Já bem próximo, ela improvisa, falando-lhe em voz alta.

- Por favor! Você poderia dar-me uma informação?

Ele direciona o olhar para ela e responde quase a alcançando.

- Sim, em que posso ser útil?

Eslah fingindo surpresa, diz.

- Ei, você não é Hoilek?

- Sim.

- Você não se lembra de mim?

Ele a observa e lembra-se de algumas vezes tê-la visto no Instituto, quando trabalhava na diretoria de pesquisa e desenvolvimento.

- Acho que do Instituto, não é?

- Isso mesmo. Sou a Eslah, estivemos juntos lá no Instituto algumas vezes, conversando a respeito de um trabalho que fazia naquela época. Você ajudou bastante!

Hoilek a observava, meio que indiferente. Como não dizia nada, Eslah continuou a falar.

- Estou aqui na sede dos Legionários para outro trabalho. Desta vez, destinado à administração central. A proposta é a atualização do Portfólio dos Legionários para a exposição permanente da corporação.

Ele apenas balança a cabeça, no sentido de ter entendido. Eslah, um tanto perturbada acrescenta.

- Esperava poder contar com você para que pudesse auxiliar-me com as informações de que preciso.

- O que você quer saber?

Sinalizando com o rosto a bolsa e os documentos, assim como o local em que se encontravam, Eslah fala, um tanto contrafeita.

- Acho que aqui não tenho como apresentar o trabalho e o que preciso para dar continuidade a ele. Não poderíamos ir a algum lugar para que eu pudesse fazê-lo da melhor forma? É claro, desde que você possa. Não sei se agora você disporia de tempo. Até esqueci que está trabalhando e que tem suas atividades. Perdoe-me a inconveniência.

- Atualmente estou prestando serviço no setor de depósito de dispositivos. Estou de regresso para lá. Hoje tenho tarefas que não podem ser adiadas. Outra pessoa não poderia atendê-la?

Fazendo esforço para não revelar a decepção, Eslah responde.

- Sim, é claro. Apenas tinha você como referência, em função de conhecê-lo. Só por isso.

Por alguns instantes fica pensando e conclui.

- Sendo assim, amanhã à tarde, às 16:00 posso atendê-la.

- Tudo bem. Agradeço a sua atenção. Então, até amanhã.

Hoilek apenas acena com a cabeça, num gesto muito próprio seu e, simplesmente parte, sem qualquer afetação.

Eslah continua parada com o olhar perdido, sem saber bem o que fazer. Começa a caminhar e somente após algum tempo percebe que está na direção errada para a saída.

Dando vazão a um sentimento característico do seu gênio, fecha a fisionomia e pensa: "que petulância! Quem ele pensa que é? O príncipe com seu cavalo branco"? Respira fundo ainda parada. Recompõe-se e volta-se em direção à saída, acabando por tropeçar no pavimento, o que a fez quebrar o saltinho de um dos sapatos e deixar cair os documentos que portava em um dos braços. Só não xingou porque sua conduta moral a impedia. Mas vontade deu!

Sentindo-se vazia e infeliz, chora baixinho, enquanto caminha de retorno ao trabalho, mancando. Somente seu coração sabia o quanto lhe doía estar à frente daquele que tudo representava de felicidade para ela, e como um burro à frente de uma pedra preciosa, apenas continua seu caminhar...

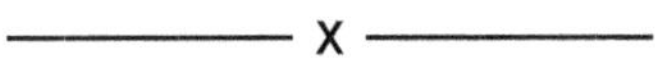

No outro dia, já refeita do encontro decepcionante com Hoilek, Eslah, que não dormira praticamente, prepara-se para estar diante dele. Só que desta vez não estaria desarmada. "Ah, isso não! Ele haveria de sentir alguma coisa naquele coração gelado". Quando pensava assim, vinham-lhe em mente as advertências do doutor Lizeu, quanto à necessidade de tempo para que espontaneamente Hoilek tivesse acesso ao passado, assim como ocorrera com ela própria.

Era um dilema: queria estar com ele como no passado, entretanto existiam as contingências do presente!

De qualquer forma, escolheu um vestido com tons alegres, um de sua preferência, branco com florezinhas amarelas. Penteou-se e retocou o que podia no visual. Pegou o material necessário para a pesquisa e tomou rumo para o seu destino.

Ao chegar à sede dos Legionários, às 15:45, dirigiu-se para o setor onde Hoilek trabalhava, já de seu conhecimento, dispensando perguntas de como chegar lá. Apresentou-se ao atendente e este a encaminhou para o setor de depósito de dispositivos.

Desta vez, Hoilek encontrava-se sentado à mesa de reunião, lendo o manual de operação de um equipamento.

Com domínio no olhar, diríamos até bem séria, Eslah cumprimenta Hoilek, sem estender-lhe a mão.

- Boa tarde, Hoilek.

- Boa tarde. Por favor, sente-se.

- Obrigada.

Eslah coloca o material sobre a mesa e senta-se em frente a ele.

Durante uma hora e meia, aproximadamente, ela apresenta o que tinha em mente quanto às informações que julgava necessárias para a composição final do trabalho.

Enquanto Eslah falava, Hoilek percebeu algo diferente na forma com que ela se expressava, sem olhá-lo de frente, fixamente. Ela demonstrava real interesse na melhor forma de fazer o trabalho. Isso o agradava, fazendo-o sentir-se à vontade e interagir mais do que normalmente fazia.

Eslah percebeu a modificação do seu comportamento, tornando a sua expressão ainda mais séria, quase sisuda, surtindo efeito positivo, pois Hoilek tornou-se quase agradável em suas falas, o que a agradou, possibilitando manobrar a conversação para assuntos, embora inerentes ao contexto, menos próximos do seu cerne.

Ao término da reunião, Eslah rematou pedindo que, se possível, Hoilek a acompanhasse nos demais setores, além, é claro, que pudesse contribuir com ideias suas para enriquecer o trabalho. Dessa forma, ela o deixaria a vontade para opinar e sugerir modificações a serem implementadas e levadas para aprovação final de Tejany.

Um pouco mais falante e ensaiando até uns sorrisos de canto de boca, Hoilek passou a sentir-se à vontade junto a Eslah. Sem bem saber o porquê aceitou o convite para acompanhá-la, a depender de autorização da sua supervisão, uma vez que era um aluno com deveres a cumprir, além das tarefas de estudo e exercícios práticos.

Eslah sorridente estende-lhe a mãozinha e levanta-se para colocar os materiais na bolsa, quando Hoilek olha o seu vestido. Ele muda a fisionomia. Fica como que vidrado no motivo do vestido, como que paralisado sente algo mexer em seu coração. Uma emoção estranha de saudade mesclada com prazer e medo. Ela, de início não percebeu, porque estava arrumando as coisas na bolsa, mas em determinado momento, onde o silêncio se fez, percebeu que ele estava olhando fixamente não para ela, mas para o vestido.

Inocentemente, Eslah escolhera o vestido por ser alegre e sem decote. Não teve qualquer ideia que o ligasse com a situação daquela cena em que se vira, "em sonho", com Hoilek sob uma árvore com florezinhas amarelas. Mas naquele momento, esse fato veio-lhe à mente, talvez inspirada pela atitude de Hoilek, que boquiaberto permanecia olhando o vestido sem piscar os olhos. Ela não se conteve e aproximou-se dele, tocando-lhe o ombro.

Como se tomasse um choque elétrico, Hoilek volta a cabeça para trás e solta um gemido, colocando as mãos no peito, curvando-se como que ferido. Eslah assusta-se e chama por ele.

- Hoilek, você está bem? O que houve? Meu Deus! Fiz alguma coisa errada?

Ele permaneceu assim por alguns momentos, mas logo recobrou a postura, ainda com os olhos fechados e um tanto ofegante. Eslah manteve-se ao seu lado, sem tocá-lo.

Mais alguns instantes, Hoilek diz-lhe que lamentava o incidente. Que não sabia bem o que ocorrera. Que ela o perdoasse e esquecesse o ocorrido. Disse-lhe ainda, que estava sob acompanhamento do Instituto e fora-lhe informado pelos médicos que situações como aquela poderiam se dar, sem que ele pudesse explicar a causa.

Eslah ignorava que aquela dor no peito fora motivada pela execução que ela sofrera e as repercussões dessa fatídica ocorrência ainda se fazia presente em determinadas situações que lhe remetessem ao passado.

Um tanto confusa, mas sentida, pede desculpas a Hoilek por algo que pudesse ter sido responsável pelo que ocorrera. Ele responde pedindo que não pensasse daquela forma. Que não tinha nada a ver com ela. Era uma situação que tinha que superar, a qual dependia de tempo, segundo orientação dos médicos.

Assim sendo, ambos se despedem e ficam de agendar um novo encontro para que pudessem dar seguimento ao trabalho. Ele ficaria de solicitar a autorização da supervisão para acompanhá-la, sem que isso comprometesse seus afazeres no curso, e ela daria continuidade no que não dependesse do trabalho de campo.

Em função do ocorrido, Hoilek solicitou encaminhamento ao Instituto a título de acompanhamento de rotina. Foi atendido pelo doutor Nest.

- Como lhe disse, não sei o que aconteceu. Estávamos nos despedindo e, de repente, olhei para ela, quer dizer, para o vestido que ela estava usando, e congelei. Não sei o porquê disso!

O doutor Nest, que acompanhava o seu caso, ouvia-o com total atenção, sabedor das causas e das consequências da sua relação com Eslah no passado. Todavia, não tinha conhecimento dos detalhes que os envolviam. Esforçava-se para manter o controle do que devesse considerar para que ele pudesse espontaneamente ir despertando suas reminiscências, sem que isso pusesse em jogo o seu trabalho no momento atual.

- Hoilek, o que lhe chamou a atenção no vestido de Eslah?

- Não sei. Acho que foram as florezinhas amarelas, estampadas nele. Sabe quando nós olhamos para algo que nos faz lembrar alguma coisa que não sabemos o que é? Foi isso que aconteceu.

- Sim. Agora vejamos. Se você visse essas flores ou esse vestido em um cabide. Será que a sua reação seria a mesma, ou foi porque Eslah estava com ele?

- Como assim? O Senhor quer dizer que ela tem alguma coisa a ver com isso?

- Eu não estou afirmando nada. Apenas pedi que você pensasse no que sentiu, apartando Eslah do vestido. Pense!

Hoilek ficou por alguns instantes rememorando o que sentira. Respondendo, em seguida.

- Não foi o vestido. Não foram as flores. Foi quando ela me tocou. Eu estava absorvido pelas flores, mas quando ela tocou o meu ombro, num instante muito rápido senti que ela estivesse junto de mim, como parte de mim, sendo retirada como num puxão. Foi isso! Doutor Nest, foi isso que eu senti. Por isso o choque. Meu Deus, o que se passa comigo?

- Calma Hoilek! Lembra do que você já superou. Quantos momentos difíceis ficaram para trás. Esse vai ser mais um. A cada dia um novo desafio. É assim com todos nós!

Hoilek permanecia pensativo, acabando por falar.

- O senhor está certo. É evidente que essa moça tem alguma coisa a ver comigo. Foi ela que me despertou daquela situação em que me encontrava aqui no Instituto. Esteve comigo algumas vezes na diretoria de pesquisa e desenvolvimento. Agora surge nos Legionários para fazer um trabalho e me encontra de novo. Não pode ser por acaso.

- O acaso não existe meu amigo. Eu também tenho minhas questões. Todos as temos! Procure deixar fluir, sem cobranças. Haja naturalmente.

- Desde esse dia, a figura dessa moça tem surgido em minha mente. É a primeira vez que isso acontece após o meu despertar. Até então, não havia sentido isso por ninguém.

- Como lhe disse, permita-se viver sem cobranças e sem questionamentos quanto a causas de sentimentos. Nem tudo tem explicação lógica imediata. Com o tempo tudo se encaixa. Você vai ver...

Encerrada a consulta, Hoilek retorna para a sede dos Legionários para dar continuidade aos seus trabalhos.

Todas as informações colhidas e as providências adotadas na consulta foram transcritas nos registros do paciente e levados ao conhecimento da diretora Heldra, a qual assumiria as providências que considerasse necessárias, incluindo a notificação ao diretor geral.

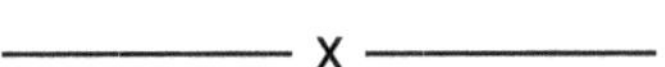

Na semana seguinte à consulta de Hoilek, Eslah entra em contato com ele para agendarem mais uma visita à sede dos Legionários para a conclusão da coleta de dados com vistas ao encerramento do trabalho.

Na data aprazada, com as devidas providências por parte de Hoilek quanto à autorização da supervisão, considerando o seu acompanhamento à Eslah, vemos a mesma apresentando-se pontualmente no setor de trabalho de Hoilek, que já a aguardava.

Eles cumprimentam-se tocando as mãos e sentam-se para organizar o roteiro da visita, apenas para revisar, uma vez que já haviam detalhado anteriormente como deveria se dar, em função do que seria de interesse para Eslah conhecer e registrar.

Enquanto Eslah falava e apontava o que trouxera para que ele pudesse acompanhar o seu raciocínio, tinha que virar o caderno de anotações para que ele pudesse melhor visualizar. Após algum tempo, de tanto vira pra cá, vira pra lá, ela, por iniciativa própria, levantou-se e sentou-se ao seu lado, evitando aquele movimento, melhorando a sua explanação, agora podendo ser acompanhada sem que fosse necessário deslocar o caderno.

Nessa nova posição à mesa de trabalho, inevitavelmente enquanto apresentava para ele a estrutura do trabalho e os requisitos utilizados para o seu desenvolvimento, agora em sua parte final, Eslah, num hábito seu, "falava com as mãos", ou seja, gesticulava bastante. Com isso, era inevitável que ora ou outra resvalasse o braço em Hoilek, além da sua proximidade, sentindo-lhe o hálito. Tal situação envolveu-o aos poucos, levando-o a uma sensação não repulsiva, que tinha com todos, indistintamente. Isso era novo para ele.

Ao passo que dava atenção ao que lhe era explicado, não deixava de perceber essa situação, sentindo que a presença de Eslah lhe era, de certa forma, agradável. Embora continuasse falando pouco, ele olhava mais detidamente para o rosto dela, mesmo que de perfil, pois estava sentada ao seu lado. Mas observava seus olhos e lábios, como a perscrutar a razão daquele início de atração pela moça.

Assim, concluíram os preparativos para as visitas finais nos setores da sede dos Legionários.

As visitas transcorreram com naturalidade, deixando um ar de "quero mais em ambos" quando do término dos trabalhos.

Na despedida, Eslah dirige-se a ele em tom de agradecimento sincero.

- Hoilek, não conseguiria finalizar o trabalho com o registro de todas as informações que conseguimos colher. A sua boa vontade foi fundamental. Obrigada por tudo, meu (houve ligeira pausa e ela conclui a frase) amigo.

Ele, como sempre sucinto, mas um pouco diferente na imposição da voz, responde.

- Não há de quê. Nada fiz além do meu dever.

Ela sorrindo agradavelmente, diz.

- Mesmo assim, você fez muito bem o seu dever. Gostaria que pudesse voltar mais vezes, mas o trabalho terminou. Peço que você procure não faltar à inauguração da mostra no saguão da administração central.

Ele, sem se dar conta, sorri pela primeira vez, desde que acordou do transe de quase quatorze anos, só no Instituto.

- Se eu puder estarei lá. Será um prazer estar com você, quer dizer, comparecer ao evento.

Eslah surpreende-se com o que ele dissera meio que sem querer, mesmo corrigindo em seguida. Aquilo foi a coroação dos seus esforços para estar com ele e tê-lo, quem sabe, um dia novamente em seus braços.

- Mais uma vez Hoilek, muito obrigada. Bem, nos despedimos aqui. Qualquer coisa nos falamos. Estou ao seu dispor para o que precisar.

Ela estende-lhe a mão para cumprimentá-lo e talvez por estar muito próximo, ou por impulso incontido, acaba por tentar abraçá-lo com um dos braços. Hoilek, apesar de surpreso com tudo o que acontecia, não resiste e permite o rápido enlace, retribuindo, envolvendo-a também com um dos braços.

Naquele momento somente as primeiras estrelas no céu da Cidade viram uma aproximação que teve em passado não tão distante, somente florezinhas amarelas como testemunhas.

OCORRÊNCIA INESPERADA

Eslah após terminar o seu trabalho obteve elogios de Tejany, que reconheceu o seu esforço em aprimorar o nível de informação sobre os Legionários.

O trabalho foi apresentado para exposição permanente no saguão da administração central, local destinado à informação sobre as Organizações existentes na Cidade. Lá também se encontrava o seu trabalho anterior sobre o Instituto.

Infelizmente Hoilek não pode comparecer ao evento, devido aos seus compromissos no curso, o que deixou Eslah frustrada, tirando um pouco do brilho dos seus olhos, mesmo quando fez a apresentação para os representantes da administração central da Cidade e demais convidados. A todo instante, buscava identificar a sua presença, mas acabou por convencer-se de que ele não viria, passando a concentrar-se nas informações a ela solicitadas pelos presentes.

Após o encerramento Tejany e Eslah caminham até uma pequena varanda que dava para um jardim exuberante. Ambas conversavam sobre os detalhes da apresentação. Tejany falava e Eslah escutava. Esta com o olhar meio distraído, lembrando de quem nunca esquecia. Já sentadas, uma em frente à outra, permitiu à Tejany observar o olhar perdido de Eslah, o que a fez considerar.

- O que está havendo com você, Eslah? Estou falando e você parece não estar aqui!

- Não é nada! Está tudo bem! O que poderia não estar bem, depois do sucesso da apresentação? Ocorreu tudo conforme planejado. Acho que foi até além. Todos gostaram. Viu o registro de presença? Cento e trinta e dois interessados em manter correspondência com os Legionários, além da nota atribuída ao nosso trabalho: média 9,5!

Aprendi com você, Tejany, que somos importantes quando fazemos coisas importantes para todo mundo, indistintamente. Obrigada por permitir que eu trabalhe em sua equipe.

Eslah fala emocionada, tanto pelo que dizia, como que impulsionada pela tristeza da ausência de Hoilek. De uma forma ou de outra, desabafava naquele momento.

Tejany surpreende-se não com o que ouviu, mas com a emoção de Eslah.

- Ora, por favor, Eslah! O que você aprendeu comigo até hoje? Só se foi dizer: Tá legal! Tudo bem! Deixa comigo!

Tejany diz isso tocando-lhe as mãos, sorrindo com amabilidade, buscando compartilhar da emoção que Eslah extravasava, mesmo sem saber bem o porquê da reação dela.

Ambas sorriem gostosamente.

Por um momento Eslah esqueceu a imagem de Hoilek. Aquilo estava virando uma obsessão. Só não prejudicou a apresentação porque se dedicava totalmente aos trabalhos, ação característica do seu comportamento laborativo.

Após mais algum tempo em que comentaram a apresentação dos outros grupos, terminaram a conversação e seguiram para a Organização em que trabalhavam para encerrar aquele cansativo dia.

Já em sua casa, a sós, pensava na situação em que mais uma vez passaria. A terceira fase do curso seria iniciada em breve, e Hoilek estaria ausente durante meses, intercalando a presença na sede dos Legionários, mas dificilmente conseguiria estar com ele, dado a seriedade e absoluta compenetração que os alunos tinham que ter. Ela sabia, pelo trabalho que acabara de fazer, o quanto as três últimas fases do curso eram complicadas, exigindo dos alunos total aplicação para que não comprometessem o seu aproveitamento e consequente aprovação.

Como seria trabalhar sem a perspectiva de estar com ele?

De repente, esboçou um leve sorriso e fez uma caretinha, bem característica sua quando zombava da situação, como que dizendo para si mesma: "vou dar um jeito nisso"!

Infelizmente para ela, dessa vez não foi possível dar jeito. Nada do que pensara foi possível realizar-se, dado que a movimentação dos alunos era intensa entre as regiões intermediárias e a Cidade. E quando ali se encontravam permaneciam incomunicáveis, em atividades internas de caráter sigiloso. As saídas da sede dos Legionários somente se davam quando da necessidade de atendimento médico, ou por questões de ordem superior sob autorização expressa da supervisão.

Assim, Eslah dava continuidade ao seu trabalho, concentrada no que fazia, com a mesma eficiência de sempre, contudo de vez em quando, seu coração constrangia-se, ligado por fios indevassáveis ao pensamento, esculpindo o rosto do motivo de seus nostálgicos suspiros.

Quanto a Hoilek, aquela ocorrência do meio abraço com Eslah realmente mexera com alguma coisa em seu coração, e apesar do esforço em esquecer o ocorrido, não conseguia, acabando por admitir que aquela mulher tocava-o de alguma forma; seu rosto, suas mãos, e o intrigante vestido com as florezinhas amarelas. Tudo aquilo era novo e o aturdia, porém de uma forma agradável; e isso era o que não compreendia. De qualquer forma, com o tempo, esforço e muita concentração no que fazia, conseguiu colocar o que sentia em um escaninho do bendito órgão do sentimento.

Isso permitiu que ele desse continuidade aos seus estudos e trabalhos sem maior dificuldade, concluindo a segunda fase do curso, com louvor.

Seus instrutores não sabiam mais como elogiar o seu trabalho, atribuindo a ele sempre os melhores conceitos.

A terceira fase do curso começa com um período de internação de seis meses, compostos da seguinte forma: os primeiros três meses na sede dos Legionários; e os outros três meses no posto de socorro PS 1, na periferia das regiões intermediárias. O escopo dessa parte do curso é de suma importância, fazendo com que os alunos possam evoluir no amadurecimento e adequação relativos a regiões cada vez mais inóspitas e comprometedoras quanto ao equilíbrio psíquico. Nesse período os alunos entram em contato com registros em vídeo de trabalhos de resgate e reconhecimento de área, pesquisa e localização de grupos e pessoas, assim como de estratégias de abordagem. São realizadas simulações entre eles, com teatralização, vivenciando as personagens envolvidas nos trabalhos, tanto como Legionários, como os que estavam sendo resgatados ou atendidos em variado estado de perturbação.

131

Esse período transcorreu sem qualquer ocorrência extraordinária, isto é, dentro dos padrões considerados como de normalidade.

No tempo em que permanecem no PS 1 os alunos são reunidos em dois grupos, alternadamente. Parte atua internamente, mantendo contato com a equipe de apoio externo através de dispositivo de comunicação individual codificado.

O que se propõe nesse treinamento é capacitar os alunos na interação final dos serviços mencionados, interfaceando com a sede informações referentes à chegada das equipes provenientes das missões e as devidas providências a serem tomadas para a recepção das mesmas, assim como dos que estiverem sendo transportados para tratamento na Cidade.

Até aqui, os alunos se mantinham firmes no cumprimento de seus deveres, não demonstrando qualquer problema quanto aos procedimentos esperados e necessários para o bom andamento dos serviços.

No PS 1 os alunos não mantêm contato com os Legionários em serviço ordinário, nem muito menos com os que estejam sob seus cuidados. Apenas acompanham as manobras e as providências assumidas, tirando dúvidas com os instrutores, os quais em determinadas situações permitem a comunicação direta com os Legionários.

Nos quatro meses subsequentes, sempre intercalando atividades na Cidade e no posto de socorro, em períodos de dois meses cada, o grupo desce para o posto de socorro PS 2. Lá experimentam a mudança fluídica característica de uma região intermediária de densidade mediana, ou seja, os alunos passam a ter que responder em nível vibrátil com as exigências laborativas em ambientes mais agressivos com a sua integridade psicossomática.

Este período foi mais conturbado, acarretando um mês a mais para a sua conclusão, embora os alunos tenham mantido a postura exigida nos exercícios e tarefas, comportando-se sem manifestar alterações fora da faixa de tolerância. Todos permaneciam num crescente de empolgação. Hoilek, apesar de também demonstrar interesse, apresentava sempre as feições sérias, compenetrado para não deixar passar nada que pudesse comprometer seu trabalho e aprendizado.

Se tudo até então ia bem, o mesmo não ocorreu quando o grupo alcançou o que seriam os últimos dois meses daquela terceira fase, período que acabou dobrado em função de inúmeras ocorrências que atrasaram a recomposição das equipes de alunos, com relação aos serviços ordinariamente realizados pelos Legionários.

As adequações são realizadas em atendimento aos planos de contingência para situações como estas, sem que causem alarmes e problemas de maior complexidade para resolução. Apesar dos atrasos, estes eram previstos no cronograma do curso, o que se dava, vez por outra, no máximo em seis meses, considerando as suas cinco fases.

Ao chegarem no PS 3 as coisas ficaram "pretas". O ambiente era o mais denso das regiões intermediárias, razão pela qual o grupo só deveria permanecer um mês no posto, intercalado com igual período na sede, o que acabou como dissemos, dobrado, pelas razões apresentadas.

A densidade fluídica é asfixiante, não sendo permitido aos alunos permanecerem fora do posto por mais de uma hora. E mesmo assim, todos têm que utilizar um dispositivo que se assemelha a um respirador, recarregável no posto. Os trabalhos feitos pelos Legionários nesses ambientes não contam com respiradores portáteis, justamente para que não se destaquem nos cenários em que vivem aqueles que são alvo de suas incursões.

Assim sendo, os alunos durante o acompanhamento nos serviços externos têm a atenção redobrada por parte dos instrutores e supervisores.

Em uma dessas incursões ocorreu um fato inusitado. A equipe de campo a qual Hoilek integrava, fazia acompanhamento de resgate de três pessoas que se encontravam com predisposição favorável, o que permitia a ação. À frente do grupo estava Silas, experiente e ótimo instrutor, pareando os Legionários em ação. Os alunos no campo normalmente não se apartavam do instrutor, somente em situações por ele consideradas seguras, desde que junto aos Legionários em serviço, mas sempre em seu raio de visão.

133

Aconteceu que em determinado momento, quando os Legionários abordaram os três indivíduos para dar início aos procedimentos de resgate, Hoilek aproxima-se de um deles e congela. De início Silas não percebeu o que estava acontecendo, mas em seguida, ao ver que Hoilek começara a andar para traz, de costas, ele aproximou-se e chamou-o a atenção em voz baixa, próximo ao ouvido.

- Hoilek, o que houve?

Hoilek estava ofegante e literalmente descontrolado.

Silas toca-lhe o braço e volta a perguntar.

- Hoilek, o que está havendo? Sente-se mal? Não está conseguindo respirar?

Nesse momento ele solta um gemido e colocando as mãos no peito, tomba inconsciente.

Não estivesse Silas ao seu lado, teria caído em cheio ao chão.

Os demais alunos não perceberam o que estava acontecendo, uma vez que a movimentação estava, de certa forma, intensa.

Um dos Legionários de nome Naziro, que atuava no serviço de resgate, viu a ação de Silas, deslocando-se imediatamente em sua direção.

Silas chamou outro instrutor e solicitou ao mesmo que acompanhasse o grupo até o final do trabalho, providenciando junto com Naziro a colocação de Hoilek sobre uma maca.

Ambos o conduzem para o posto, e por se encontrarem há algumas centenas de metros dele, foi possível conversar sobre o que estava acontecendo.

- O que houve com ele Silas?

- Ainda não sei Naziro. Estava tudo bem. De repente, observei que ele começou a se comportar de forma estranha. Aproximei-me e tentei falar com ele, discretamente, mas acabou por desmaiar. Seu nome é Hoilek, um dos nossos melhores, senão o melhor aluno desse curso. Sinceramente, não sei o que pode ter ocorrido!

- Esse trabalho foi previamente monitorado pelo posto, não foi? O procedimento é esse!

- Sem dúvida! Só não sei se Hoilek participou. Estou em dúvida.

- Será que ele tinha alguma coisa a ver com aqueles que estamos resgatando? Porque problemas respiratórios estão fora de cogitação, pelo que você está dizendo...

- Não, decididamente não foi nada disso. Agora estou pensando quanto ao que você disse. Será que ele tem qualquer relacionamento com os envolvidos?

- Ele estava mais próximo de um dos três, quando tudo aconteceu.

- Naziro, de quem estamos falando? De quem se trata?

- Se for aquele de quem ele se aproximou mais, segundo o cadastro de serviço, trata-se de um ex senhor de certos domínios em uma província, na qual exercia grande influência política. Está nessas regiões há cerca de dez anos, deixando a crosta por envenenamento criminoso devido a conflitos políticos. Possibilitou o nosso acesso por amolecer o coração pelo arrependimento que sentia pela morte da filha, na qual participou decisivamente, embora sem intenção.

- No material que dispomos por aqui não tenho como checar se Hoilek tem relação com ele. Assim que chegarmos ao posto vou expedir comunicado para a sede solicitando informações sobre essa possível relação. Qual é o nome dele?

- Chama-se Drumal.

Ambos prosseguem, logo alcançando o posto, sendo recepcionados por outros Legionários que os recebem em uma entrada secundária, para que Hoilek não fosse exposto aos demais alunos.

Ele foi recolhido diretamente para o setor de tratamento intensivo, sem passar pelo de triagem e identificação (embora já existam informações suficientes quanto à identidade dos envolvidos nesses serviços, faz parte dos procedimentos a realização de verificações complementares básicas, como estado emocional, consciência, alienação, etc.).

Todas as providências foram tomadas para o traslado extraordinário de Hoilek para a Cidade, encaminhado em veículo exclusivo para esse fim.

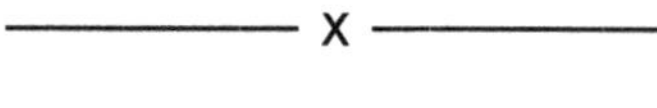

Ao chegar à Cidade, Hoilek recebeu os primeiros cuidados no posto médico dos Legionários. Como não respondia a qualquer estímulo, permanecendo inerte, foi encaminhado para o Instituto, sem a necessidade de passar por Hospital, uma vez que já havia indicação predeterminada para tal providência, considerando estar sob acompanhamento daquela Organização.

A VERDADE PARA ESLAH

Durante uma semana Hoilek permaneceu em atendimento, voltando ao domínio da consciência após cuidados intensivos.

O doutor Nest comunicou à doutora Heldra a internação e o acontecido com Hoilek durante a realização do curso nas regiões intermediárias. A diretora levou a situação ao conhecimento do doutor Zafir, por tratar-se de um caso em que ele participara pessoalmente.

Durante aquela semana, em visita a Hoilek, o doutor Zafir antes de vê-lo conversou com a doutora Heldra e os dois médicos Lizeu e Nest, não considerando a situação atual como recaída. Afirmava tratar-se de uma ocorrência esperada no desenrolar dos acontecimentos atuais, os quais trariam a verdade dos fatos do subconsciente pretérito dele para a área do consciente que lida com os traumas. Conversaram também sobre as providências que deveriam ser consideradas para o caso, tendo em vista que ele precisaria ser reintegrado no curso dos Legionários, e para isso, teriam prazo apertado para que Hoilek reagisse de forma satisfatória quanto à compreensão do que lhe ocorrera.

O doutor Zafir, de posse dos relatórios dos Legionários relatando o ocorrido com Hoilek, assim considerou:

- Doutores, pelo que sabemos, enquanto nas regiões intermediárias Hoilek acabou por entrar em contato com o seu agressor na sua última existência na crosta. O senhor Drumal fora pai de Eslah, o qual desencadeou toda a trágica situação que levou Hoilek a ser fuzilado pela ação das "forças da lei"! Uma situação que podemos considerar como que obra do destino, sempre fiel ao cumprimento das leis divinas.

O doutor Nest lembrou-se da situação anterior na qual fora utilizada Eslah para que ele recobrasse a consciência, por sugestão do doutor Zafir,

- Doutora Heldra, Hoilek somente demonstrou alteração em seu estado, anteriormente, com a presença de Eslah. Acredito que agora também ela possa ser útil para que ele recobre o equilíbrio psíquico em nível que lhe permita reingressar no curso dos Legionários. E para isso temos no máximo umas três semanas. A terceira fase do curso expira no mês que vem, e ele ainda precisa atender aos requisitos finais desse período.

A doutora Heldra pergunta.

- O que o senhor acha doutor Zafir? O doutor Lizeu nos relatou que Eslah recuperou boa parte da memória do que sucedeu no passado, dando-lhe condição de auxiliar Hoilek, estando ela mais consciente da verdade...

O doutor Zafir considera.

- Temos que ter cuidado. Pode parecer simples, mas a previdência é sempre fator indispensável. Eslah ainda não sabe de tudo o que ocorreu, principalmente a situação da condenação e o cumprimento da pena capital por parte de Hoilek.

A doutora Heldra concorda, fazendo expressão de preocupada, rematando.

- É verdade. Mas até que ponto podemos trazê-la para perto dele, naturalmente, sem que se faça menção às causas do ocorrido. Apenas como visita de uma amiga; alguém que lhe quer bem...

O doutor Nest considera.

- Doutora, creio que ele necessitará encarar a situação sem sombras de dúvida, saindo dessa alienação e condicionamento de uma vez por todas.

O doutor Lizeu acrescenta.

- Tenho dúvidas da resposta de Eslah quanto ao conhecimento da participação do pai na condenação de Hoilek e do que isso veio a acarretar.

O doutor Zafir após ouvir as considerações dos demais, apresenta uma proposta.

- Acredito que diante do que temos, a presença de Eslah será realmente útil, todavia precisamos fazer chegar ao seu conhecimento a verdade quanto ao pai e Hoilek, ou seja, colocá-la a par das ocorrências envolvendo-os, com o devido cuidado para não retrocedermos quanto ao seu equilíbrio emocional.

Todos o ouviam, aguardando o que veio a propor, em seguida.

- Vamos fazer o seguinte: vou pedir a Ayvla para comunicar a Eslah que precisamos ter uma reunião com a sua participação. Que se apresente na direção geral para tratar de assuntos de seu interesse no Instituto. Vou conduzir a reunião, contando com a presença do doutor Lizeu, responsável pelo acompanhamento de Eslah.

Todos concordam com a proposta do diretor geral e encerram a reunião, permitindo ao doutor Zafir fazer a visita a Hoilek, a qual se processou dentro dos limites do acolhimento, procedimento comum por parte do diretor geral a todos que eram atendidos no Instituto.

Conforme estabelecido na reunião, Ayvla entra em contato com Eslah convidando-a a comparecer ao Instituto para uma reunião com a direção geral, cuja pauta seria tratar de assuntos gerais de trabalho, pedindo a sua compreensão quanto à urgência, pois a mesma estaria ocorrendo no dia seguinte.

Eslah adequou suas atividades para o horário da reunião, contando sempre com a colaboração e autorização de Tejany, já habituada aos improvisos de Eslah.

No dia seguinte, Eslah é anunciada por Ayvla ao doutor Zafir, em cujo gabinete de trabalho já se encontrava o doutor Lizeu.

Após os devidos cumprimentos a conversação inicia-se através do doutor Zafir.

- Eslah, antes de qualquer coisa, agradecemos a sua presença, considerando o caráter de urgência que intitulamos a nossa reunião.

- Não é necessário qualquer escusa doutor Zafir. Como vocês sabem, tenho por todos vocês o maior respeito e consideração por tudo o que fizeram e fazem por mim e por todos que aqui aportam.

Ambos os médicos agradecem com singelo sorriso.

O doutor Zafir dá prosseguimento à conversação.

- Eslah você sabe que o nosso objetivo aqui no Instituto é trabalhar para a recuperação psíquica dos nossos pacientes, antes, irmãos em atendimento. Com o seu caso não foi diferente, no qual o doutor Lizeu vem realizando acompanhamento com demonstração de grande evolução.

Poderíamos afirmar que você se encontra em bom estado vibratório quanto às ocorrências que lhe tolheram a harmonia mental, não é isso doutor?

- Sem dúvida! Eslah tem demonstrado atitudes proativas e reage naturalmente aos estímulos que emergem do subconsciente pretérito com equilíbrio, permitindo-lhe trabalhar e relacionar-se sem empecilhos e dificuldades que possam tirá-la dos eixos.

Eslah responde agradecida.

- Bem, tenho me esforçado para corresponder ao atendimento recebido aqui no Instituto, assim como no trabalho, que embora seja até certo ponto exaustivo, preenche os meus dias e me satisfaz como colaboradora de comunicação na Cidade.

O doutor Zafir concorda com leve sorriso, dando continuidade.

- De fato, o seu progresso é reconhecido por todos. Entretanto, existem situações que ocorreram em sua última existência na crosta que você ainda não teve acesso espontaneamente, no caso do "sonho", como durante os atendimentos pelo doutor Lizeu.

O doutor Lizeu acrescenta.

- Eslah, como parte de estratégias durante os atendimentos, nem tudo se pode revelar de pronto aos pacientes, mesmo que estes apresentem um bom estado de equilíbrio, como é o seu caso. Assim sendo, somente agora que você está mais consciente quanto ao lhe ocorrera no passado e já detentora de maior segurança psíquica, é que torna possível apontar alguns fatos relevantes ainda não rememorados e que devem ser compreendidos à luz da razão, fazendo com que você possa restaurar-se completamente.

Eslah não deixa de apresentar feição de expectativa.

O doutor Zafir complementa.

- Eslah, é do seu conhecimento que você veio a deixar sua última existência na crosta através de um incidente com o, então, seu pai, o senhor Drumal. Não é mesmo? E que isso se dera, não porque ele não gostasse de você, porém sentiu-se traído pelo seu relacionamento furtivo com Hoilek. Ele pretendia oferecer a sua mão, como de costume, atendendo a interesses políticos, sem que você pudesse opinar ou interferir em sua escolha. A partir das revelações que se deram naquela noite, com o orgulho ferido, movido pela cólera, acabou por agredi-la, não pensando em feri-la mortalmente, como sucedera.

Enquanto o doutor Zafir falava, Eslah fixa o olhar para a mesa, cabisbaixa, como a rememorar as cenas narradas por ele.

O doutor Zafir continua.

- O conhecimento que você tem desses fatos encerram-se aí, com o término de sua existência, contudo outras ocorrências funestas se deram em continuidade. E é por essa razão que solicitamos a sua presença aqui no Instituto. Para que você pudesse ter ciência do que ainda lhe falta saber relacionado com você, o senhor Drumal e Hoilek.

Sem se dar conta, Eslah levanta a cabeça e olha para ambos os médicos, com feições de aflição. Seu coração disparou...

O doutor Lizeu toma a palavra, tocando-lhe as mãos.

- Eslah, procure acalmar-se. Tudo isso aconteceu há muitos anos. Lembre-se do que temos conversado. Esforce-se em manter a postura de equilíbrio, você já tem condição para isso.

O doutor Zafir olha para ela e mantém o silêncio por alguns instantes, aguardando sinal de sua recomposição, continuando em seguida.

- O que vamos dizer-lhe, como mencionou o doutor Lizeu, é uma ocorrência que se deu há muito tempo, mas sabemos o quanto as nossas ligações com as pessoas determinam reações que vencem o tempo e o espaço.

O doutor Zafir passou a narrar todos os acontecimentos que ainda não tinham sido rememorados por ela, ou seja, a prisão e a condenação de Hoilek à pena de morte, com o envolvimento do seu pai para aquele desfecho. Sempre com cuidado extremo na exposição das ocorrências, com pausas para que ela pudesse melhor compreender o que se dera, sem provocar maiores complicações no entendimento da situação.

Tudo lhe fora informado, incluindo a ocorrência do encontro de Hoilek com o senhor Drumal nas regiões intermediárias durante o curso com os Legionários, o que provocara reações que determinaram a seu retorno ao Instituto.

Apesar da reação um tanto abobalhada de Eslah, os médicos sentiram que ela havia assimilado as informações, mantendo a postura de equilíbrio.

Ambos se entreolhavam e com sinal afirmativo de cabeça, confirmavam o quanto Eslah era uma pessoa com princípios que lhe sustentavam a conduta, mesmo em momentos de crise, exigindo o seu testemunho de integridade moral pela compreensão da vida.

Seu semblante mudou quando o doutor Zafir informou-lhe que eles consideravam a sua presença importante para auxiliar na recuperação de Hoilek em tempo hábil para que não comprometesse o curso com os Legionários. Pretendiam que ela pudesse visitá-lo e permanecer com ele algumas horas durante alguns dias, a título de visita, sem revelar-lhe, por enquanto, a relação que tiveram no passado.

Enquanto o médico falava, Eslah sentia revitalizar-se pela ideia de ficar junto a Hoilek. Quase sorriu, mas conteve-se, permanecendo ouvindo o que os médicos iriam propor.

O doutor Lizeu acrescenta.

- Tal como se deu com você, Eslah, deve se dar com Hoilek. Pode parecer capricho da ciência médica, mas não o é. As ligações mentais que trazemos impressas e aquelas que o cérebro traduz em face dos acontecimentos atuais precisam de compatibilidade, de conformidade. A depender da situação, em função da intensidade das emoções e traumas consolidados na mente, qualquer revelação que possa propiciar uma quebra na sintonia mente-cérebro, pode vir a acarretar transtornos de difícil reparação, levando muito tempo para recuperar o terreno já conquistado no restauro emocional. Você compreende?

O doutor Zafir continua.

- Pelos estudos que você realiza aqui na Cidade, é conhecedora da realidade que nos estrutura a vida, com suas composições existenciais nos diversos planos em que nos manifestamos. Você e Hoilek entretêm relacionamento há muito tempo. Em algumas experiências na crosta não foram bem sucedidos quanto ao que lhes competia realizar em si mesmos com vistas ao progresso de cada um. Isso vem proporcionando em ambos, efeitos contrários: enquanto você mais se aproxima, ele mais se afasta.

Eslah mantém-se calada, embora demonstrando não entender bem o que o doutor Zafir cuidadosamente lhe revelava.

O médico continua.

- O egoísmo e o amor são forças que propiciam atratividade, sendo a primeira condicionante e a segunda libertadora. É sempre uma questão de educação à luz da verdade. O ego e suas fantasias têm data de validade, todavia enquanto vige, assola-nos o mundo íntimo, fazendo-nos amargar a própria vida.

Eslah modifica o semblante com o transcorrer da fala do médico, demonstrando compreender o significado daqueles conceitos.

O doutor Lizeu toma a palavra.

- O que às vezes consideramos um problema, em função de um "não" da vida, é, na verdade, um movimento natural que nos faz modificar a conduta, o sentimento íntimo do entendimento das coisas. Imagine os meandros de um rio. Por que o seu curso não segue, simplesmente em linha reta, ao invés de apresentar sinuosidades? A situação do terreno é que define os fluxos, em atendimento à ação da força gravitacional. Em nosso caso, o fluxo é a nossa vontade, as curvas são as mudanças de comportamento e a ação da gravidade é o amor agindo pela evolução inevitável da vida.

Eslah mantém total atenção ao que lhe era dito, sempre em tom de explicação fraternal.

O doutor Zafir volta a considerar.

- Eslah, esse reencontro de vocês já se deu em outras oportunidades aqui na Cidade e na crosta, entretanto acreditamos que chegou o momento de ambos superarem suas posições. Peço que você considere o que estamos explicando-lhe, trabalhando em seu mundo íntimo o entendimento que lhe favoreça verdadeiramente nesse "jogo de forças". Ceder, às vezes, não representa derrota, antes, sabedoria! Afinal tudo pertence a Deus!

Cada vez mais Eslah desanuviava o coração, ao passo que começava a marejar os olhos.

O diretor geral continua a explanação.

- É chegada a hora da libertação de um sentimento divino, aprisionado pelos grilhões da vontade pessoal. Coube a você dar o primeiro passo nesse "bailar de emoções degradantes". Isso fará com que você passe a ver Hoilek com outros olhos, sem a paixão, o desejo de posse, o controle emocional dele, enfim, os sentimentos egoístas que até então vêm dominando a sua índole em relação a ele.

Eslah deixa escapulir algumas lágrimas, mas sem denotar abatimento ou revolta.

O médico aproveita a reação favorável de Eslah e continua.

- Nós estaremos com vocês e auxiliaremos no que nos for permitido e possível. Entretanto, como disse, é preciso que você assuma a dianteira para a conformação de uma nova situação entre vocês dois. Não quero dizer que você o evite ou o trate com reservas. Isso não. Apenas lembrar que justamente o que vem procurando junto a ele é o que a separa dele. Pense na felicidade de estar e trabalhar juntos, mas sem a possessividade. Você terá a tarde e a noite para amadurecer esse sentimento. Sabemos que não é o tempo justo e necessário, entretanto tempo é tudo o que não temos nessa situação.

Eslah ouve atentamente. Um tanto mais refeita pelo que passara durante as revelações que acabara de tomar conhecimento, fala em tom sério, meio constrangida.

- Senhores, eu compreendi o que me foi dito e explicado. Confesso que estou surpresa com o que tenho sido para Hoilek, e do trabalho que estou dando para todos os que têm se dedicado para o nosso bem-estar. Sinceramente, não tenho como agradecer a vocês pelo carinho que dispensam a mim e a Hoilek, assim como para todos os pacientes, é claro. Quero que saibam que estou ao seu dispor para o que puder fazer por ele, em sua recuperação e retorno para o curso dos Legionários, evitando qualquer prejuízo ao seu andamento e conclusão.

O doutor Lizeu acrescenta.

- Eslah, não sabemos o que se dará no futuro. Como as coisas vão fluir. Contudo, os sorrisos e lágrimas ainda vão existir na relação de vocês, só que com outros contornos e coloridos. Aqueles que são frutos da felicidade!

Eslah dirige o olhar para os dois médicos e se ajeita na cadeira, reformando a fisionomia, demonstrando uma atitude muito sua de autocontrole.

Os médicos se entreolham e sorriem, confirmando as suas melhores expectativas.

Em seguida os três passam a conversar a respeito de como Eslah deveria comportar-se nas visitas e, principalmente, de forma a não revelar a sua relação pretérita com ele, o que ocorreria conforme ação do destino, sempre exato e tempestivo.

Despediram-se e informaram para Eslah que o Instituto expediria solicitação de comparecimento dela por três dias, em meio expediente, para a Organização em que prestava serviço, a partir do dia seguinte.

Tudo estava sendo feito com o máximo de brevidade para não trazer problemas a Hoilek quanto ao seu retorno ao curso, desde que ele demonstrasse nível de equilíbrio psíquico compatível com as exigências que haveria de ser exposto na fase em que estava terminando e, principalmente, para as duas últimas, as mais difíceis.

A compreensão é uma via de mão dupla. Só se sabe o que foi experimentado, vivenciado e posto em prática.

PRIMEIRA RECICLAGEM

Há de se explicar o fato de que o doutor Zafir, embora ocupando o cargo de diretor geral do Instituto tem ação em todas as diretorias, desde que assim considere necessário, com a devida ciência dos diretores, às vezes dispensando a sua participação, sem provocar melindres por parte destes.

Foi acertada com Eslah uma visita a Hoilek, no dia seguinte, pela manhã, em horário predeterminado.

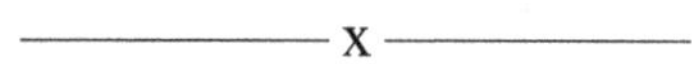

Entrando no quarto onde se encontrava Hoilek, juntamente com o doutor Nest, o doutor Zafir o saúda.

- E então, meu amigo, como tem passado?

Hoilek abatido, demonstrando fadiga e profundo desânimo, responde.

- Olá doutor Zafir, doutor Nest. Estou melhor.

- Soube do que lhe ocorreu. E quero dizer-lhe, provavelmente repetindo o que o doutor Nest já deve ter-lhe dito, que isso é normal e que já, já você estará pronto para retomar suas atividades nos Legionários, dando prosseguimento ao curso.

- É, ele disse isso.

- Pois bem, então vamos superar essa situação! Você tem ideia precisa do que lhe ocorreu?

- O doutor Nest explicou-me que tive um choque traumático. E isso foi por causa de uma situação que vivi em tempos passados.

- Sim, foi o que lhe ocorreu. Hoilek, é preciso que venhamos a compreender que a vida não é o que queremos que ela seja. Ela é o que é! Somos nós que precisamos nos adequar, buscando superar o que nos incomoda e prende, permitindo-nos agir com liberdade para crescer, progressivamente.

O doutor Zafir esperou algum tempo para que Hoilek assimilasse o que dissera, e prossegue.

- Qual a sua última lembrança até o surgimento do problema?

- Nós estávamos fazendo um trabalho de campo, na área de ação do PS 3. O nosso grupo estava indo bem, acompanhando o instrutor Silas, quando, de repente, deparei-me com um homem, um senhor, um dos que seriam resgatados pelos Legionários. Sua aparência era comum aos que vivem naquelas regiões. Não foi isso que me fez passar mal. Havia algo nele, em seus olhos, que me fizeram travar.

Hoilek faz uma pequena pausa, lamentando com o balançar da cabeça. E continua.

- Não tenho medo de nada doutor. Sou um homem íntegro no que faço e dedico-me. Não consigo aceitar essa situação!

O doutor Nest complementa.

- Hoilek, você se lembra que em nossos encontros aqui no Instituto, quando falamos que você poderia vir a topar com algumas situações as quais lhe fariam parecer retroceder em seu tratamento, mas que, no fundo, contribuiriam para o seu completo restabelecimento?

Ele responde balançando a cabeça, concordando.

- Pois bem, o que aconteceu foi exatamente isso!

O doutor Zafir intercede.

- Hoilek, você dispõe das matrizes existenciais em seu corpo mental, incluindo a última existência na crosta. Sua estrutura tem base nas relações em todos os planos da vida os quais acessou, permitindo-lhe evoluir em consciência. Nesta existência reencontrou-se com uma pessoa que compartilhou com você outras oportunidades anteriores. Por injunções da justiça divina não foi possível ser efetivada a sua união conforme desejavam. Cumpriu-se a lei de causa e efeito, impedindo-os de conciliar seus interesses quanto à vida em comum. A ligação de vocês ainda exigirá maiores testemunhos, penso eu. Mas isso é assunto para o futuro. O que importa agora é que você saiba que aquele homem que fora resgatado pelos Legionários, com a sua presença, em treinamento, foi o seu algoz, na referida existência. E isso fez com que você sofresse uma reação de estresse pós-traumático.

O doutor Nest acrescenta.

- Você se lembra daquela vez no laboratório de pesquisa e desenvolvimento, quando você apresentou uma reação parecida? Com menos impacto, porém demonstrando abalo em sua estrutura emocional.

Hoilek concorda, sempre cabisbaixo, e apático.

- Lembro.

O doutor Zafir intervém, buscando elevar o moral de Hoilek.

- Bem, sabemos a causa do problema e porque você vem comportando-se assim, vez por outra apresentando reações de perplexidade e dor.

Hoilek pergunta, um tanto inconformado.

- Isso não vai ter fim? Quando é que eu vou ter domínio sobre essas coisas? Vai ter sempre uma surpresa, aguardando-me na esquina?

O doutor Zafir explica.

- Hoilek, a nossa mente ou corpo mental, é um território que podemos dividir em dois aspectos: um superior, onde se encontra o perfil evolutivo em nível intelecto-moral, a nossa matriz de identificação, descortinando paulatinamente o ego em eu divino; o outro, inferior, ambiente de registro dos arquétipos evolutivos, nossos veículos de manifestação com seus formatos gravados em trilhas que se superam em nível vibrátil, experiência após experiência, até que ocorra a conquista da forma. Nestes estágios superiores, a vontade não mais se expressará como a conhecemos. Mas até lá, precisamos agir concernente ao que sabemos, construindo o bem em nós, paulatinamente vislumbrando outros horizontes...

Ele interrompe a fala, aguardando para que Hoilek pudesse acompanhar o raciocínio, prosseguindo, em seguida.

- Meu amigo, as lições que a vida nos oferece são oportunas e preciosas porque tratam nossas feridas morais e seus pruridos, revelando as infecções provocadas por nossa vontade não vígil quanto à reciprocidade legítima das leis divinas.

Dá mais um tempo para a memorização do conteúdo do que lhe transmitia com dedicação de um pai.

- Em seu caso, mais propriamente, não vemos qualquer particularidade que faça distinção do que ocorre genericamente. Queremos tudo o que consideramos agradável aos sentidos, conduzindo nossos sentimentos através do leme do egoísmo. Isso acarreta, inexoravelmente, prejuízos, os quais, pela reciprocidade que falamos, retornam para nós em tempo e intensidade suficientes como respostas naturais, sem cogitar de propriedade e demais aspectos particulares. Apenas ecoam no espaço e no tempo.

Mais uma pausa proposital, o doutor prossegue.

- Durante algumas experiências na crosta, as quais você foi devidamente preparado para os testemunhos necessários ao seu equilíbrio e crescimento psíquico, pode contar com uma pessoa que lhe auxiliou e propôs-se a grandes desafios para estar ao seu lado, trabalhando para o êxito de suas tarefas, tanto lá como aqui neste plano da vida.

Nova pausa. Hoilek passou a apresentar aspecto diferente. Mais preocupado que triste. O doutor atenciosamente continua.

- Nessas oportunidades você não correspondeu ao que se esperava, fazendo com que os planejamentos fossem sustados, ocasionando a necessidade de retorno àquele plano para dar prosseguimento ao que não pode ser interrompido: o processo evolutivo, o qual exige o cumprimento de todas as etapas relativas aos níveis ascensionais da vida.

Hoilek encontrava-se completamente ligado ao que ouvia, palavra por palavra.

- As suas crises não refletem as agressões sofridas, mas as suas respostas. A cada insucesso, um novo acúmulo de obstáculos. A cada reunião de empecilhos, novas quedas. Assim você foi construindo os seus muros e barreiras, ora exigindo dos outros, ora reclamando de todos. Dessa forma, você estabeleceu as montanhas a serem superadas ao seu tempo. As dores nada mais são do que os ecos nos labirintos dos vales entre essas montanhas de equívocos, lembranças inesgotáveis até que não existam mais paredes naturais para a sua reprodução.

Mais uma pausa para o melhor entendimento do pupilo aos seus paternais cuidados.

- Assim, o tempo passou. A vida passou. O amor permaneceu!

Hoilek agora meio abobado, mas atento ao que ouvia, inconscientemente busca a mão que sempre esteve com ele, perguntando:

- O senhor disse que eu tenho estado com uma pessoa já há algum tempo. Que ela tem participado comigo das minhas experiências desastradas na crosta. Quem é essa pessoa? Ela está lá na atualidade ou em outro plano, talvez?

Nesse ínterim, enquanto Hoilek falava, abre-se a porta do seu quarto, dando entrada àquela que fora a sua mão, o seu braço, a razão de tudo para que ele vencesse: Eslah entra após dois suaves toques na porta.

Se aquele momento fosse ensaiado muitas vezes não se daria com a precisão que o destino fez ocorrer, por ser obra de Deus.

Os três olham para ela, enquanto Hoilek pronunciava as últimas palavras da pergunta. Eslah, sem saber o que ocorria, apenas entrou, pedindo licença. Entretanto, percebendo que interrompia uma conversação, estancou, olhando para os doutores e depois fixando o olhar em Hoilek.

Fez-se um silêncio que ninguém ousou quebrar, como se a vida pudesse falar por si mesma.

Hoilek a olhava e ela a ele. Os doutores também se entreolharam, mostrando nos olhos o que o coração denunciava pela emoção.

Por alguns segundos parecia que o tempo parara de correr. Hoilek a olhava sem saber o que dizer. Eslah sabia, mas não devia. Esse idílio a deixava incapaz de cumprimentá-lo. Todavia, recobrando o temperamento decidido e fiel ao dever, uma de suas características inconfundíveis, fala:

- Olá Hoilek, como tem passado?

Ele olha para os médicos e para a mobília do quarto, meio pasmo, respondendo a Eslah, com certa reticência.

- Estou bem. Quer dizer, estou melhor.

Ela dá um daqueles sorrisos encantadores, mostrando os dentes alvíssimos, com duas covinhas que a tornavam ainda mais terna. Cumprimentando os médicos, em tom de desculpas.

- Doutor Zafir, doutor Nest, desculpem-me. Soube que Hoilek estava no Instituto e vim visitá-lo. Entrei sem ser autorizada e nem os cumprimentei. Perdoem-me.

Diz isso, dando um passo a trás, como que fosse sair do quarto, o que fez com que os três dissessem ao mesmo tempo, cada um com uma expressão, discordando dela.

Eslah faz uma caretinha contraindo os lábios e as sobrancelhas, dizendo.

- Se for incômodo, posso voltar outra hora.

O doutor Zafir, sorridente, fala.

- Nada disso Eslah, seja bem vinda. Estávamos palestrando com Hoilek sobre variados assuntos. Na verdade seria muito bom que ele conversasse também com você. Doutor Nest, creio que podemos seguir com as nossas visitas. Ah, Hoilek, quanto à sua última pergunta, penso que a vida sempre colocará diante de nós as respostas e as soluções para os nossos problemas, assim como aqueles que nos amam verdadeiramente, mesmo que não os reconheçamos. Mas o tempo (faz uma pequena pausa e continua), o tempo encarregar-se-á disso. Fique em paz e bem na presença de Eslah, nossa amiga e companheira do Instituto e em outros trabalhos que realiza na nossa querida Cidade.

Sorrindo os doutores levantam-se e saem do quarto, com os agradecimentos de Hoilek pela visita e esclarecimentos.

Eslah, mais à vontade, senta-se próximo a ele, entretendo-o com uma conversação agradável sem qualquer intenção de envolvê-lo, sufocá-lo com perguntas indiscretas ou qualquer comportamento que o constrangesse.

Hoilek, embora ainda meio lerdo, melhorou o semblante, como que recebendo um tônico. Ensaiou até alguns sorrisos de canto de boca, enquanto falava. Pouco, mas falava.

Eslah soube manobrar a conversa, não deixando em momento algum que ele percebesse que à sua frente encontrava-se quem o amava com tanta intensidade. Mantinha-se atenta quanto ao que lhe fora revelado pelos médicos amigos no dia anterior, quanto ao controle do sentimento egoísta de posse. Fez-se de inocente e deixou que ele dissesse o que tinha em mente, auxiliando-o em extravasar os sentimentos contidos motivados pelas últimas ocorrências. Embora moderadamente, Hoilek falou sobre o que ocorrera, sem detalhes, porém conversou com Eslah desprovido de disfarces, o que realmente fez com que recuperasse a firmeza e convicção de que podia enfrentar a situação de crise em que se encontrava.

Eslah não cabia em si de felicidade, apesar de sentir uma sombra quanto ao que passara a saber sobre seus sentimentos com relação a

Hoilek. Pensava consigo mesma: "não posso ter o que quero, mas tenho o que posso".

Isso lhe bastava. Estava aprendendo que apesar das circunstâncias, o que importava mesmo era o bem que ela podia oferecer. Esforçava-se por compreender que o amor não se mede, por ser divino em nós; a manifestação do sublime despertar para a luz que somos.

Conversaram pelo restante da manhã, e ao despedir-se, Eslah tocando-lhe as mãos, comunica que poderia retornar no dia seguinte se ele concordasse em receber sua visita.

Ele concorda em tom quase súplice.

Ela dá um sorriso maroto, sempre com uma caretinha. Dessa vez comprimindo um dos cantos da boca e o olho daquela face.

Ao ficar só no quarto, após a saída de Eslah, aconteceu algo surpreendente com Hoilek. Ele chorou!

Assim permaneceu, sem saber o porquê, sem atinar com a razão, sem compreender a extensão dos seus sentimentos. Só sabia que precisava chorar, chorar, chorar...

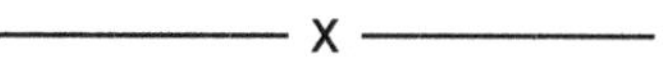

Por três dias subsequentes Eslah visitou Hoilek, que a cada dia se recuperava "na velocidade da luz".

A previsão do doutor Zafir mais uma vez se fez realidade. Hoilek restabelecera-se em tempo hábil para retornar ao curso dos Legionários.

Eslah, por sua vez, passou a ser mais circunspecta. Aqueles três dias junto a Hoilek, conhecedora da situação, fez com que pudesse melhor avaliar seus sentimentos, colocando-os em outro plano, sublimando-o. O que era meio paixão transformava-se, aos poucos, em amor pleno. Via-o como extensão de si mesma. Uma espécie de querer incondicional que ele fosse feliz, mesmo que para isso abdicasse de sua vontade em tê-lo só para si. Às vezes também chorava, mas logo após sorria dando vazão a um contentamento enorme de poder vê-lo, falar com ele, mesmo que entre um encontro e outro transcorressem meses, em função das exigências do curso, e sempre por sua iniciativa.

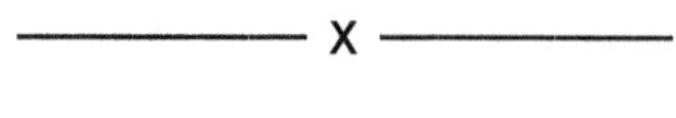

Hoilek retorna ao curso após três semanas de afastamento, sem comprometer o aprendizado do seu conteúdo, mantendo seus conceitos junto aos instrutores e supervisores, os quais o receberam com alegria, sem qualquer conversação quanto ao ocorrido. Todos, incluindo os colegas, sabiam que essas ocorrências eram comuns durante o curso, fazendo com que o respeito fosse um quesito indispensável para o bom andamento dos trabalhos. Antes de qualquer coisa, um motivo a mais para o exercício da fraternidade, marca indelével de uma sociedade educada nos princípios do amor.

PALESTRAS ESCLARECEDORAS

Mensalmente o diretor geral do Instituto faz uma palestra no auditório. As datas são pré-agendadas para cumprimento anual, de forma que todos possam organizar-se para comparecer, respeitando o revezamento em função da capacidade do auditório, que é de trezentas pessoas.

O Instituto conta com um sistema de transmissão interno capaz de reproduzir imagens e áudio gravados ou em tempo real, controlado pela diretoria de pesquisa e desenvolvimento. Todos os equipamentos obedecem ao princípio da teledinâmica, uma tecnologia ainda não disponível na crosta, a qual utiliza meios ultra vibráteis a partir de artefatos distribuídos em pontos do Instituto, formando como que uma malha de comunicação. Os dados trafegam codificados em pacotes de energia através de campos eletromagnéticos dispensando condutores físicos. A decodificação respeita o sentido contrário da formação das "palavras de dados", restaurando a imagem e o áudio em estágios diferenciados por frequência, os quais se deslocam pelos padrões da telecinesia. Dispositivos integrados ao sistema principal geram forças para filtrar seletivamente o magnetismo residual no ambiente do campo, permitindo total fidelidade de recepção ao conteúdo transmitido.

O sistema utilizado no auditório possui dispositivos instalados no palco, capazes de captar as imagens e o áudio pelos meios conhecidos, contudo, com a diferença de que não existe cabeamento estruturado para as interligações com a unidade de processamento principal. Os dados são transmitidos também sem meio físico, como descrito, para determinados locais no Instituto, onde os receptores são montados como parte integrante da arquitetura, sem que sejam identificados, de pronto. Esses receptores contam com um subsistema equivalente ao instalado no auditório, o qual faz varredura para reconhecimento facial nos presentes, estabelecendo uma espécie de paridade, do que será reproduzido para cada pessoa. Dessa forma, as imagens cuja reprodução é tridimensional, apresentam-se sempre à frente de cada um, como se estivesse no auditório, não importando a sua localização.

Esses dispositivos emitem sinais que além de reconhecer o indivíduo, cruzam dados referentes às suas deficiências auditivas e visuais. Para tal, efetuam conformidade entre o que é projetado e a capacidade de percepção, individualmente. Existem particularidades de recursos de ajuste dos sinais para que a recepção não seja adulterada, considerando os portadores dessas deficiências. Essa situação poderia limitar ou mesmo impedir a recepção, sendo cada caso considerado isoladamente. Existem fatores orgânicos que delimitam a ação dos dispositivos utilizados, em atendimento às leis que regem a vida.

Em suma, o sistema é capaz de captar, transmitir à distância, receber e retransmitir individualmente no local designado pelo controle principal, levando em conta os diversos pontos de recepção e as condições daqueles que lá se encontrem. Há de se ressaltar que esses locais dispõem de área reservada para as projeções, desprovidas de mobília ou outro obstáculo que precisariam ser removidos para viabilizá-las.

Todas as pessoas que têm acesso ao Instituto são previamente cadastradas, sendo esses dados disponibilizados para utilização nos diversos processos e procedimentos utilizados nos sistemas da Organização, com total confiabilidade quanto à discrição e privacidade.

A direção geral do Instituto conta com um serviço permanente de comunicação com as suas diretorias e setores, permitindo o envio de mensagens a qualquer momento, referentes a dúvidas e procedimentos que se justifiquem, considerando a disponibilidade dos diretores, para que sejam realizados os esclarecimentos necessários.

As mensagens recebidas mensalmente e os assuntos pertinentes à operação do Instituto são organizados de forma a orientar o escopo da palestra a ser levada a efeito pelo doutor Zafir no auditório. O diretor geral faz exposições cujo conteúdo aborda os assuntos de interesse da coletividade e as respostas às questões recebidas, com orientação em nível compatível com cada caso, porém suficientemente capaz de esclarecer e instruir.

Além disso, outros itens relacionados com os trabalhos realizados pelo Instituto são apresentados, não como demonstrativos de estatísticas, gráficos coloridos e números enfadonhos para quem assiste, mas com temas de interesse, referentes às pesquisas e desenvolvimento nos diversos setores do Instituto e andamento de projetos internos com aplicação em outras Organizações da Cidade, incluindo processos de relacionamento interdimensional, tanto para cima, como para baixo. Não são consideradas situações pessoais, ou que possam caracterizar atitudes individuais, ou setoriais. Esses casos são tratados diretamente pelas diretorias e, dependendo da situação, levados à direção geral para avaliação e providências conjuntas.

As conquistas são exaltadas com alegria contida, sem elogios, assim como os insucessos são apresentados de forma a incentivar a continuidade dos esforços para a melhoria dos resultados a serem alcançados.

Na administração central da Cidade, como no Instituto e nas demais Organizações o princípio da fraternidade é condição básica para a permanência e, principalmente, a realização de qualquer trabalho. O todo vibrátil da colônia é a sua garantia de permear fluidos quintessenciados das dimensões superiores, e, em sentido contrário, escudar os mais densos provenientes das inferiores, independente da ação individual ou de grupos que buscam acesso desautorizado à Cidade. Ondas fluídicas de baixo teor vibratório a alcançam, e mesmo sem a ação direta dos Legionários a colônia conta com a sua psicosfera, espécie de campo magnético protetor, à feição do existente no planeta, defendendo-o das radiações solares.

Normalmente a palestra tem duração de aproximadamente duas horas. Nas quais o palestrante utiliza variados recursos para a ilustração do que pretende mostrar. Um dos que mais impressionam são os vídeos com realidade considerada virtual, ou seja, são reproduzidos, conforme dito, de forma a permitir a observação dos fatos em exposição a partir de gravações ou transmitidas dos setores em tempo real. As imagens e o áudio permitem uma narrativa construtiva, onde os itens assinalados são demonstrados pelos próprios pesquisadores, ou o que seja objeto das considerações do palestrante, com o destaque das observações e itens complementares em uma "janela à parte do conjunto", sempre tridimensionalmente.

Os palestrantes não utilizam quaisquer meios físicos para escrita, ou dispositivos emissores de luz para sinalização em quadros, ou outras superfícies planas. Como explicado, em atendimento tanto aos deficientes auditivos como visuais, os recursos de vídeo e áudio são apropriados à necessidade de cada um. Assim sendo, tudo o que o palestrante diz e mostra, surge escrito em quadros em espaço próximo a ele, com arte predeterminada pelos técnicos que operam o sistema. As observações importantes são indicadas pelo palestrante, sendo exibidas com destaque em relação ao restante dos textos.

A riqueza de detalhes e informações dos assuntos abordados é a tônica desse suporte tecnológico, facilitando bastante o entendimento do que se deseja explicar por parte do palestrante.

Entrevistas são também realizadas, entre o expositor e os responsáveis pelos diversos trabalhos que estejam sendo apresentados. Neste caso, um técnico é previamente designado para comparecer ao setor correspondente e efetuar os serviços necessários para a captação das imagens e do áudio, gravando-os previamente para apresentação posterior ou transmitindo-os durante a palestra com a utilização de dispositivos portáteis.

Esses trabalhos são gravados e arquivados na biblioteca do Instituto, sendo disponibilizados para consulta em qualquer horário, via rede, aos usuários do sistema. Os arquivos são codificados, sem a necessidade de senhas para o acesso aos mesmos. Somente assuntos de maior complexidade, relacionados a ações que envolvam decisões superiores das diretorias e da própria direção geral não são disponibilizados sem autorização prévia. A reprodução desses arquivos obedece aos padrões normais televisivos, tanto para as imagens como para o áudio, sendo necessária a utilização de equipamentos de recepção adequados, disponíveis no Instituto.

Não é incomum a presença de comissões provenientes das dimensões paralelas, tanto superior como inferior. Para tal, os cadastramentos propiciam à inteligência artificial do sistema produzir os efeitos desejados, ou seja, a compreensão plena do que se esteja veiculando nas palestras.

Quanto à questão do idioma, durante o cadastramento são catalogadas as procedências e os idiomas dos indivíduos ou grupos, assim como as disponibilidades de tradução automática, sem o requisito da presença de tradutores. Não se trata de fenômeno de xenoglossia, mas de tecnologia. As traduções são realizadas instantaneamente, pois os dispositivos transmissores não captam o áudio no auditório. Eles são sensíveis aos pensamentos do palestrante, a partir de um equipamento portátil conectado em sua cabeça, na região da fronte. Assim, suas ondas mentais são captadas, processadas e então transmitidas para os locais onde se darão a recepção e apresentação da palestra, à distância. Esse subsistema é compatível ao processo da telepatia, somente diferenciado pela utilização de dispositivos físicos.

Os palestrantes optam por falar normalmente, ou apenas pensar no que querem dizer e todos o ouvem na língua cadastrada, sem a necessidade de utilização de equipamentos tipo fone de ouvido, pois como o dissemos, a mensagem é transmitida individualmente para cada indivíduo, sem os recursos orgânicos das vias auditivas. Para tal, os presentes também utilizam dispositivos decodificadores, da mesma forma que o palestrante.

Acrescentando ao que foi dito sobre os portadores de deficiência, a depender da situação de cada caso, são também disponibilizados pequenos dispositivos que se encaixam nas mãos, com terminais em formato de pequenos pontos, os quais são acionados automaticamente durante a narrativa do palestrante, pressionando os dedos, segundo cadastro do indivíduo, permitindo-o acompanhar o que esteja sendo dito pelo palestrante. Esse sistema de escrita tátil utiliza o código Braille. ´

Em sua mais recente palestra, o doutor Zafir argumentou sobre a sustentação dos trabalhos no Instituto, seu progresso e razão de existir, não só em atendimento àqueles que trabalham e vivem na Cidade, mas para todos, indistintamente.

Vamos destacar parte da sua fala.

- Não poderíamos supor a existência da matéria sem a condensação da energia. Entretanto, esta provém do Fluido Cósmico Universal, fonte dos elementos constituintes da vida que por ele se expressa segundo a vontade do Criador.

Os seres são concebidos pela ação criadora de Deus, anelando esse fluido ao que dEle parte como elemento propulsor a vida, sem ser parte, mas correspondente à Sua imagem e semelhança.

Não se pode compreender a vida sem o Criador, tendo em vista a óbvia concepção de projeto para que tal organização possa ocorrer. As conexões por mais simples que sejam devem respeitar condições predeterminadas envolvendo sintonia, movimento conciliatório e razão para que aconteça. Não é possível, em sã consciência, admitir a junção harmônica de elementos mórficos que se conjugam sempre em maior escala, obedientes ao equilíbrio de porções ainda mais complexas de um conjunto inteligente, sem associar a intenção, a vontade de construir. É como admitirmos, por exemplo, que as proteínas sejam formadas ao acaso, através do anelo dos aminoácidos cujas modificações determinam alterações em suas funções na célula. Tudo obedece a um objetivo construtivo, e isso definitivamente é obra e não um evento fortuito.

Nesse sentido, encontramos as nossas construções mentais, as quais forjam o caráter das nossas atitudes, a se expressarem pelos formatos que o cérebro admite, segundo os padrões evolutivos alcançados. Daí vem que não se concilia um torpe gesto com uma mente brilhante; e em contra partida, não se adéqua uma concepção genial com um ambiente mental incipiente.

Os nossos trabalhos no Instituto prezam pelo bem-estar dos que por aqui passam como pacientes, irmãos em atendimento, assim como pelos que laboram em seus diversos setores. O tempo não passa da mesma forma para os que se encontram aturdidos, em relação aos que denotam paz interior. Tudo é muito relativo! Aqueles que trazem o pensamento em cogitações conflitantes agem peremptoriamente no diapasão da discórdia, do inconformismo vicioso, demonstrando pessimismo e fraqueza moral, enquanto os que atingem melhores padrões vibratórios costumam reproduzir impressões mais sutis e sem exigências, expressando-se conformadamente, porém com atitudes que indicam coragem e vontade de progredir.

As deformidades cerebrais não são produto de situações atuais e imediatas, mas de acumulado somatório de atitudes que contrariam a sanidade, a qual reflete a equidade primordial. O problema reside na falta de educação das criaturas mediante o livre arbítrio. Este nos permite o direito de querer, enquanto as leis divinas nos indicam o dever de querer. São nuances que diferem o significado do que consideramos direito e dever, os quais podem ser traduzidos como compromisso e comprometimento.

Enquanto a fantasia da posse detiver a vontade dos incautos, os identificaremos como náufragos de um barco que ainda está no cais. Isto é, não há como burlar as leis que sustentam a vida! Todos que buscam fazê-lo acabam caindo na própria armadilha, detendo-se por tempo indeterminado nas malhas da delinquência. Os caminhos são muitos, contudo aqueles que contrariam a justiça e maldizem a luz, irremediavelmente conduzem os próprios passos para o precipício e à queda fatal.

Neste Instituto atendemos aos que nos chegam trazidos das regiões intermediárias, assim como da crosta e dimensões subcrostais, além dos próprios habitantes da Cidade. A alienação pode atingir níveis inconcebíveis! Como agir? Passar a mão na cabeça e desejar boa sorte, transferindo para os Legionários o problema, fazendo-os retornar aos pontos de origem, ou proceder ao atendimento das causas essenciais, as quais não são simples e nem possuem um fio para nos guiar na epopéia da restauração psíquica, pelo menos em níveis que possam sustentar a individualidade?

A média de atendimentos vem aumentando, o que faz com que nossos serviços acompanhem esse crescimento. Para tal, todas as diretorias e seus setores têm trabalhado muito, acompanhando as demandas e suas exigências quanto ao imprescindível trabalho de recuperação psíquica.

Quando atuamos no preparo de alimentos para um determinado número de pessoas, precisamos dispor dos insumos necessários aos procedimentos devidos. Em caso de aumento do número a ser atendido, basta provermos o acréscimo dos materiais e permanecer mais tempo trabalhando para atender à demanda. Contudo quando o tratamento é referente a questões de ordem mental, não conseguimos paralelo que identifique exatamente ou replique métodos e procedimentos aplicados, bastando aumentar processos e procedimentos. Cada ser é único! Os passos devem ser meticulosos e extremamente cautelosos, desafiando a paciência dos que se consagram à arte da restauração do psiquismo. Aqueles que se dedicam à ciência da mente não podem prescindir de atualização permanente de conhecimento. O empirismo não tem lugar em trabalhos dessa natureza. Qualquer deslize ou prática inapropriada pode trazer consequências imprevisíveis, sérios prejuízos aos pacientes, cuja recuperação tornar-se-ia prolongada e exaustiva aos que deles cuidam. A capacidade técnica e o amor pelo que faz são fatores fundamentais para quem se candidata a esse trabalho.

O Instituto mantém arquivo atualizado de todos os atendimentos realizados desde a sua fundação, cujo histórico auxilia no acompanhamento dos pacientes que são também monitorados por outras Organizações da Cidade e além dela.

As equipes primam pelos procedimentos técnicos em todas as diretorias, onde seus colaboradores se dedicam e interagem para a obtenção dos melhores resultados. Para tal, o que conta é a solução satisfatória pelo bem-estar do paciente, demonstrado pelo seu equilíbrio psíquico. Os desafios, aprendizados e trabalhos são permanentes, indicando o caminho para a felicidade de reconhecer-se responsável e útil, os grandes objetivos da vida.

O doutor Zafir ainda fez outras considerações sobre o Instituto, suas interações com as demais Organizações da Cidade e serviços prestados em condições específicas, vindo a encerrar a palestra com muita alegria por parte de todos os presentes no auditório e os que a assistiam nos outros pontos da Organização.

Após o encerramento o médico atendeu a todos que buscavam um contato mais próximo com o diretor geral do Instituto. Ele atendeu a todos, pacientemente, demonstrando respeito pela atenção prestada.

O evento foi encerrado com a dispersão dos presentes, certos de que se encontravam em uma Organização alicerçada no amor, a maior força da vida.

REINÍCIO

A terceira fase do curso dos Legionários chegou ao seu término, com o aproveitamento quase total dos alunos. Hoilek, apesar de inscrito na reciclagem, obteve aprovação com mérito pela eficiência nos trabalhos desenvolvidos, mantendo seus conceitos elevados por parte dos instrutores e supervisores.

O período entre as fases do curso não era extenso. Durante quinze dias os alunos podiam deixar a sede dos Legionários, assim como receber visitas. Neste intervalo de tempo eram-lhes entregues os materiais para estudo, os quais já deveriam estar compreendidos para facilitar o início da fase subsequente.

Hoilek, pelo seu temperamento, nos interregnos permanecia na sede estudando e preparando-se para o início da fase seguinte. O curso para ele tinha um significado que não era incomum, entretanto a sua postura em todos os sentidos denotava um caráter que saltava aos olhos das equipes de instrutores e supervisores. Ele não se contentava em aprender o conteúdo das matérias, tinha que ter domínio total, o que lhe permitia frequentemente opinar e sugerir procedimentos, muitos deles aceitos e inseridos no material do curso. Ele concentrava o seu tempo nos estudos e reflexões a esse respeito.

O seu conceito era tal, que comentários ao seu respeito chegaram até o comando geral dos Legionários, destacando-o como aluno exemplar, cujo comportamento refletia perfeitamente os padrões éticos e disciplinares exigidos pela corporação.

Assim, vamos ver Hoilek no alojamento estudando os manuais e demais materiais orientativos que fariam parte da quarta fase do curso. Não gostava de estudo em grupo. Preferia ficar sozinho. Dizia que conseguia concentrar-se melhor. E isso era verdade, pois rapidamente entendia os estudos de caso, muito usados para exemplificar a atuação das equipes, com enfoque nos procedimentos individuais e coletivos necessários para o bom desempenho das tarefas sob responsabilidade dos Legionários.

Desde que fora reingressado no curso e do desempenho alcançado, embora não revelasse a ninguém, sentia uma espécie de tristeza, ansiedade que lhe doía na alma. Seu sono não era tranquilo, agitava-se com frequência, despertando suarento e ofegante.

Nas consultas comentava com o doutor Nest, do qual recebia os esclarecimentos da necessidade de concentração no trabalho, que essas ocorrências se davam em função das repercussões de injunções pretéritas, para as quais a melhor terapia era o domínio da vontade e o respeito pela vida. Quanto ao resto, o destino haveria de se incumbir de consertar. Dizia-lhe também, que ele não estava só nesta empreitada, que o auxílio nunca lhe faltaria. Quando estivesse amargurado, sem esperança, viria até ele a força que necessitasse para vencer e superar. Que mantivesse a coragem, seriedade e compromisso com a verdade, atitudes que refletem a ação do Criador em nossas vidas. A cura essencial!

Hoilek nunca agia por impulso. Tudo o que dependia dele tinha que ser analisado previamente para que não fossem cometidos erros. Manifestava dificuldade em lidar com as próprias falhas. Esse era um ponto fraco no seu comportamento, pois havia situações nas quais o Legionário tinha que tomar decisões por si mesmo, independente das orientações da supervisão, dado que as circunstâncias nem sempre favoreciam o planejamento das missões.

Até então, este aspecto apesar de já ter sido reparado pelos instrutores, somente fora mostrado de forma mais contundente quando do episódio ocorrido no final da terceira fase do curso, no qual ele apresentara total descontrole diante do resgate do senhor Drumal. Contudo, a situação fora contornada pelo seu atendimento no Instituto e regresso em tempo hábil com plenas condições laborais.

Numa das manhãs durante esse período de interregno, Hoilek estava cismado. Tivera mais uma noite ruim. Sonhos entrecortados, sem nexo. Não sabia fazer a conexão entre o que sentia e o que neles vivenciava. Os sonhos não eram recorrentes. Modificavam-se, tanto em situações como em relação às pessoas que com ele se relacionavam. Tinha a nítida sensação de conhecê-las, um sentimento forte de que faltava alguma coisa a ser feita, uma reparação, uma reconciliação. Mas com quem? Essa confusão o perturbava, e a única forma de evitá-la era deixá-la de lado, concentrando-se no trabalho. Eis a razão de tamanha dedicação e compenetração que ele tinha no curso. Era a forma de fugir do confronto com os fantasmas que figuravam em seus sonhos.

Pensava consigo mesmo: "o que devo fazer com isso? Não suporto mais essa situação! O doutor Nest não prescreveu qualquer medicamento! Acho que tenho que me dopar! Meu Deus, o que estou pensando"!

Encontrava-se sozinho no alojamento e permitiu-se ir às lágrimas, sentado na cama, com as mãos no rosto, amargurado e sem saber o que fazer para não mais sentir o que o deprimia ao ponto de fazê-lo desistir de tudo e morrer. Lembrou-se que o doutor Zafir o havia alertado quanto ao que o aguardava no dia a dia de sua vida, até que pudesse vencer essas inquietações. Buscou apaziguar o coração atormentado, enxugando as lágrimas, mais para não ser visto por nenhum colega naquela situação, do que para sustá-las.

Quando a dor estava mais pungente em seu coração, deixou-se cair no leito, abatido como um corpo sem vida. Qualquer um que o visse daquele jeito, não o distinguiria do Hoilek atuante, preciso e seguro em tudo o que fazia. Foi justamente nesse momento que Tardan, um colega de curso, adentra o alojamento chamando por ele.

Hoilek apruma-se na cama passando as mãos no rosto e nos cabelos, a essa altura desalinhados, respondendo ao colega.

- Pois não, Tardan. Estou descansando um pouco.

Tardan aproxima-se dele e transmite-lhe um recado.

- Tem uma moça lá na recepção querendo falar com você. Acho que é aquela que fez o trabalho aqui na sede para a exposição na administração central.

Hoilek não tinha dúvida. Era Eslah. Pensou: "como a veria naquelas condições"? Estava "para baixo". Não gostaria de passar uma impressão negativa. "Já bastavam as situações que ela presenciara. O que ela vai achar de mim? Um bobalhão melancólico e fraco"!

Por alguns instantes ficou indeciso no que responder para Tardan, que à sua frente aguardava uma resposta.

- E aí, o que falo para a moça? Você vai lá ou não?

Hoilek não sabia o que responder. Arriscou...

- Eu não estou bem disposto essa manhã. Diga a ela que eu não estou...

- Não dá. Ela perguntou se você estava antes de pedir para vê-lo. E o pessoal da recepção confirmou a sua presença. Como estava passando por lá, pediram-me para avisá-lo. Ela é chata assim para você não querer falar com ela? Não parece não, amigo. Ela é muito simpática...

Hoilek interrompeu-o dizendo:

- Tudo bem Tardan, por favor, diga que eu vou vê-la. É só trocar de roupa e a encontro no saguão principal. Desculpe a reação. É que estou realmente indisposto. No entanto, essa moça faz um trabalho muito importante na Cidade e precisamos auxiliá-la no que precisar. Deve estar envolvida em mais algum projeto, sabe...

Tardan, um moço perspicaz olha para Hoilek com "aquela cara" e diz:

- Tá!

Tardan retorna para a recepção e informa à Eslah que Hoilek a encontraria no saguão principal.

Eslah agradece com um sorriso e dirige-se para o local indicado.

Enquanto isso Hoilek respira fundo, penteia os cabelos e veste-se apropriadamente. Pensava: "ela sempre aparece quando estou mal; será possível! Parece que adivinha"!

Hoilek, apesar de inteligente e revelar grande capacidade de síntese, não conseguia ver que Eslah era a sua "cara metade", espírito voluntarioso e dedicado ao trabalho, verdadeira irmã no sentido mais amplo da palavra.

Eslah, sentada em um banco do saguão observava pelas amplas janelas que iam quase até o chão, o jardim do lado de fora. Não pensava em nada. Seu olhar vagava sem que fixasse a atenção. Estavam no outono, e as plantas formavam motivos encantadores. Corriam os primeiros dias do outubro. Ela vestia um traje apropriado para época embora o clima na Cidade seja sempre ameno, sem comparação com a correspondente região da crosta.

Ela não estava ansiosa, mas a demora de Hoilek, de certa forma a fez levantar-se e caminhar de um lado para o outro. Nesse momento pensou:"estou aqui para uma visita sem ter entrado em contato prévio para agendá-la. O que ele vai pensar de mim? No mínimo uma desajuizada! Ah! Fazer o quê, acordei com ele na cabeça".

Olhou para os lados como se alguém pudesse ouvir seus pensamentos e concluiu: "tá bom, ele não me sai do pensamento! Mas o que eu vou fazer? As coisas do amor são assim mesmo, não é dona Eslah? Primeiro é um sorriso, depois um aperto de mãos, aí vem um abraço. Não, espera aí, um abracinho foi o que aconteceu. Não exagera! O que você vai esperar dele, se nem sabe quem você é? E a sua relação pretérita"?

Nesse mar de cogitações bem próprio dela, no seu zigue-zague em frente a uma das janelas, não se deu conta que Hoilek se aproximava.

Ele parou bem próximo a ela, enquanto de costas para ele deixou escapar uma expressão que lhe vinha à mente.

- Pense o que quiser, afinal de contas...

Nesse momento vira-se e dá de cara com Hoilek, mudo, olhando-a nos olhos, sem ter a menor ideia do que se passava em seu coração também aturdido pela situação que vivia desde que soubera a verdade no Instituto.

Ela estancou, com os olhos meio que arregalados e boquiaberta. Mas com destreza emendou uma saída estratégica.

- Afinal de contas o trabalho foi feito. Isso é o que importa.

Abre um grande sorriso e dirige-se a ele, dizendo.

- Desculpe-me estava pensando coisas do trabalho e nem me dei conta que você estava chegando.

Hoilek cumprimenta-a com um acenar de cabeça e ensaia um leve sorriso de canto de boca, respondendo.

- Tudo bem?

- Peço desculpas por não tê-lo comunicado com antecedência a intenção de visitá-lo. Espero não estar incomodando muito.

Ela diz isso, estendendo-lhe a mão para cumprimentá-lo.

Hoilek percebe o constrangimento que a sua postura proporcionou a ela, e aperta-lhe a mão. Balança a cabeça negativamente e fala gentilmente.

- Nada disso. Não é incômodo algum, por favor. Vamos sentar.

Eslah, agora mais à vontade, senta-se em frente a ele, dando início à conversa, sorridente, como era seu hábito para ganhar confiança no que quisesse comunicar.

- Estava no trabalho e concluí uma tarefa mais cedo do que pensava. E aí, advinha: você me veio em mente. Não sei por quê! Aí, já viu! Como tinha tempo disponível e a sede dos Legionários é meio caminho para minha casa, resolvi: desculpe a petulância! Visitar um amigo!

Ela diz a última frase fazendo uma de suas caretinhas, como a desculpar-se por uma travessura.

Hoilek, não consegue conter-se e espontaneamente sorri, passando a mão ligeiramente no rosto, dizendo a seguir.

- Ora, ora, já disse que está tudo bem. Afinal não sou nenhuma personalidade importante para que se tenha que marcar visitas com antecedência. Você só corria o risco de não me encontrar. Só isso.

Ela mais confiante com a resposta e sincera demonstração de alegria, se solta mais um pouco, mas com cuidado, conhecedora do seu perfil e condições psicológicas.

- Eu não sou boba! Entrei em contato com a recepção antes...

Hoilek mais uma vez reage favoravelmente. Olha para o alto como a dizer: "só podia"!

Ela sorri e emenda a pergunta:

- Como você tem passado? Virá a quarta fase do curso. Dizem que é barra pesada!

- Estou bem. Quer dizer, acho que estou bem. É! Esta fase exige bastante dos alunos, porque a que vem em seguida é a última e aí já viu, não dá para recuar, nem cometer erros.

Ele diz isso com ar de preocupação, mudando completamente a fisionomia.

Ela percebe e contorna a situação.

- Ora, o que você não pode fazer meu amigo? Eu... Não, eu não! Todos nós acreditamos em você. Tudo vai dar ficar bem! Tenho certeza disso!

Diz a última frase segurando-lhe as mãos, que estavam juntas numa atitude um tanto aflitiva.

Ele não apresenta qualquer reação. Continua a olhar para baixo em atitude atribulada.

Eslah percebe que havia algo além de preocupação com a quarta fase do curso. Daí, começa a falar de si mesma, mas com o intuito de deixá-lo à vontade para fazer comentários sobre seus sentimentos. Quem sabe desabafar com ela. Seria o máximo poder entabular conversa mais íntima com ele. Assim sendo, diz:

- Você sabe, às vezes sinto-me frustrada por não poder ter aquilo que eu gostaria. Ao mesmo tempo sei que tudo tem a sua hora. Precisamos de trabalho, paciência e perseverança para alcançar os resultados desejados. Para isso, eu me concentro em fazer as coisas bem feitas, sem prejudicar a ninguém. Entretanto, nem sempre conseguimos agradar a todos. Minha chefe e amiga Tejany é uma pessoa maravilhosa, mas tem horas que discutimos, e aí sai faísca para todo lado!

Ela sorri e faz pouco caso do que falava, observando que Hoilek erguera a cabeça e acompanhava o que dizia. Ela continua.

- Hoilek, estou aqui na Cidade há quase vinte e dois anos, desde a minha última existência na crosta. Pude contar com o auxílio de tantos amigos que não pouparam esforços para que eu pudesse equilibrar-me e prosseguir com a minha vida. É claro que tenho ainda muitas questões a serem esclarecidas, dúvidas e assuntos de ordem pessoal que me atordoam e, às vezes, prejudicam-me o sono. Mas olha, eu não me deixo abalar com isso não! Sou muito decidida e busco as soluções ao meu alcance. É claro que nem sempre consigo respostas convincentes e resultados satisfatórios, contudo fazer o quê? Podemos não ser tão ignorantes ao ponto de negar a vida infinita e a paternidade de Deus, entretanto meu amigo, ainda estamos muito distantes de um domínio maior sobre nossos sentimentos.

Eslah diz essas últimas frases buscando provocar a continuidade do pensamento por parte dele, e consegue seu intento, pois Hoilek morde a isca.

- É verdade! Eu também me sinto assim. Quando saí do Instituto e iniciei o curso dos Legionários achei que aqui eu estaria no controle absoluto das minhas emoções e conseguiria segurança plena das minhas reações. Mas pelo visto, não está sendo bem assim...

Ele diz isso olhando para ela, com o olhar desalentado.

Eslah não se faz de rogada e dá continuidade à conversa.

- E quem disse que todos que vivem aqui ou em outras colônias da nossa esfera de ação não passam por dificuldades? Até aqueles que nos tratam, como os médicos, assim como os diretores de todas as Organizações têm seus momentos complicados. Hoilek, nestes céus não existem pessoas resolvidas em todas as situações que a vida exige para ascensão a planos superiores.

Ele olha para ela meio que surpreendido, e demonstra pensar sobre o assunto. Eslah continua.

- Sabemos que a vida pede evolução. Isso é inegável. Mas meu amigo, daí a dar saltos a outros patamares, sem subir os degraus, ah, isso não. Não mesmo! É por essa razão que nós não temos que nos sentir diminuídos ou mal, porque ainda nos comportamos com insegurança, e até com medo mesmo. Qual o problema? Você é um homem forte e decidido (pensou consigo mesma: "e lindo!"), mas não é por isso que é intocável. Que não tenha lá os seus problemas íntimos, que o perturbam e ferem de vez em quando...

Hoilek estava completamente envolvido pelo que Eslah lhe falava, porque o fazia com o coração, sentindo cada palavra para auxiliá-lo a sair daquele estado de melancolia.

Ele, já um tanto refeito, fala bem mais à vontade, quase sorrindo.

- Você deveria trabalhar no Instituto! Do jeito que fala, sabe levantar o ânimo da gente!

Eslah sorri, gostosamente. O Seu rostinho se iluminava quando sorria, transmitindo além da alegria, a sensação de carinho por quem estivesse conversando. Meio que sestrosa, responde:

- Senhor Hoilek, quase Legionário, quem sou eu para isso?!

Agora ambos sorriem. Ele mais contido, mas sorri espontaneamente.

Permaneceram conversando por mais algum tempo, no qual puderam por iniciativa dela tocar as mãos em mais algumas oportunidades, o que a emocionava bastante.

Após a conversa os dois se despediram cordialmente. Eslah desejando tudo de bom para ele no desenvolvimento da próxima fase do curso. E ele, sinceramente agradecido, lhe fala da importância de sua visita e da sua amizade.

Eslah meio que indecisa, com receio de ser correspondida, aproxima-se dele enquanto o cumprimenta na despedida, e beija-lhe uma das faces, sentindo que ele correspondera, beijando-lhe suavemente o rosto.

A visita de Eslah conseguiu desanuviar o coração de Hoilek, que, como por encanto, esqueceu dos maus sonhos e teve um bom sono naquela noite.

Quem ficou sem dormir direito foi Eslah. Oscilava entre preocupada e alegre. Sabia que Hoilek não estava bem, ao ponto de correr algum risco durante a quarta fase do curso. Tivera conhecimento pelo trabalho que fizera, que nesta fase os alunos têm que suportar atmosferas densas nas regiões intermediárias e na crosta e devem corresponder a muitas outras exigências relacionadas à conduta diante de situações realmente difíceis. Suas reações são medidas pelo estrito cumprimento aos procedimentos, pois precisam lidar com seres humanos em posições comprometedoras.

Por outro lado, acreditava nele. Sabia que ele venceria, apesar de existir uma sombra de dúvida que a fez decidir ir ao Instituto para conversar a respeito com o doutor Nest, e quem sabe até com o próprio doutor Zafir. O início da quarta fase seria em uma semana. Ela faria o que estivesse ao seu alcance para ajudar Hoilek, embora soubesse que de si mesma, nada poderia.

Com tudo isso, os sorrisos figuravam em seu rosto, como uma margarida, quando lembrava o beijinho correspondido durante a despedida. Seus pensamentos mesclavam apreensão e sorrisos rememorando a conversa com aquele que a vida não haveria de deixar distante do seu coração.

*A verdade seja qual
for, sempre é preferível
ao oculto e disfarçado.*

PRIMEIRA MISSÃO EXTERNA

O início da quarta fase começava com a concentração dos alunos na sede, quando já deveriam conhecer as metodologias e critérios de avaliação, assim como os processos e procedimentos a serem adotados. Não havia mistérios no planejamento das incursões, da mesma forma que não eram previstas mudanças no roteiro dos diversos trabalhos durante o período daquela fase crucial para a conclusão do curso.

Apesar de todas as medidas de segurança que os supervisores e instrutores proviam, sempre surgiam situações que deveriam ser analisadas no momento, não restando opção de adiamento, tendo em vista estarem lidando com problemas críticos relacionados à vida em condições de grande degradação orgânica e psíquica.

Na semana que antecedera o início desta fase, logo após a visita que fizera a Hoilek, vamos encontrar Eslah no Instituto, aguardando para falar com o doutor Nest. Este a recebe com um sorriso de boas vindas, e após os cumprimentos, já no interior do consultório, ela comunica-lhe a razão de sua vinda ao Instituto.

- Doutor Nest, peço suas desculpas por importuná-lo, sabendo que o seu tempo é exíguo. Mas estou com o coração um tanto apertado!

Diz isso expressando fisionomia de apreensão.

O doutor Nest responde.

- Em que posso ser útil Eslah?

- Esta semana fiz uma visita a Hoilek, na sede dos Legionários. Sei que a quarta fase do curso vai iniciar semana que vem. E já que será muito difícil conciliar tempo para poder estar com ele, aproveitei a oportunidade para fazê-lo agora. Acontece que reparei em suas expressões que ele está meio nervoso. Não tem dormido direito e coisas assim. Percebi insegurança nele, justamente agora na parte mais importante do curso. Doutor Nest, estou preocupada. Por isso vim até aqui conversar com o senhor, buscando ver se é impressão minha ou se ele corre algum risco de não ser bem sucedido no curso. Seria uma lástima, porque depois de tudo que ele passou, vindo a dedicar-se com tamanha vontade para ser um Legionário, e vir a acontecer algum problema que o impeça. Isso me causa até pavor!

O médico a ouve atenciosamente, com semblante sério, compreendendo o temor de Eslah, pois levando-se em conta o ocorrido na terceira fase, realmente havia indícios de situações que poderiam levá-lo a uma nova queda, o que traria sérias dificuldades para sua reabilitação e possibilidade de não conclusão do curso.

Após terminar sua explanação, o doutor Nest considera:

- Eslah, primeiramente busquemos a calma e o bom senso para fazer qualquer análise. No caso em questão, por encontrar-se ainda debilitado em sua integridade psíquica, sabemos perfeitamente das margens de risco para a conclusão desse curso, o qual ele se apegou com tamanho fervor. E também sabemos o porquê ele assim procede.

Eslah ouve atentamente. O médico prossegue.

- Você já possui condições de acesso integral a respeito da sua última experiência na crosta, o que ainda não foi possível para Hoilek, justamente porque outras questões encontram-se associadas para que ele possa deslindar-se dos obstáculos que criou pelas suas atitudes pretéritas. Já dissemos a você, que no seu caso, em função da sua capacidade e desenvolvimento evolutivo foi-lhe possível descrever em detalhes os liames que os atam em muitas outras experiências. Ele não dispõe, ainda, de condições para suportar uma realidade mais ampla, porque a culpa assume enormes proporções em sua mente, impossibilitando-o à compreensão dos fatos e suas consequências.

- Compreendo que ele haverá de despertar para a sua própria realidade no momento oportuno, mas não posso furtar-me à preocupação, tendo em vista ao que vai ser exposto nas regiões intermediárias, onde apresentou problema, assim como na crosta. Sabe-se lá o que ele vai encontrar...

Eslah apoia o queixo em uma das mãos, demonstrando muita apreensão.

Após alguns instantes, o médico responde.

- Eslah, procure não se torturar ao ponto de contribuir negativamente com ele.

Ela olha repentinamente para o doutor Nest e fala.

- Como assim? Estou aqui conversando com o senhor, buscando justamente um meio para auxiliá-lo!

- Sem dúvida, porém perceba que o pensamento é força criadora. Enquanto você emitir preocupação, tensão e ansiedade em relação a ele, será esse padrão de vibrações que vai alcançá-lo. Considerando o estado emocional que esteja apresentando no momento, isso pode comprometer ainda mais o seu equilíbrio. Entende?

- É verdade doutor Nest. O senhor tem toda a razão.

Eslah fica cabisbaixa, buscando meios de vivenciar o que sabia, melhorando o padrão vibratório em relação a Hoilek.

O doutor Nest quase em tom confidencial fala-lhe.

- Eslah, o que vou lhe dizer não é segredo. Todavia, não se deve ficar falando por aí, em comentários com quem quer que seja. Peço que você mantenha sigilo, e busque compreender a situação que o nosso amigo está passando, e ainda vai passar até que conquiste o equilíbrio indispensável para ser um Legionário. Procure manter a calma e a certeza de que ele vai vencer!

O médico aguarda alguns instantes e prossegue.

- O processo evolutivo conta com movimentos redentores através das dimensões em que nos é possível manifestar a vontade. Nossos relacionamentos acabam por tecer, se assim podemos nos expressar, uma espécie de rede de contatos, os quais se ligam ora aqui, ora ali, desta ou daquela forma, em uma ou outra condição. Aí vale destacar a questão do gênero, situação social, relação familiar, manifestação de deficiências físicas e mentais, e demais aspectos que contribuem para a formação dos contextos a serem experienciados pelos envolvidos nas micro sociedades a que pertençam.

Eslah mudou a postura e sentou-se melhor na cadeira, acompanhando atentamente o que o médico lhe dizia.

O doutor Nest continua a sua explanação.

- Os saldos positivos e negativos são, em verdade, fatores propulsores ou detentores de cada indivíduo, alçando-o a níveis melhores quando positivos, e, em sentido contrário, mantendo-o na condição aparente de vítima. O que acontece com Hoilek é uma situação comum a todos nós, no entanto em seu caso, ocorreram experiências recorrentes em determinado processo de aceitação do que representa perda para ele. Suas experiências na crosta e nas regiões intermediárias e até subcrostais em passado distante não foram das mais pitorescas, no sentido de aprendizado. As repetições de atitudes no que se considera "mal", fizeram-no um ser de personalidade dura e inflexível. Hoje ainda observável, apesar de não mais contribuir negativamente. Entretanto, a moldagem do seu caráter faz com que ele seja sempre sério e extremamente dedicado naquilo que eleja como objetivo.

Nessa altura, Eslah nem piscava os olhos.

O medico continua...

- As experiências dele são catalogadas pela administração central da Cidade desde quando ainda se encontrava alheio ao significado da vida, negligenciando com as responsabilidades inerentes a cada um para o bem de todos. Dessa forma, em cada ida e vinda na crosta, recebia a assistência imprescindível para que pudesse superar a influência degradante das trevas em si mesmo, o que veio ocorrendo no transcorrer do último milênio. Atualmente, essas reações correspondem a detalhes aparentemente menores, contudo os atavismos daquele pretérito de sombras exercem influência em sua vontade, até que se depure totalmente delas, o que esperamos ocorrer em breve tempo. Para tal, você que o acompanha mais de perto, tem sido determinante para a sua melhoria.

Eslah o interrompe com uma pergunta.

- Eu só tenho lembrança da última experiência que tivemos na crosta. Essa que vocês aqui no Instituto revelaram-me, o que me permitiu entender o porquê da minha relação com Hoilek. Mas o senhor está dizendo que eu o tenho acompanhado há mais tempo...

- Sim, vocês têm se relacionado mais vezes nos cenários da crosta, mas você adotou para si mesma condições favoráveis ao seu processo evolutivo, enquanto ele fez escolhas ruins, acarretando dor e sofrimento. O seu despertamento atual, quanto ao que vivenciou na última existência é um detalhe no grande contexto que os envolve. Essa conversa que estamos tendo hoje faz parte de um planejamento que o Instituto determina a todos que atende e acompanha. Quero dizer que em futuro próximo, certamente deverá iniciar um processo de rememoração dirigida de suas experiências pregressas. Esse procedimento a fará mais consciente do que representa para si mesma e para Hoilek, a quem posso intitular com um verdadeiro filho e irmão da sua vida.

Eslah não pode conter a emoção e chorou.

O médico continua a sua explanação.

- Isso tudo será capital para que vocês possam solucionar definitivamente a situação em que ele se encontram. Por você, não existem peias que a atem aos planos inferiores ao nosso. Você não sofre mais qualquer influência de vícios e costumes condicionantes, ou tem questões de ordem pessoal com ninguém. Contudo, no caso de Hoilek isso não se aplica. Mas acho que já me estendi demais.

Diz isso meio que sorrindo, e termina sua explanação com mais algumas considerações.

- Você terá oportunidade junto ao doutor Lizeu para esclarecer e melhor posicionar-se na situação atual permitindo novos planejamentos para o futuro próximo.

Eslah enxuga as lágrimas e fala.

- Doutor Nest, vim aqui buscando ajudar Hoilek e acabo percebendo que eu é que estou sendo auxiliada. Como posso agradecer a sua bondade e paciência comigo?!

- Ora, por favor, já deixamos essa posição de paciente e médico há algum tempo. Somos amigos! E os amigos são para isso mesmo.

- Esteja certo de que vou pensar somente em coisas positivas para ele. Nunca mais vou esquecer suas palavras. Muito obrigada, doutor Nest. Semana que vem vou agendar a vinda para o acompanhamento com o doutor Lizeu.

Ambos ainda trocam algumas palavras, despedindo-se em seguida.

Eslah sai renovada do Instituto. Estava mais confiante caminhando para o trabalho. Olhando o céu, agradecia a Deus por existir, por ter amigos e poder ser útil a alguém. Nesse caso alguém muito querido do seu coração.

Após o período de permanência na sede, os alunos foram deslocados para as regiões intermediárias, nos já mencionados postos de socorro, participando de várias incursões nas respectivas camadas vibratórias que as constituem.

Hoilek e os demais colegas não apresentaram dificuldades dignas de menção. Somente por parte dele existia uma espécie de dor moral que o deprimia, e isso ele se esforçava ao máximo para não deixar transparecer. Tipo uma sensação de perda, quebra, fracasso. Ele afastava os pensamentos negativos que lhe vinham em mente. Orava, pedindo forças a Deus para continuar seus trabalhos e alcançar a vitória com a conclusão do curso. Tudo o que ele queria era ser bem sucedido e passar a servir à comunidade como um Legionário. Nada mais o interessava.

Nesse duelo com as suas tendências relativas aos atavismos pretéritos, nossas já conhecidas pelas explanações do doutor Nest para Eslah no Instituto, vamos encontrar Hoilek em uma incursão na qual se deixa atingir pelos insultos de um séquito de criaturas andrajosas e de aspecto asqueroso, as quais o chamam por um nome que não era o dele, mas que tocou o seu coração. Disseram-lhe mais ou menos nesses termos:

- Ih, olha quem está aqui. Ah, ah, ah, ah... O safado traíra do Adamastor. Perdulário hipócrita. Desgraçado! Pode enganar esses bobocas que estão aí dando uma de valentões, só porque estão armados, contra nós indefesos. Mas não tem nada não. Você ainda vai comer na nossa mão. Vai ver só...

O grupo deslocava-se por aquelas regiões sombrias e fétidas sem deixar-se influenciar por qualquer alegação dos que ali estagiavam. Esse quesito era fundamental para que não houvesse contato psíquico com as turbas que sempre surgiam para dificultar o resgate dos que já manifestavam condições para tal.

Hoilek apesar de buscar disfarçar não ter sido atingido pelas palavras a ele desferidas, não passou despercebido pelo instrutor Sandir, que os acompanhava.

Após chegarem ao PS 3, de volta da incursão, o inspetor aproxima-se de Hoilek, em momento sem a presença dos demais alunos e fala-lhe:

- Como você está?

- Estou bem.

- Percebi que houve uma alteração sua quando um dos integrantes daquele grupo aproximou-se de nós e fez algumas referências a você.

Hoilek engole em seco. Não consegue disfarçar o constrangimento e responde ao instrutor:

- Eu não sei a quem ele dirigiu aquelas ofensas. Só fiquei impressionado com o que ele disse. Só isso!

- Hoilek, peço que você não deixe de comunicar todas as reações que tenha nos trabalhos que estamos fazendo. Atualmente vocês são alunos, mas no futuro estarão à frente de grupos com responsabilidades muito grandes. Além do mais, você também sabe que nada escapa aos nossos sentidos. Estamos aqui para instruir e supervisioná-los no que concerne ao aprendizado de como agir nessas regiões sombrias e em outras ainda mais complicadas no próximo ano.

Hoilek olhava para frente sem encarar o instrutor, somente olhando para ele quando respondeu, sinceramente.

- Instrutor Sandir, confesso que o que ouvi perturbou-me. Não sei dizer o porquê, mas fiquei incomodado. Não, talvez com um pouco de raiva. Não sei definir o que senti. Isso me deixou triste. É chato não sabermos distinguir o que sentimos e a causa de sentirmos...

O instrutor toca-lhe o ombro e fala em tom fraternal.

- Fique tranquilo. Busque apenas concentrar-se nas tarefas. Esforce-se para não se permitir influenciar com o que veja ou ouça, mesmo que isso desperte sentimentos contraditórios com o seu compromisso. Sentir o impacto é natural. Dar vazão é outro assunto!

O instrutor Sandir deixa-o com suas cogitações interiores.

Hoilek permanece inquieto com o acontecido. Mas o tempo passa e com ele nossas preocupações amortecem, sem, contudo, desaparecerem.

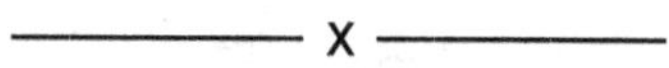

As equipes terminaram os serviços específicos nas regiões intermediárias em cumprimento ao estabelecido pelas cargas horárias, com um atraso de três semanas, devido à necessidade de serem refeitos vários exercícios para consolidação do aprendizado, principalmente quanto à lide com os resgatados e suas deficiências.

Em atendimento ao escopo do curso, passaram para a última parte da fase quatro, que assinala a descida para a crosta, onde permaneceriam por dois meses. Lá seriam desenvolvidos trabalhos ainda mais complicados, pois as influências viriam por parte dos que não mais pertencem a ela, mas insistem em manter-se nos mesmos ambientes em que viveram, mesmo que temporariamente; daqueles que habitam dimensões subcrostais, exercendo ações pérfidas para a consecução de planos trevosos, assim como dos próprios habitantes da referida dimensão, em sua esmagadora maioria formada por seres que ignoram a sua natureza e a razão da vida. Essa mescla de padrões vibratórios faz da crosta um ambiente hostil e propício à prática de toda espécie de crime contra o patrimônio público e privado, assim como ações lamentáveis com relação à família, a sociedade e à própria pessoa pelos vícios e atitudes equivocadas, chegando até ao suicídio.

Durante essa fase, Eslah não pode encontrar-se com Hoilek, em função dos compromissos de ambos não permitirem. Da parte dele, não foi percebida a falta dela, somente algumas lembranças lhe vinham em mente e ele, às vezes dava uns sorrisinhos de canto de boca. Quanto a ela, ah, aí a coisa era outra! Um suspiro atrás do outro! Utilizava-se do seu diário como um amigo oculto, anotando seus sentimentos, mas sem compromisso com datas ou continuidade. Era uma forma de desabafar a saudade e poder falar com "alguém" sobre o que lhe ia no íntimo, além, é claro, quando ia ao Instituto para sua consulta de acompanhamento e podia abrir o coração (até certo ponto) com o doutor Lizeu. De qualquer forma, o trabalho ajudava a passar o tempo e sabia que logo poderia estar com ele, fazendo uma daquelas visitinhas relâmpago, ao acaso, sabe!?

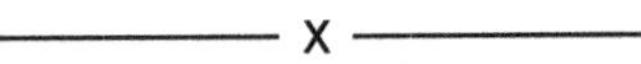

O grupo alcança os domínios da crosta em uma madrugada sem estrelas, pois que o tempo encontrava-se nublado naquela região costeira da península italiana. Desembarcam do veículo que os conduzira e em formação partem para um posto de trabalho localizado em uma colina da urbe La Spezia, na Ligúria.

As instalações são simples, rústicas, sem ocupar grande área. Os Legionários cuidam para que as suas instalações mantenham a arquitetura e os mesmos estilos das existentes. Tal providência é estratégica, evitando qualquer contraste com o que seja proveniente de uma dimensão paralela em relação às edificações da crosta.

Esta ação visa não destacar os postos dos Legionários das demais construções. Aos olhos dos habitantes da crosta, não há qualquer problema, uma vez que estes não as percebem com os sentidos do corpo físico, entretanto o mesmo não se aplica para aqueles que vivem nas dimensões paralelas, a depender do padrão vibratório e dos seus conhecimentos.

Os trabalhos dos Legionários são caracterizados por ações rápidas e eficientes, sem deixar traços de sua presença. Preferencialmente sem ser notados em qualquer circunstância. Todavia, existem situações que pela criticidade da missão este requisito acaba por não poder ser verificado, ficando por conta das equipes a utilização das técnicas e improvisações que se justifiquem, tendo em vista a conclusão do que seja necessário realizar.

Há casos em que acontecem problemas sem que possam ser contornados, acarretando a interrupção dos trabalhos, com a suspensão temporária da missão, ou mesmo seu cancelamento. Quando isso ocorre, a supervisão toma as decisões mais adequadas para o aproveitamento dos serviços realizados, buscando reprogramar novas incursões para a conclusão das tarefas. No entanto existem ocorrências cuja complexidade e o número de agentes requer controle e exímia atuação individual e coletiva.

A quarta fase do curso determina a capacitação dos alunos considerando as experiências adquiridas nas fases anteriores, com um agravante: a exposição aos fluidos que variam absurdamente em intensidade, desde os mais densos e viciosos (atiçando as âncoras psicossomáticas dos alunos, em nível de subconsciente pretérito, com ênfase nas tendências repressoras, cujo prisma básico é a depressão e o suicídio), passando pelas estimulantes da revolta e posições reacionárias em geral, até as perturbadoras, confundindo a razão e prejudicando a análise e critério para agir em conformidade com os desígnios superiores a que são chamados os Legionários.

Nas etapas anteriores, esta situação também ocorre, mas em menor intensidade e variedade, permitindo aos alunos sob rígida supervisão experimentarem tipo "café pequeno" ou "entrada" do prato principal.

Nesta fase, os alunos são preparados para que as suas reações sejam compatíveis com o nível de comprometimento esperado, tendo em vista a próxima e última fase, na qual tudo isso e muito mais é exigido do, então, quase Legionário.

Por essa razão a quarta fase do curso é a mais crítica. Digamos que os alunos recebem um "banho" de fluidos ácidos, tendo que corresponder aos estímulos nocivos com atitudes defensivas e ao mesmo tempo construtivas, mantendo o equilíbrio emocional para corresponder aos princípios da disciplina, fraternidade e livre arbítrio.

Uma vez instalados, inicia-se no mesmo dia o reconhecimento do terreno onde os alunos vão exercer suas atividades. Dentre elas, destacam-se: pesquisa de densidade demográfica (com descrição de gênero e faixa etária, etnia, grupos religiosos e políticos); relatório de pessoas com previsão de desencarne (morte do corpo físico) naquele período; levantamento das condições do perímetro da área considerada como alvo dos serviços a serem realizados, com relação ao acesso de seres incorpóreos (desencarnados), indicando possível procedência; acompanhamento da organização das equipes e tarefas a cargo dos instrutores e supervisores; comunicação direta com a sede para envio e recebimento de informações relativas ao andamento dos trabalhos; controle dos insumos e equipamentos a serem utilizados, assim como outras atividades de menor monta.

Os trabalhos transcorriam dentro do limite aceitável, considerando as dificuldades e as exigências naturais dos serviços, o que fez com que o prazo para a finalização desta etapa fosse prorrogado em um mês, ou seja, a quarta fase terminaria em novembro.

Após a primeira semana, uma das equipes composta por seis alunos, dentre eles Hoilek, a qual desenvolvia serviço de reconhecimento de perímetro, embora devidamente equipada e supervisionada, sofreu um ataque de um grupo de desencarnados, envolvendo-os em um campo eletromagnético de alto teor maligno. A densidade das cargas projetadas pelos emissores contrários à luz foi tamanha que os seis alunos desmaiaram, apesar dos esforços do instrutor e do supervisor, presentes no ato da ocorrência.

As equipes de supervisão verificam a todo o instante a presença de campos dessa natureza, compostos por matéria mental deletéria, também conhecida como "formas pensamento", com baixíssimo padrão vibratório, quase nulo à primeira vista. Essa providência justifica-se para que os alunos sejam previamente notificados da sua existência, e, em alguns casos evitados, a não ser que sejam reforçadas as defesas vibratórias, revestindo os grupos como em "bolhas" para preservação do seu entorno psíquico. O poder dissociativo desses campos é variável dependendo de como são formados (pode propiciar lapsos de consciência, com perda temporária da razão, influenciando o sentimento de localização e perturbação quanto à própria existência e identidade).

A equipe de monitoramento para detecção desses campos sinalizou a sua existência, contudo ocorriam algumas descargas eletrostáticas naquele momento, o que fez confundir a observação precisa e a devida notificação à supervisão. De qualquer forma, essa situação propiciou a ocorrência descrita.

Enquanto a equipe de resgate retornava com os alunos atingidos para o posto, Laupi, o supervisor encarregado dirige-se para o núcleo de observação e medição, e reúne-se com Altino, responsável técnico daquele setor.

- Altino o que aconteceu quanto à detecção do campo que colheu a equipe no serviço de inspeção do perímetro oeste?

- Supervisor Laupi as medições estão sendo feitas cumprindo o protocolo estabelecido. Sabemos que as condições atmosféricas em alguns de seus aspectos podem influenciar nas leituras e, em função disso, trabalhamos com os balizadores de frequência (equipamento que atua compensando as distorções dos campos elétricos interdimensionais quando as projeções de um acarretam influência no outro), aumentando a taxa de referência para a observação mais exata possível. No entanto, como o senhor pode ver, por mais que tenhamos trabalhado para evitar essa situação, as precipitações foram intensas nas imediações em que se encontrava o grupo, justamente o local e momento da manifestação do campo psicosférico do grupo de assalto, de características bem distintas dos que temos observado. Seu teor vibratório acabou por encontrar reciprocidade em dois dos alunos, acarretando problemas mais sérios.

- Altino, sabemos que a ionização dos gases que formam o ar cria plasma, cujas propriedades condutivas permitem o equilíbrio das cargas no campo elétrico através dos raios. Também sabemos que nossos trabalhos não são influenciados pelas condições atmosféricas da crosta ou de qualquer outra dimensão que não a nossa. Daí não serem justificáveis tais considerações. Precisamos desenvolver procedimentos mais coerentes e específicos para situações como esta. O que não podemos é permitir ocorrências que exponham os alunos e a própria equipe de supervisão a esse risco.

- O que o senhor sugere devamos fazer?

- De imediato redobrar a atenção e fazer mais de uma leitura dos níveis e interseção dos campos. Mesmo os considerados aceitáveis deverão ser requalificados. Vamos diminuir o perímetro por segurança. Até que possamos desenvolver sistemas mais eficientes na Cidade, entraremos imediatamente em procedimento de alerta permanente.

Olhando seriamente para Altino e para mais dois agentes que também trabalhavam naquele setor, o supervisor fala.

- Esse tipo de ocorrência deve ser evitado a qualquer custo. É preferível caminhar em segurança a correr com risco; da mesma forma que é mais prudente permanecer parado do que caminhar para o abismo.

Os três baixaram a cabeça e fizerem sinal que sim, além de dizer: sim senhor.

A equipe de resgate alcança o posto, encaminhando os alunos para atendimento imediato, os quais receberam os primeiros socorros, ficando em observação. Hoilek e Jandira não haviam recuperado a consciência e foram encaminhados para um setor de recuperação distinto, enquanto os outros quatro alunos já se encontravam despertos, dentre eles, Lariel e Núbio, os que melhor situação apresentavam.

O Supervisor Laupi adentra o setor onde se encontravam os resgatados despertos e a equipe médica. Cumprimenta-os e já encontra o aluno Lariel descrevendo a ocorrência, nesses termos:

- Estávamos caminhando seguindo o instrutor Rúbio, e em determinado momento ele se voltou para nós e ordenou que nos puséssemos em guarda (cada membro do grupo ergue seu escudo, formando uma carapaça, com pelo menos um deles cravando no solo a sua espada), mas sentimos um estalo, um estrondo horrível, como um choque, e aí não deu tempo para mais nada. Só me recordo de despertar aqui no posto, ainda há pouco. Como estão os outros?

O supervisor Laupi é quem responde:

- Lariel, no momento estão em recuperação. É preciso que descansem para que se refaçam. Esse tipo de ocorrência não é de todo previsível. Às vezes, ocorrem situações como esta, na qual precisamos das contingências necessárias para a manutenção do equilíbrio da equipe. Mais tarde conversaremos com todos na reunião de fechamento do dia. Providências estão sendo tomadas para que isso não se repita.

O supervisor Laupi afasta-se do alojamento e dirige-se para outra ala, onde se encontravam Hoilek e Jandira. O instrutor Rúbio e o médico Danilo encontravam-se junto a eles.

O supervisor os cumprimenta e indaga sobre a situação dos dois alunos.

- Doutor Danilo, Rúbio, como estão eles?

O médico responde.

- Não sei dizer ao certo. Ambos deverão ser transferidos para a sede, e de lá para o hospital ou para o Instituto. Creio que para o segundo. E isso deve ocorrer logo, tendo em vista que o comprometimento neural se expande conforme verificamos com os equipamentos que dispomos aqui.

- Rúbio, você tem algum detalhe que possa ser acrescentado no relatório de ocorrência que auxilie o pessoal que fará o atendimento deles na Cidade?

- Laupi, infelizmente não. Eu também fiquei atordoado, mas consegui completar a formação, o que não foi possível para os alunos, e com pior consequência para eles (aponta para os dois alunos).

- Está certo. Solicitei transporte urgente para hoje. Serão encaminhados para o PS 3 ainda esta noite. De lá vão ser remanejados para a Cidade. Mais tarde nos reuniremos para avaliação e providências.

O supervisor olha para os dois alunos, despedindo-se demonstrando preocupação.

Conforme informado pelo supervisor Laupi, as providências de transporte foram efetuadas e os dois alunos encaminhados, respeitando o roteiro estabelecido.

Alcançaram a sede ainda na madrugada do dia seguinte, sendo imediatamente levados para o Instituto, onde passariam por avaliação e procedimentos necessários.

Somos importantes quando fazemos coisas importantes para todo mundo, indistintamente.

TERAPIA ALTERNATIVA

Hoilek e Jandira deram entrada no Instituto no final da madrugada, sendo atendidos prontamente pelas equipes de plantão, as quais já haviam sido informadas do ocorrido pela sede dos Legionários.

Essas ocorrências envolvendo atendimentos emergenciais são, de certa forma, comuns aos Legionários, porque os serviços que realizam exigem atividade em ambientes insalubres e realmente perigosos quanto à manutenção do equilíbrio psíquico, não somente dos alunos como também do pessoal da ativa, independente da função.

Pela manhã a doutora Heldra e o restante da equipe médica foram notificados.

O doutor Nest assumiu o caso, buscando tomar ciência de todos os detalhes da ocorrência, o que certamente o orientaria na tomada de decisão quanto ao tratamento a ser aplicado aos dois alunos.

Inicialmente ambos foram atendidos pelo doutor Nest. Posteriormente, Jandira, que apresentava um quadro distinto e menos comprometedor foi transferida para outro setor, sendo acompanhada por outro médico.

Hoilek passou por vários exames, sem demonstrar alteração no quadro, ou seja: continuava inconsciente. E isso preocupava o doutor Nest, que solicitou uma reunião sobre o caso com a doutora Heldra.

No gabinete da diretora médica ambos conversam.

- Ele não reagiu à ressonância? (equipamento que imprime vibrações específicas no córtex do paciente, excitando-o para que reaja, dando ensejo ao despertar do consciente.)

- Não. Creio ser o tal bloqueio, uma espécie de "concha" que ele utiliza para abrigar-se das agressões que sente. Isso está tão arraigado nele, que acaba agindo automaticamente, independente do que ocorra. Pelo que sabemos a seu respeito até aqui, pode ser um perigo iminente que ele assim considere, ou uma situação como esta que os alunos passaram, de caráter geral que atingiu a todos, indistintamente. Mas ainda assim, ele se fecha e se abriga.

A doutora Heldra acrescenta.

- Uma fuga da realidade...

- Exatamente! Só que ele tem a característica bem pessoal de restringir seus próprios meios de manifestação, anulando-se, camuflando-se, como a dizer para todos: "não existo, deixem-me em paz".

- Concordo plenamente. Precisamos comunicar o ocorrido ao doutor Zafir, uma vez que ele tem acompanhado bem de perto esse caso. Continue atuando com o que dispusermos para que ele possa recobrar os sentidos. Enquanto isso vou tomar outras providências. Obrigada, Nest.

Os médicos se despedem, O doutor Nest dirige-se para seu posto de trabalho, enquanto a doutora Heldra prepara o relatório sobre a ocorrência envolvendo os alunos dos Legionários, a ser encaminhado para a direção geral.

O doutor Zafir recebe o relatório sobre a ocorrência envolvendo os dois alunos. Verifica que no caso de Jandira, trata-se de uma situação considerada comum, mas com Hoilek, tendo em vista o que já havia passado e superado em sua luta constante com o processo de fuga de si mesmo, o caso era outro.

Analisou detidamente a situação e fez correspondências com o que sabia a respeito do roteiro que ele empreendera em suas experiências anteriores na crosta, delineando seu progresso no processo evolutivo.

Não era nenhum quebra cabeça, mas o caso tinha lá seus aspectos desafiadores. Havia fatores que esculpiam duras realidades a serem superadas no ato contínuo entre novas experiências na crosta e no plano em que se encontravam, atendendo às leis divinas. Em contrapartida, nem tudo se resolve com provas e expiações (estas não mais sendo consideradas em seu caso).

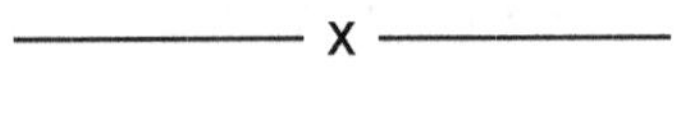

O doutor Zafir mantém uma aparência de seus sessenta anos, aproximadamente. Diz que se sente bem desta forma, porque considera a idade da razão, na qual a pessoa em processo existencial na crosta não mais deve alimentar ideias ou ideais fantasiosos e inexpressivos, mas assumir uma conduta responsável quanto às propostas e atitudes.

Tem uma feição séria, mas ao mesmo tempo simpática, envolvente pela atenção e respeito que presta a todos que o procuravam para ouvi-lo e receber dele as orientações para suas dúvidas e problemas ligados aos trabalhos no Instituto.

O caso de Hoilek não era o único que ele se debruçava nos relatórios e acompanhava pessoalmente, sem intromissão nos procedimentos da diretoria médica e dos médicos responsáveis pelos trabalhos junto aos pacientes. Assim também procedia com relação às demais diretorias, sempre mantendo a postura de colaborador e de incentivador das boas iniciativas.

Encontrava-se, pois, refletindo sobre Hoilek, quando lhe veio em mente, mais uma vez a figura de Eslah. Ele sabia o quanto ambos estavam ligados em várias experiências na crosta e agora na Cidade. Pensou em convocá-la mais uma vez, mas logo descartou essa possibilidade, devido ao fato da condição em que se encontrava não ter qualquer ligação com ela, como nas situações anteriores. Entretanto, agora era uma questão de âmbito pessoal, intrínseca do seu psiquismo. A equipe haveria de encontrar solução eficiente para tirá-lo da crise e recolocá-lo em condições de trabalho para a continuidade do curso.

Hoilek criara uma espécie de escudo para situações de abalo emocional, neutralizando suas expressões de vida, como determinados animais que se fingem de mortos diante de predadores. Só que em seu caso, isso se dava em um nível abaixo da razão, ou seja, instintivo. Suas raízes não eram superficiais e nem tinham localização exata. Esse estado não surgira após determinada ocorrência, mas foi tomando forma em várias delas, em épocas distintas, criando uma complexa rede emocional, um verdadeiro emaranhado de motivos, razões, traumas e complexos, condicionando-o à fuga quando diante das encruzilhadas dos sentimentos impressos por esses pontos.

O doutor Zafir, experiente médico das ciências da psique, tinha em mãos as informações suficientes para um diagnóstico, entretanto sabia que não bastava tratar os resultados, tirando Hoilek das crises, o que, aliás, era o que estava sendo feito, até então. Tornava-se indispensável reconduzir seus passos mediante conhecimento de causa, sem denotar as razões fundamentais que o conduziam àquele estado recorrente. Isso era fundamental para que não causasse ainda mais apreensão e dissidências comportamentais, como novos galhos em tronco condenado à sustentação da árvore.

Dessa forma, o diretor geral convoca uma reunião na diretoria médica para conduzir o tratamento de Hoilek para a tarde daquele mesmo dia, considerando o agravante de tempo para que pudesse retomar ao curso dos Legionários, que se encontrava em sua fase crucial. Tudo isso constituía preocupação para o doutor Zafir, porque sabia da necessidade dele concluir o curso e prestar serviços naquela Organização, com vistas a uma nova experiência na crosta em futuro próximo, a qual seria, possivelmente, aquela que definiria seus débitos com a economia divina, libertando-o para os trabalhos que o aguardavam no ilimitado porvir.

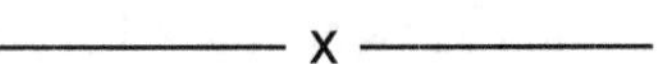

À tarde, encontravam-se reunidos na diretoria médica, o doutor Zafir, a diretora médica e os doutores Lizeu e Nest.

O diretor geral apresenta ao grupo as suas considerações.

- Meus amigos, a situação que se nos apresenta é exatamente aquela prevista com relação às quedas de Hoilek, diante dos acontecimentos que se sucedem em sua vida. Todavia, cumpre-nos dar-lhe suporte emocional para que se recupere e prossiga na senda da libertação dos liames que o atam à culpa e covardia, sentimentos que se encontram incrustados em seu psiquismo. O caso requer presteza e pontualidade na reparação do dano que ele apresenta.

O doutor Lizeu acrescenta.

- Estive pensando em utilizarmos Eslah para nos auxiliar no despertar dele, mas concordando com o que o senhor está falando, ela não exerceria influência decisiva para o seu despertar e, principalmente, no nivelamento emocional indispensável para a continuidade de suas atividades nos Legionários.

- Exatamente doutor Lizeu. Tal cogitação também me ocorreu, mas o senhor está certo. Nesse momento, Eslah não contribuiria para o que ele precisa, verdadeiramente.

O doutor Nest considera.

- Assim que ele chegou foram aplicados os procedimentos usuais, tendo em vista a inconsciência por aparente choque emocional. Em seguida, utilizamos a ressonância, mas as medições das respostas dos níveis conscienciais não foram satisfatórias.

A doutora Heldra comenta, preocupada.

- Doutor Zafir, conforme considerei no relatório que lhe apresentamos, creio que o caso requer uma introspecção por radiação cortical direta, com superposição das informações últimas vivenciadas por ele. Estaríamos preparados para possíveis reações de choque anímico e as contingências necessárias. Tendo em vista o tempo...

O doutor Zafir pondera sobre o que a diretora acabara de falar.

- Doutora Heldra, os métodos que dispomos e utilizamos no Instituto são comprovadamente eficientes. Não os questiono em hipótese alguma, no entanto Hoilek provavelmente não vai apresentar a reação por nós pretendida, a única que ele precisa: despertar e, em curto espaço de tempo, manter um nível emocional sustentável para retornar às atividades do curso.

O grupo permanece em silêncio aguardando que o diretor geral revele o que tem em mente.

- Acredito que a melhor terapia a ser empregada neste caso e neste momento, considerando as circunstâncias de tempo, seja a de retro cognição. É um procedimento não usual aqui no Instituto, mas no nosocômio central da Cidade existe um trabalho que abrange técnicas de projeção intermediada da consciência. Acredito que contribua para a solução do caso, pelo menos para o despertar e principalmente o fortalecimento psíquico de Hoilek, tendo em vista os embates que virão, necessariamente.

Os demais se entreolham e continuam em silêncio, ouvindo as considerações do doutor Zafir.

- Tomei a iniciativa de solicitar uma reunião com o diretor técnico daquela Organização (diz isso consultando as horas) para dentro de trinta minutos em meu gabinete. Todos nós deveremos participar deste encontro. Contudo, antes que possamos nos dirigir para lá, gostaria de ouvi-los quanto à solução por mim proposta. Antes, desculpando-me por antecipar uma medida sem ouvi-los, o que os senhores sabem não ser de praxe. Todavia, o tempo urge, e a nossa inspiração indicou esse caminho.

Os três médicos se manifestaram a favor da solução proposta, acrescentando que quanto à técnica indicada não se sentiram constrangidos de forma alguma. Antes, agradeciam ao diretor geral pela sua atenção e providências para o caso.

Assim sendo, o grupo deslocou-se para o gabinete do doutor Zafir para a reunião com o diretor técnico do nosocômio central da Cidade. Mal adentraram o gabinete, Ayvla anuncia a sua chegada.

O grupo o recebe com alegria e após os cumprimentos e apresentações, sentam-se para o início da reunião.

O doutor Zafir assume a palavra.

- Amigo Gabriel antes de qualquer coisa, somos gratos pela sua vinda em caráter de urgência ao Instituto. Poderíamos, é claro, comparecer ao seu local de trabalho, ao invés de fazê-lo deslocar-se até aqui. Entretanto, tivemos que trabalhar em outros aspectos do caso, sabendo que o tempo não nos concederá acréscimos...

Todos sorriem.

Gabriel agradece a todos pela recepção e oportunidade de servir.

O doutor Zafir passa a dar mais detalhes do problema, acrescentando informações além das que já tinha passado anteriormente para Gabriel sobre o caso de Hoilek.

- Então, Gabriel, foi por essa razão que entendemos que os trabalhos que vocês realizam com grande faixa de êxito sejam úteis para que Hoilek possa restabelecer-se dentro do prazo que consideramos necessário ao seu retorno para o curso dos Legionários, atualmente na última etapa da quarta fase!

- Amigos, pelo que o doutor Zafir adiantou-me, realmente a situação é urgente. Compreendo que tudo está sendo feito para que o paciente retome o controle de si mesmo. Entretanto, convém alertarmos que a terapia de retro cognição não é um procedimento que garante cem por cento a restauração psíquica do paciente. E mesmo que isso seja possível ou que venha a contribuir para tal, precisaremos de um tempo para os preparativos que se fazem indispensáveis ao sucesso da empreitada.

Os quatro médicos o ouvem atentamente.

A doutora Heldra pronuncia-se.

- E estamos falando de quanto tempo?

- Bem, hoje é terça-feira, e as nossas reuniões de atendimento ocorrem as terças e sábados. Os colaboradores da equipe, os quais consideramos agentes, precisam familiarizar-se com o paciente, em relação aos problemas que o estejam prejudicando atualmente. Para tal, nos reunimos uma vez por semana, às quintas. Dessa forma, se possível, gostaria de visitar o paciente e colher todas as informações disponíveis ao seu respeito. Depois de amanhã vamos incluí-lo para os procedimentos de sábado. É o que podemos fazer.

O doutor Nest considera.

- Desculpe-me Gabriel, mas não há uma situação em que se possa proceder extraordinariamente?

- Infelizmente não. O dispêndio de energia é grande por parte da equipe que realiza esses trabalhos. Na crosta seriam considerados médiuns ou canalizadores. Aqui denominamos agentes de serviços de intermediação psíquica. Os membros da equipe precisam estar cientes de cada caso, em particular, estudando por concentração ideativa a situação em que se encontrem envolvidos. Além disso, não dispomos de muitos membros com a capacidade para introspecção no ambiente mental dos pacientes em níveis que essa terapia requer.

O doutor Lizeu pergunta.

- Gabriel, já ouvi falar dessa terapia, e li a respeito, mas nunca participei de nenhum trabalho que a utilizasse. Desculpe-me a ignorância. Você poderia explicar melhor seus procedimentos?

- Sem dúvida. Sabemos que a percepção da realidade é possibilitada pela memória dos eventos recentes, com base nos dados arquivados no subconsciente pretérito. Consideremos o nosso ambiente mental, o concentrador de todas as experiências no processo evolutivo.

O consciente labora em função das informações mais atuais, porém as pretéritas são as que dão o suporte decisório. Assim sendo, o paciente é colocado em uma posição confortável, em uma maca, por exemplo, sem a necessidade de nenhum processo hipnótico ou indutivo a transe. Um agente da equipe com a capacidade introspectiva a que me referi entra em processo de semi projeção da consciência, acessando o psiquismo do paciente através dos seus escaninhos mentais referentes às causas fundamentais das suas debilidades atuais, caso sejam pontuais. Por isso é que eu disse que esse trabalho não corresponde a cem por cento de sucesso para o que pretendemos. Se as causas estiverem dispersas em uma existência ou em várias, o pior caso, torna-se impraticável a associação destas para que se possa dirimir as dúvidas e sanar as dores morais que ocasionam os problemas atuais. Todavia, se a raiz do problema for pontual, o agente conecta-se com a psique do paciente e absorve a personalidade que comprometeu a estabilidade do conjunto. Os senhores sabem que quando me refiro ao conjunto, quero dizer ao acúmulo de existências posteriores àquela que estivermos explorando. Bem, a partir da ligação plena do agente com o paciente, torna-se possível reverter traumas e inconsistências emocionais que permaneceram como óbices para as experiências subsequentes. É como uma pilha de livros comprometida em seu equilíbrio por um livro que esteja mal posicionado no conjunto, onde cada um deles representa uma existência. A partir do momento que alteramos para melhor a situação que promove o desequilíbrio, naturalmente a psique reajusta-se, permitindo a anulação dos óbices até então presentes e atuantes.

Como todos os médicos o ouviam atentamente, Gabriel continua.

- Como é do conhecimento dos senhores, o corpo mental é um ambiente dos registros de todas as experiências que compõem o processo evolutivo. Nele encontram-se arquivados indelevelmente todas as suas etapas, constituindo um ambiente indevassável quanto ao conteúdo, porém acessível para melhorar disposições presentes no veículo cerebral. A nossa personalidade atual é a resultante do somatório de todas as anteriores, isto é, vamos modificando a capacidade intelecto-moral e, consequentemente, a índole em função do aprendizado ininterrupto pelas práticas existenciais. Dessa forma, um dos agentes da equipe de trabalho, o qual designamos como agente principal, é encarregado para contatar uma dessas personalidades e integrá-la temporariamente em sua área de ação mental. Nessa personalidade pretérita do paciente é onde devem encontrar-se as raízes dos problemas atuais. Isso corresponde à sua vivificação através do agente, sendo como que revivida por seu intermédio. A conversação, ação fluidoterápica, ou providências outras que se fizerem necessárias com essa personalidade torna-se possível a partir da utilização dos outros agentes da equipe, os quais farão o contato com a referida personalidade conectada ao agente principal. Após o trabalho ser concluído, com ou sem o êxito pretendido, a personalidade é reintegrada no cosmo mental do paciente, restaurando suas potencialidades psíquicas como um todo. O paciente, geralmente não tem qualquer lembrança do que se passou, por desconhecer a referida personalidade pretérita de sua própria vida.

Desta vez foi o doutor Nest que pergunta.

- Nesse atendimento certamente deverá ser composta a realidade da época em que a causa do problema se deu, não é isso?

- Perfeitamente! Por isso disse que precisamos de tempo para a análise e estudo de cada caso em particular, porque enquanto ocorre a manifestação integrativa da personalidade afetada no agente principal, os demais agentes vão cocriar os ambientes e condições para a conformidade da pseudo realidade.

Agora era a doutora Heldra que perguntava.

- E quanto às demais pessoas que venham a compor os cenários desses pontos vulneráveis?

- Os agentes da equipe assumem o controle da formação de tais personagens através de projeção da consciência, extraindo dos registros mentais do paciente as formas pensamento em regime de indução temporária. É o fenômeno vulgar da ideoplastia, só que com o acréscimo de vida aparente.

A doutora Heldra volta a perguntar.

- E qual é a duração desse processo?

- Depende de cada caso, entretanto, não ultrapassa a faixa de trinta minutos, normalmente. Jamais alcançando uma hora.

O doutor Lizeu pergunta.

- Essa terapia pode ser realizada mais de uma vez, em caso de insucesso, ou mesmo ser administrada por estratégia, ou prevenção?

- Não trabalhamos por esse ponto de vista. O processo envolve acessos interiores do corpo mental, cujas potencialidades não podem ser adulteradas. O trabalho em si, consiste em explicar, arrumar e ordenar os sentimentos, pois são eles que sulcam o referido corpo, produzindo os traumas e recalques a serem vivificados no porvir. Ao fazer isso, as vias de conexão que formam a memória e seus arquétipos, embora mantidas indeléveis, são ligadas em outros pontos do mesmo "mapa mental", modificando a interpretação das ocorrências e os sentimentos que dela surgem, e não as ocorrências em si, as quais são imutáveis. Assim sendo, não submetemos o paciente ao mesmo procedimento mais de uma vez, considerando o mesmo motivo.

O doutor Nest pergunta.

- Como fica o paciente após o término do processo?

- Bem, essa é uma questão muito relativa, doutor. Sabemos que estamos lidando com o psiquismo, e não há como garantir o saneamento desejado. Contudo, nos casos em que os problemas são pontuais, mesmo que repetitivos em outras existências, mas que tenham raiz em uma delas, como me referi a pouco, os resultados são muito bons, trazendo o equilíbrio aos pacientes em curto espaço de tempo.

O doutor Zafir que até então ouvira atentamente a conversa, faz uma consideração.

- Essa foi a razão de buscarmos o concurso dessa terapia, contando com a ajuda do nosso amigo Gabriel.

- Ora doutor Zafir, a nossa intenção é colaborar para que o melhor seja alcançado.

- Excelente, Gabriel. Bem, vamos, então, proceder à visita a Hoilek.

O doutor Zafir levanta-se e todos o seguem, partindo com destino à diretoria médica.

Gabriel conheceu mais de perto a situação de Hoilek conversando com os médicos que, pormenorizadamente informaram-no sobre tudo o que podiam para que não restasse qualquer dúvida quanto à situação.

Após a visita ficou acertado que na reunião de quinta-feira Gabriel levaria o caso de Hoilek para a equipe de trabalho. Comprometeu-se em confirmar o traslado de Hoilek no sábado pela manhã, quando se daria o seu atendimento, conforme explicado.

O doutor Zafir considerou que no caso do despertamento de Hoilek ocorrer até o sábado, ainda assim, o trabalho deveria acontecer, o que contou com a aprovação de todos, incluindo Gabriel.

Despediram-se e cada qual prosseguiu com as suas atividades normais.

*O egoísmo e o amor são
forças que propiciam
atratividade, sendo a
primeira condicionante
e a segunda libertadora.*

PERSCRUTANDO O PASSADO

No dia seguinte, durante a avaliação médica de Hoilek, o mesmo passou a apresentar respostas aos estímulos aplicados, despertando gradualmente.

O doutor Nest comunicou o fato à diretoria médica, que, por sua vez, levou ao conhecimento do diretor geral, o qual compareceu ao pavilhão em que se encontrava internado Hoilek, juntamente com a doutora Heldra.

O doutor Zafir fala-lhe com demonstração de alegria.

- E aí, como está se sentindo meu amigo?

Hoilek apresentava expressão de aturdido. Sua visão estava embaçada, fazendo-o esfregar os olhos repetidamente. Ainda assim, responde ao diretor geral.

- Não sei... Acho que estou bem.

- Então, é preciso melhorar para que possa erguer-se e dar prosseguimento à vida!

Hoilek não consegue esconder a sua insatisfação e tristeza, vendo-se mais uma vez na condição de acamado.

- Como é possível? De novo nessa situação! Eu não sei o que posso fazer para evitar esse constrangimento. É a terceira vez que me vejo assim, dando trabalho, como um traste que não consegue se manter com dignidade!

O doutor Zafir o interrompe.

- O que é isso Hoilek! Não é o que está acontecendo. Você está sob atendimento no Instituto. O que se passa com você é natural e, sem dúvida, vai superar tudo isso. Acredite no que lhe falo.

Sorrindo, o diretor geral toca-lhe o ombro e acrescenta:

- A equipe da doutora Heldra existe para essa finalidade. Você não é um estorvo ou constitui um problema. Encontra-se em tratamento como muitos outros. É preciso ter paciência. Você vem progredindo bastante. Contudo ainda não se encontra totalmente equilibrado para não mais sentir os efeitos do mal que lhe afeta. Além do mais, você não foi o único a sofrer com a ocorrência durante a realização dos serviços lá na crosta. Jandira, sua companheira de curso, também está aqui conosco.

Hoilek levanta a cabeça e modifica o semblante, perguntando.

- Ela também está internada? Então, quer dizer que a razão de estar aqui nessas condições não foi um problema pessoal meu? O que aconteceu afinal?

Hoilek passa a reagir melhor diante da revelação de que o problema não estava em uma fraqueza sua, mas em uma ocorrência que envolveu outro membro da equipe.

A doutora Heldra responde.

- Exatamente, Hoilek. Não se trata de uma reação pessoal em função do seu tratamento aqui no Instituto. O que se deu, segundo o relatório de sua supervisão, foi a ocorrência de um choque anímico em função de uma reação em cadeia provocada por emissões de uma turba de irmãos equivocados, em ressonância com harmônicos de descargas eletrostáticas. Isso fez com que o grupo em treinamento não conseguisse reagir a tempo para consolidar a defesa, sendo atingido em cheio.

Hoilek acompanhava o relato da diretora médica com toda a atenção.

O doutor Nest continua a explicação.

- O que ocorreu, Hoilek, é comparável à ação da radiestesia, ou seja, a combinação de fatores que alteram a sensibilidade psicossomática a determinadas radiações. Nesse caso intencionais por parte dos miliantes, aproveitando-se dos elementos da Natureza.

Hoilek modifica totalmente as feições. Agora mais aliviado, fala.

- Menos ruim, então. Eu pensei que fosse um problema meu que me trouxesse para cá, assim, nestas condições. Jandira, como está? Os demais não sofreram com a ocorrência? Eles estão bem?

A doutora Heldra responde, sem revelar o período que Hoilek permaneceu inconsciente.

- Jandira está em outra ala, mas vocês podem conversar assim que estiverem recuperados. Acredito que após os exames, em um ou dois dias. Quanto aos demais alunos, incluindo o instrutor, também sofreram efeitos do ataque, mas já se encontram recuperados. Não foi necessário o traslado deles para a Cidade.

O doutor Nest esclarece.

- Quando a ocorrência se deu, ocasionalmente você e Jandira estavam em posição menos privilegiada em relação aos demais membros do grupo. Isso fez com que vocês sentissem mais os efeitos do fenômeno.

Hoilek fala mais conformado.

- Ah, entendo.

O doutor Zafir toma a palavra.

- Hoilek, com está sendo explicado, o fato de você e Jandira apresentarem reação mais efetiva quanto ao envolvimento na ocorrência, fez-nos aproveitar a oportunidade e buscar aprofundar um pouco mais o procedimento para que possamos alcançar melhores respostas suas relativas ao próprio equilíbrio psíquico. Para tal, vamos utilizar uma terapia desenvolvida no nosocômio central da Cidade. No próximo sábado você será conduzido até lá e será atendido pelo diretor técnico Gabriel, juntamente com sua equipe de trabalho. A terapia consiste em uma introspecção mental na qual você será submetido, sem a necessidade de qualquer sedação ou transe hipnótico. Bem, maiores detalhes serão informados por Gabriel, no sábado. O doutor Nest acompanhará todo o processo.

Hoilek pergunta.

- O senhor acha que vai acontecer o quê? Por que é que eu estou precisando dessa terapia? O tratamento aqui no Instituto não está sendo suficiente?

Os médicos se entreolham enquanto Hoilek fala, Agora imprimindo certo nervosismo.

- O meu problema é grave? Isso pode afetar o curso nos Legionários?

A doutora Heldra responde, quase o interrompendo.

- Calma Hoilek! Não há motivo para apreensão! O doutor Zafir já não lhe explicou as razões dessa terapia? Que isso vai ajudar na sua recuperação definitiva?

O doutor Zafir toma a palavra, dirigindo-se para a doutora Heldra.

- Por favor, doutora, Hoilek tem razão. Ele é o foco das nossas atenções. É com ele que estão acontecendo essas coisas, e é razoável que se sinta preocupado.

Agora dirigindo-se a Hoilek.

- Meu amigo, temos duas coisas a relatar: a primeira é que o tratamento aqui no Instituto demandaria tempo, o que não temos, considerando que você está na última etapa da quarta fase do curso. Sabemos que a sua aprovação para a última fase, a qual não permite reciclagem, depende de seu retorno em plenas condições para o local das tarefas interrompidas pela ocorrência. Jandira já está em condições de retorno, mas conforme disse a doutora Heldra vocês vão poder estar juntos em até dois dias, tempo para que possam conversar e isso contribuiria para a sua recuperação. O curso nos Legionários faz parte do seu processo de recuperação aqui na Cidade, ou seja, a sua conclusão é imprescindível para o nosso planejamento quanto ao seu equilíbrio e progresso no sentido de estar isento de maiores complicações. A segunda é que existem questões relacionadas com as suas experiências existenciais pretéritas que precisam ser solucionadas em seu cosmo mental. Para tal, essa terapia veio a calhar, porque vamos ter benefícios solucionando alguns desses aspectos que interferem no seu psiquismo. A nossa harmonia psíquica tem base nessas experiências, e enquanto não satisfizerem as leis que regem a vida, não conseguimos nos libertar de seus efeitos no imo do ser. Entretanto, conforme disse, temos plena confiança na terapia a qual você vai ser submetido, esperando que os resultados contribuam para a sua reintegração o quanto antes no curso.

Hoilek acompanhou atentamente as explicações do doutor Zafir, expressando-se mais tranquilo.

- Entendo doutor. O que eu preciso fazer para contribuir com esse processo?

O doutor Nest responde.

- Busque apenas acalmar-se. Vamos continuar com os exames e acredito que amanhã mesmo você já poderá ver Jandira (diz isso olhando para a diretora Heldra, que acena que sim com a cabeça e um leve sorriso).

A visita é encerrada com mais algumas considerações. Os diretores retornam para seus gabinetes, permanecendo com Hoilek o doutor Nest.

—————— x ——————

No dia seguinte Jandira vai visitar Hoilek. Ambos sentem-se muito bem ao saber que estão em recuperação e que logo estariam de volta ao curso. Conversam sobre a ocorrência, sem poder precisar exatamente os pormenores, mas o encontro foi válido para que ambos pudessem recobrar o ânimo, conversando acerca de assuntos pertinentes aos seus serviços.

A ideia era manter Jandira no Instituto até que Hoilek pudesse estar em condições de retorno, para que os dois voltassem juntos, caso a terapia a que seria submetido no sábado trouxesse resultados em curto prazo. Com isso, evitariam o constrangimento a Hoilek, tendo em vista que ambos sofreram o mesmo problema.

O sábado chegou e vamos encontrar Hoilek e o doutor Nest no nosocômio central, juntamente com a equipe coordenada por Gabriel.

Após os devidos esclarecimentos, o grupo dirige-se para uma sala destinada exclusivamente para a prática dessa terapia. Na parede acima da porta da sala encontra-se a inscrição "A vida não esquece". Todos adentram a sala e seguem as instruções de Gabriel quanto aos posicionamentos. Hoilek deita-se na maca. Em um dos lados, próximo a sua cabeça, sentam-se dois agentes. Um deles é o principal, Pirilo, responsável pelo contato e integração da personalidade pretérita de Hoilek, a qual se presume esteja afetando o seu equilíbrio quanto aos problemas que ele atravessa atualmente. O outro é o condutor do processo, o agente Tarquínio, que assumirá a conversação ou outras providências que se fizerem necessárias. Do lado oposto, também sentados, três agentes que permanecerão em profunda concentração, com a função de sustentação fluídica de todo o processo. Gabriel, o sexto membro da equipe é o responsável pela coordenação do trabalho, sem posição fixa.

O doutor Nest, convidado para assistir à terapia, foi instruído para permanecer concentrado, sem poder manifestar-se durante os procedimentos, apenas sendo permitido que fizesse as anotações que julgasse necessárias.

Os trabalhos são iniciados com uma prece feita por Gabriel, para ambientação e facilitação da concentração de todos os participantes.

O silêncio é pleno. Hoilek, aos poucos, começa a relaxar e imperceptivelmente dorme.

Após aproximadamente cinco minutos Pirilo começa a manifestar inquietação, quando Tarquínio dá início à conversação com ele, nesses termos:

- O que se passa? Por que você está assim, aflito? Procure manter a calma.

Pirilo nada responde, apenas faz expressões aflitivas. Respiração ofegante, como se estivesse fugindo de alguma situação difícil.

Tarquínio volta a falar.

- O que está acontecendo? Eu posso ajudar você!

Pirilo passa a falar angustiadamente.

- Eu não vou pagar por uma coisa que não fiz! Não adianta! Só me pegam morto!

- Você está fugindo de alguma situação que não pode controlar?

- Você não entende... Não sabe de nada! Eu não o conheço. Quem é você?

- Sou apenas um amigo.

- Eu não tenho amigos! São todos conspiradores do Senado!

- Qual Senado você se reporta?

- O romano, é claro? Não existe outro! Quem é você afinal, que não sabe disso?

- Desculpe-me, mas não sou muito atento para questões políticas, porém percebe-se que você está passando por um momento difícil!

- Difícil? Minha cabeça não vale um asse! (moeda romana em circulação durante a República e o Império)

- Então, não vale muito, não é?

- Estou perdido!

- Calma meu amigo! Nada está perdido. Deus a tudo sustenta.

- Por Júpiter, não tenho cabeça para falar de deuses!

- Não estou falando de deuses, mas de Deus. Só existe um Deus, o qual representa amor e justiça.

- Está louco homem? Não me importa! Leve consigo as suas fantasias. Deixe-me em paz. Preciso encontrar um lugar seguro. Vou para o porto.

- De que está fugindo?

- Não posso dizer. Quanto menos pessoas souberem da situação, melhor...

- Como posso chamá-lo?

- Quanto menos souber, melhor...

- Tudo bem, mas já disse que estou aqui para ajudá-lo. Como se chama?

- Ennius, de Vulci.

- Em que época você se encontra?

- Como assim, em que época? Do cônsul Caio Mário, ora essa!

- Ah, sim. Desculpe-me mais uma vez pela ignorância. O que eu quero é ajudar você. Sei que posso fazê-lo. Mas se você não me disser como...

- Já disse que não posso comprometer mais ninguém nessa situação. A elite patrícia não permite intromissões sobre assuntos de propriedades. Eles controlam o Senado. Eu fui um tolo em crer nas promessas de... Não interessa quem. O que importa é tentar chegar à Óstia...

Neste instante Ennius, o nome que fora atribuído à personalidade que se manifestara, interrompe o que falava e altera-se como se estivesse sofrendo uma agressão, passa a expressar-se com muita aflição.

- Não, não fui eu. Não posso responder por isso. Não sou um traidor. Deixem-me ir.

Tarquínio pergunta:

- O que houve Ennius? O que está acontecendo?

Por alguns instantes faz-se silêncio e a seguir Ennius volta a falar, em lágrimas.

- Não! Não suporto mais isso! Matem-me logo! Eu não tenho o que dizer mais! Imploro! Não suporto...

Faz-se outro momento de silêncio. Gabriel sinaliza para Tarquínio retirar Ennius da situação em que se encontrava.

- Ennius, eu estou aqui para que você saia dessa situação. Dê-me a mão, venha comigo. Vamos sair daqui juntos. Venha!

- Não sei se vou conseguir. Estou... Fraco. Minhas mãos estão estraçalhadas. Ah...

Ennius grita desesperadamente ao ver suas mãos mutiladas pela tortura que estava sendo submetido pelos seus algozes.

Tarquínio continua a conversação.

- Eu vou abraçar você e tirá-lo daí. Venha! Olha, já estamos fora daquele lugar. Conheço alguém que pode curar suas mãos. Não olhe mais para elas. Aqui conosco está um curador. Alguém que vai tratar os ferimentos das suas mãos. Ele vai colocar remédio e enfaixá-las. Você vai ficar bem. Confie em mim. Sou seu amigo.

Ennius nada consegue dizer, apenas geme e permite-se conduzir.

- Viu, já não estamos mais lá. Conseguimos sair. Veja como tudo mudou. Aqui onde estamos não tem perseguição, nem sofrimento.

Ennius vai aos poucos recobrando as forças e pergunta.

- Onde estamos? Que lugar é esse? Não conheço essa paisagem.

- Estamos fora dos limites da cidade em que se encontrava.

- Conheço todos os arredores de Roma, porém esse lugar eu nunca tinha visto.

- Eu sei. Nós estamos mais distantes. Olha, o que importa agora é que você não está mais sendo torturado. Você conseguiu escapar daquela situação.

Ennius passa a relatar o que estava acontecendo. As razões de estar sendo perseguido, revelando que as pessoas que o detiveram, buscavam que ele confessasse a culpa ou delatasse os envolvidos em uma trama para depor um pretor, magistrado que se acumpliciara para favorecimento de uma causa relativa à posse de terras, em que tinha interesse pessoal.

Ennius trabalhava como uma espécie de assessor direto desse pretor, atuando como cúmplice das artimanhas do magistrado, que para livrar-se da acusação de uma negociação que não dera certo, atribuiu toda a culpa a Ennius, indicando-o como responsável pela trapaça. Alegou que a má fé de seu assessor o fez equivocar-se na condução do caso. Assim, livrava-se da acusação de perjúrio, deixando Ennius à própria sorte. A sua palavra prevaleceria frente à de um reles funcionário corrupto.

Tarquínio volta a falar.

- Agora procure esquecer tudo isso. Você foi libertado dessa situação. Não há mais sofrimento, nem crise. Você não é culpado direto pelo que houve. Apenas cumpria determinação do seu superior.

- Eles podem encontrar-me aqui? Como vou poder esconder-me?

- Ennius, você não está mais em Roma. Estamos em um local seguro. Tranquilize-se! Aqui você poderá viver em paz, sem qualquer problema. Agora feche os olhos e respire profundamente.

Enquanto Tarquínio dá orientações a Ennius, os demais agentes passam a vibrar intensamente, produzindo forças balsâmicas que agem profundamente nos veios mentais de Hoilek, relativos àquela personalidade pretérita, alterando as impressões negativas produzidas nas experiências vivenciadas. Os registros eram mantidos, mas as lacunas e óbices antes existentes eram ajustados, promovendo a harmonia desejada.

Aos poucos Ennius passa a respirar normalmente e entra em um torpor, cedendo lentamente ao sono.

Gabriel comunica a Tarquínio e Pirilo para manter a concentração, pois haveria outra personalidade a ser explorada no atendimento.

Por mais alguns minutos houve silêncio. Em seguida, Pirilo começa mais uma vez a agitar-se, revelando intensa emoção.

Inicia-se a conversação após a manifestação de mais uma personalidade do passado de Hoilek.

- Não vou ceder a pressões. Eles precisam respeitar-me, afinal de contas sou representante do clero. Tenho influência e posso conseguir o que desejo.

- Sê bem vindo a esta casa, meu amigo.

- Quem sois? Por acaso, algum emissário do rei para atormentar-me com mais exigências?

- Não, meu amigo. Sou apenas alguém que quer auxiliá-lo.

- Auxiliar a mim. Ah, ah, ah. Não preciso de qualquer ajuda. Tenho credenciais que me permitem decidir o que bem quiser. A que vens?

- Já o disse, estou aqui para lhe ser útil em suas necessidades.

- Quem vos enviou? Com que petulância ousais dirigir-vos a mim, sem as devidas apresentações das insígnias que me façam receber-vos em meus domínios?

- Um irmão em Cristo Jesus, Nosso Senhor.

- Deveis ser mais um desses pedintes inescrupulosos e importunos. Retirai-vos daqui e não retorneis mais, ou mandar-vos-ei imolar.

- Meu irmão, nós todos somos pecadores, necessitados do perdão divino, única forma de prosseguirmos em nossa vida, para alcançarmos a glória de Deus.

Nesse momento a vibração dos três agentes que davam suporte ao processo, juntamente com Gabriel e o próprio doutor Nest, em concentração, propiciam os fluidos capazes de descaracterizar o ímpeto daquela personalidade hostil e iludida pela soberba que o poder eclesiástico lhe proporcionara.

Tarquínio ao perceber o que ocorria, incidiu com força mental, contribuindo com expressões mais duras e decisivas.

- Meu irmão, nós nada somos. Sem a humildade perdemos o rumo de nossas existências, pois Deus é a perfeição absoluta e nós, seus filhos, precisamos agir fraternalmente, respeitando a vida em todas as suas manifestações. Olhe para si mesmo. Observe seus trajes, não são mais os mesmos.

- Onde meus trajes? A batina e a faixa! Onde está a minha mitra? O que fizestes? Sois um mago ou um enviado do demônio para perturbar-me?

- Nem uma coisa, nem outra. Como disse, sou apenas um irmão que aqui está para mostrar o quanto te encontras equivocado quanto aos teus deveres como pastor de almas.

- Estou desnudo! Isso é um absurdo! Sinto-me abatido e fraco. Meu anel! Até o anel me foi tirado! Deus meu, acuda-me nesse momento!

- Como devo chamá-lo, meu irmão?

- Vossa Excelência Reverendíssima!

- Não importa. Tudo bem. Olhe a sua volta. O que tu vês?

- Nada! Está tudo escuro e frio!

- A situação em que tu te encontras é referente ao que fizestes do teu tempo e das tuas possibilidades como membro de uma Organização religiosa, sem dar atenção aos que mais necessitavam do teu concurso para a educação e exemplos morais, além da orientação devida quanto ao bom proceder.

Enquanto Tarquínio falava as expressões do eclesiástico apresentavam-se em contorções nas feições de Pirilo, demonstrando dor e desespero. Em sua memória encontravam-se os fatos marcantes de suas investidas contra o patrimônio alheio, seus desmandos e práticas de desvio moral acentuadas, o que levara muitas famílias ao desamparo e completa penúria. Esse processo, embora rápido, durante a fala de Tarquínio, não correspondia no tempo. Era como se ele pudesse rever os pontos falhos daquela existência de forma comprimida, mas efetiva nos detalhes que a comprometeram.

Tarquínio continua.

- O abuso da tua autoridade te levou à derrocada nesta existência infeliz, onde tu foste arbitrário e indecente, corrompendo-se e trazendo miséria para tantos quantos a tua arrogância e prepotência puderam alcançar.

O infeliz prelado chora e entrega-se, pedindo perdão.

- Meu Deus, perdoa-me, confesso a minha cupidez. Sou culpado Senhor! Apieda-te de mim! Oh meu Deus, o que fiz?

- Meu irmão, não estamos aqui para te criticar ou julgar. Como te disse, sou teu irmão, e também possuo meus débitos com a economia divina. Mas o que precisamos agora é modificar essa situação. Tu estás sendo atendido neste momento por amigos de Jesus, que te envolvem com uma túnica para que te prive da nudez. Mantenha a calma, pois o Senhor te auxiliará para que tu possas melhor avaliar as tuas ações quanto à oportunidade de modificação de tuas atitudes.

- Como posso agradecer. Estou me sentindo melhor. Não sei explicar o que está acontecendo, mas sei que vem de Deus, porque estou em paz. Obrigado pelo que está sendo feito por mim.

- Não há o que agradecer irmão. Procure respirar normalmente, e não pense mais em nada. Tu ficarás bem. Deus te abençoe e fortaleça. Muita paz!

Enquanto Tarquínio falava, a personalidade abatida pelos erros cometidos, mas desperta quanto aos compromissos assumidos, adormece, permitindo a Pirilo desconectar-se da intimidade mental de Hoilek.

Gabriel atento a todo o processo sinaliza para Tarquínio a finalização do trabalho, conclamando a todos, em voz baixa, para o agradecimento a Deus e a todas as forças da luz que auxiliaram para que o serviço alcançasse êxito. Fez uma prece final e encerrou o atendimento.

Gabriel tocou suavemente o ombro de Hoilek, despertando-o. Perguntou se ele estava bem, e ele respondeu que sim.

Hoilek levantou-se e foi orientado, juntamente com o doutor Nest para aguardarem em uma sala contígua, enquanto a equipe permaneceria reunida para que pudessem fazer as devidas observações relativas ao atendimento realizado.

Os membros da equipe passaram a conversar sobre as comunicações obtidas. Era de praxe esse procedimento, com a análise minuciosa dos eventos ocorridos, sendo deliberadas as orientações pertinentes a cada caso.

Quanto a Hoilek, Gabriel ficou de apresentar um relatório no mesmo dia, a ser encaminhado ao doutor Nest, com a sua análise e perspectivas para o caso, tendo em vista a urgência da situação.

O médico e o paciente agradeceram a todos da equipe pelo trabalho realizado, retornando juntos para o Instituto.

Hoilek não manifestou qualquer lembrança do que ocorrera, dizendo que dormira e despertara como se tivesse piscado os olhos. Não percebera que o tempo passara e que se sentia bem.

Ao final da tarde daquele dia, o doutor Nest recebe o relatório sobre o atendimento de Hoilek, o qual é entregue para a diretoria médica. A doutora Heldra imediatamente o encaminha para o doutor Zafir, que após análise preliminar, solicita a Ayvla marcar reunião na diretoria médica para a noite daquele mesmo dia para tratarem do assunto.

SEGUNDA RECICLAGEM

Às 20:00 daquele sábado encontramos a equipe da doutora Heldra reunida na diretoria médica, aguardando o diretor geral para a reunião sobre o caso de Hoilek, tendo em vista ter o mesmo sido submetido à terapia de retro cognição no nosocômio central, assim como o relatório de Gabriel com suas considerações acerca da situação e das perspectivas do seu restabelecimento.

O doutor Zafir chega e é recebido com alegria pelos três médicos, que o cumprimentam e logo começam a reunião.

A doutora Heldra inicia a conversação.

- Doutor Zafir, o atendimento de Hoilek hoje pela manhã aconteceu conforme programado. O doutor Nest acompanhou todo o processo e pelo que soube ter ocorrido, além do que li no relatório de Gabriel a respeito do atendimento, acredito que conseguiremos atingir nosso objetivo que é a reintegração de Hoilek no curso em tempo hábil.

O diretor geral sorri e faz uma expressão de satisfação.

- Muito bom doutora Heldra. No que concerne às providências e expectativas estamos no caminho certo.

Dirigindo-se ao doutor Nest, pergunta.

- Como foi a experiência?

- Eu nunca havia participado de uma reunião com esse propósito. Digo reunião porque não se compara a uma terapia que esteja familiarizado. Não são utilizados quaisquer equipamentos, instrumentos ou medicamentos. Simplesmente a imposição das mãos de três agentes de apoio e a atuação de outros dois, que fazem a relação com a personalidade pretérita do paciente. Um conectando-a e o outro promovendo uma espécie de entrevista. O Gabriel fica na coordenação do processo.

- Quanto tempo durou o procedimento?

- Uns quarenta minutos. Nesse intervalo de tempo foram exploradas duas personalidades pretéritas de Hoilek. Uma de mais de dois mil anos, na qual fora um assessor de um magistrado na Roma antiga; a outra não sei dizer, pois não foi possível identificá-la quanto à época em que vivera, ligada ao clero.

A doutora Heldra acrescenta.

- Gabriel nos relata que essas informações podem não ser significativas para que se possa atingir os objetivos almejados. Todas as revelações são espontâneas, e a intenção primordial é a correção das emoções e sentimentos cristalizados no perfil mental do paciente.

O doutor Zafir concorda, acenando que sim com a cabeça.

A doutora Heldra continua fazendo referência ao conteúdo do relatório.

- Segundo Gabriel, Hoilek deverá ser acompanhado e submetido, como já sabíamos, aos nossos procedimentos aqui no Instituto, para que possamos nos certificar da recuperação de sua integridade emocional.

O doutor Zafir considera.

- Vamos agir conforme nosso planejamento, entretanto precisamos trabalhar vencendo etapas. Pelo que tenho visto no acompanhamento de Hoilek, parece-me que essas duas personalidades pretéritas que foram abordadas na aplicação da terapia de retro cognição representavam dois nós na intrincada malha das experiências dele na crosta e além dela.

Ele diz isso acentuando a feição de seriedade, continuando.

- Quando esses nós são soltos, naturalmente a malha se rearranja, fazendo com que as sequências posteriores formatem novos relevos emocionais, projetando tanto luzes como sombras na realidade atual. Apesar de Hoilek ter despertado e o resultado positivo da terapia, receio que ele possa apresentar algumas características comportamentais até então desconhecidas dele mesmo.

Os três médicos passam a demonstrar certa apreensão.

O doutor Lizeu pergunta.

- Eu acreditava que uma das personalidades a ser confrontada, ou melhor, manifestada seria a que ele vivenciara na última romagem na crosta. A que fez com que ele padecesse nas mãos do senhor Drumal, pai de Eslah. E pelo visto não ocorreu. O que pode ter acontecido? Essas duas que se manifestaram foram mais importantes para o seu restabelecimento? Pelo que Gabriel aponta e pelo que o doutor Nest nos disse, parece meio sem lógica?

O diretor geral considera:

- Senhores, conforme Gabriel nos alerta em seu relatório, essas personalidades foram importantes no contexto em que Hoilek encontra-se enredado. Elas não respondem diretamente pela situação emocional atual dele, mas representam óbices a serem removidos pela compreensão das consequências causadas no todo do seu caráter. Ao serem melhoradas em suas disposições no ambiente mental, modificações ocorrerão, sem dúvida para melhor.

Os médicos permanecem em silêncio.

O doutor Zafir continua.

- Quanto à relação de Hoilek com o senhor Drumal, é preciso considerar que determinadas questões exigem experiências mais diretas, isto é, Hoilek necessariamente haverá de vivenciá-las através de tarefas em nossa esfera de ação ou, pelo que se avizinha, em nova jornada na crosta. Entretanto, as incursões como ser vivente em corpo perecível carece de planejamento e mobilização de muitos fatores, não só de condições locais, mas e, principalmente, das pessoas envolvidas, as quais precisam assumir posições que venham a contribuir para a melhora geral de todos. Para tal, meus amigos, a administração central da Cidade possui órgãos especializados que preparam e acondicionam todos a serem envolvidos nas vias que constituirão o destino. A organização de eventos dessa natureza exige muita dedicação e capacidade, temperança e senso de oportunidade para reunir e fazer valer a máxima da vida que é o amor.

O doutor Nest pergunta.

- Doutor Zafir, estamos trabalhando para que Hoilek possa se formar como um Legionário. Como ele vai poder conciliar o seu trabalho convivendo com essa e outras situações que vão influenciá-lo determinantemente para que possa obter êxito nessa função tão exigente quanto ao comportamento e domínio emocional?

- Excelente pergunta doutor. Precisamos ter em mente que servir nos Legionários não implica em possuir todos os méritos que caracterizam um ser redimido frente ao egoísmo e suas sinistras tramas. Todos nós temos nossas pendências no caminho evolutivo. Hoilek não é a exceção, embora, concordando com o seu pensamento, os colaboradores daquela Organização devem possuir condições básicas de controle emocional, além das técnicas que o treinamento possibilita. São esses fatores que determinam a eficiência na prestação do serviço. Quanto a nós, temos como tarefa buscar preparar nossos irmãos em atendimento para que alcancem as condições de equilíbrio a que me referi, fazendo com que possam auferir os melhores resultados em suas experiências na vida, independente de quando e onde.

A doutora Heldra acrescenta.

- Doutor Nest, precisamos colaborar para que todos sob nossos cuidados possam estar habilitados ao exercício do trabalho por si mesmos. Não há como evitar erros e percalços nas lides da crosta. A obnubilação mental na área da memória é fator decisivo para a superação das falhas morais latentes, e somente as novas experiências sem a lembrança das causas da dor possibilitam-na.

O doutor Nest concorda.

- É verdade doutora. No caso de Hoilek, onde certamente Eslah colaborará para a sua libertação dos liames com o passado, os Legionários serão fator decisivo. Acredito que será através daquela Organização que ele atingirá a recuperação desejada.

O doutor Zafir dirige-se ao doutor Lizeu.

- Falando nisso, como tem estado a nossa amiga Eslah?

- Ela tem comparecido às reuniões periódicas e se encontra em muito boas condições emocionais. Bem, do jeito dela. O senhor a conhece! Em relação ao senhor Drumal, ela nada menciona a respeito. Suas relações não eram das melhores, por parte dele, é claro, fazendo com que eles não tivessem qualquer ligação filial, embora tenha revelado que ora por ele para que possa encontrar a paz. Já com relação à mãe, que ainda está na crosta, Eslah está sempre atualizando informações ao seu respeito na administração central.

O doutor Zafir comenta.

- Ela é uma criatura excepcional! Simples e compenetrada, eficiente e fraterna. No futuro ainda vamos ouvir falar muito sobre esses dois. Ela não soube o que aconteceu com Hoilek?

- Não. E creio que ainda não saiba, porque certamente já estaria por aqui para uma visita. Como essas ocorrências são muito reservadas, talvez somente vá ter notícias quando Hoilek já houver retornado. Se tudo der certo, é claro.

- Apesar do bem que ela representa para ele, penso que nesse momento não seria muito conveniente a sua presença. Ele precisa melhorar sua auto-estima, e Eslah por mais que se esforce em não demonstrar tristeza com a situação, seria mais um problema que ele teria que lidar. Mas se o progresso dele não corresponder às necessidades quanto ao prazo para retorno ao curso, a presença dela pode vir a calhar mais uma vez. Mesmo sem ele saber, Eslah tem sido o sustentáculo fundamental do seu equilíbrio.

- Concordo plenamente doutor Zafir.

Dirigindo-se à doutora Heldra, o diretor geral continua.

- Doutora, vamos trabalhar a partir de agora como se tivéssemos um novo paciente. Atentemos bem para suas reações e tracemos um modelo comportamental pelas vias emocionais que deverão apresentar diferentes esboços.

- Sem dúvida doutor Zafir. Vamos acompanhar a evolução do caso, considerando as possíveis vertentes que possa apresentar.

- Ótimo! Sendo assim, trabalhemos para fazer uma nova avaliação em uma semana. O retorno de Hoilek e de Jandira não deve exceder esse prazo. Pelo que me foi informado, restarão menos de dois meses para o término do tempo normal da quarta fase. Não gostaria que a sua permanência aqui represente mais um fardo para ele. Repito: esse curso nos Legionários e sua futura atuação naquela Organização serão de muita importância para o planejamento que a administração central tem para sua senda de aperfeiçoamento e redenção. Precisamos fazer tudo o que pudermos para dar-lhe segurança emocional, contribuindo em sua vitória sobre si mesmo.

Os médicos terminam a reunião e seguem para outros compromissos no Instituto, enquanto Hoilek continua sua faina na recuperação do controle emocional.

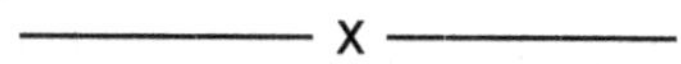

A semana seguinte corre célere. Jandira totalmente recuperada é mantida no Instituto, participando ativamente do tratamento de Hoilek. Ambos passam os dias sempre juntos, conversando sobre os treinamentos e as operações do curso. Isso ajudava Hoilek em sua integridade mental, que apesar de apresentar progresso, ainda tinha traços reticentes e muita resistência à iniciativa, denotando evidentes expressões de insegurança.

Jandira buscava animá-lo, fazendo-o esquecer de problemas e pensar na superação do medo. Ele, no entanto, recuava e imprimia tristeza no semblante, travando a fala e permanecendo com o olhar vago, indefinível.

O doutor Nest diante da situação apresenta relatório não conclusivo quanto à sua recuperação, não indicando possibilidade de alta para que ele retornasse ao curso.

A diretora médica informa ao doutor Zafir a situação, relatando o que estava acontecendo. A mesma é chamada na direção geral, juntamente com os doutores Lizeu e Nest para uma reunião.

O doutor Zafir recebe os médicos em seu gabinete e inicia a conversação.

- E então, doutora Heldra, essa é a situação?

- Sim doutor Zafir, Hoilek, embora esteja progredindo, principalmente com a ajuda de Jandira, infelizmente não consegue desvencilhar-se do que nos parece uma topofobia. Estamos preocupados quanto ao comprometimento do tempo para o devido retorno ao curso.

O diretor geral mantém o semblante fechado, mas sem alteração negativa. Pensa um pouco e pronuncia-se.

- Senhores, essa situação não é a que desejávamos, entretanto é a que temos nas mãos. Assim sendo, devemos trabalhar com os instrumentos que dispomos. O que importa é não perdermos o foco no prazo para o retorno de Hoilek ao curso. Isso é o mais importante.

O doutor Nest considera.

- Essa situação me faz recordar a postura dos nossos irmãos que vivem na crosta e até em algumas cidades da nossa esfera, achando que Deus resolve tudo o que nos compete realizar; que nós temos as respostas e as soluções para todos os problemas e dificuldades...

A doutora Heldra concorda.

- É mesmo! O desconhecimento da verdade permite tais acepções.

O doutor Lizeu pergunta.

- Bem, diante do que temos, o que poderemos fazer para que ele possa restabelecer-se em tempo hábil? Eslah?

O doutor Zafir não se faz de rogado.

- Neste caso doutor, não temos opção, a não ser convocá-la e buscar fazer com que a sua presença não caracterize dependência para ele. Isso inviabilizaria completamente o trabalho a que nos propomos, tendo em vista o prazo do curso. Por outro lado, não podemos manter Jandira aqui por mais tempo, sem que possamos prever com exatidão o que vai ocorrer.

Dirigindo-se para doutora Heldra, o diretor geral solicita.

- Doutora, por favor, providencie a liberação de Jandira para daqui a dois dias. Vou deliberar a comunicação aos Legionários relacionada à sua reintegração no curso, informando que Hoilek encontra-se em fase final de recuperação e que vai ser necessário mais alguns dias no Instituto. Quanto a Hoilek, diga-lhe que ainda precisa concluir alguns exames e que não seria justo manter Jandira aqui por mais tempo, uma vez que ela não sofreu tanto impacto quanto ele na ocorrência que os vitimou. Busque valorizar os prejuízos que nele se verificaram sem sua culpa. Enquanto isso, vou solicitar a Ayvla que entre em contato com Eslah, pedindo-lhe que compareça aqui no Instituto para uma reunião comigo. Não percamos tempo. Vamos à luta!

A reunião é encerrada, com a equipe médica partindo para o cumprimento do que fora decidido, sem deixar de denotar preocupação com a situação, mas confiante na solução que o diretor geral sempre conseguia encontrar para as mais difíceis situações.

Não se concilia um torpe gesto com uma mente brilhante; e em contra partida, não se adéqua uma concepção genial com um ambiente mental incipiente.

AS MÃOS DO DESTINO

Conforme acertado, Ayvla entra em contato com a Organização em que Eslah presta serviço na área de comunicação da Cidade, dirigindo-se à supervisão do setor no qual ela trabalha sob a chefia de Tejany.

- Bom dia, Tejany, estamos enviando uma solicitação para que Eslah possa participar de uma reunião com a direção geral do Instituto.

- Bom dia, Ayvla, Eslah está licenciada de suas atividades por aqui há quase seis meses. Atualmente está desenvolvendo um trabalho na administração central, a partir de um estágio que fez na sede dos Legionários logo no início da licença. Foi pré-requisito para o serviço a ser prestado por ela. Não a vejo desde então. Para maiores informações, por favor, entre em contato com o SAEC (Setor de Acompanhamento Existencial na Crosta).

- Perfeito, Tejany. Vou providenciar. Obrigada pelas informações.

- De nada. Se souber de qualquer coisa a respeito retorno para você.

Ayvla entra em contato com o SAEC na administração central, buscando informações sobre Eslah, dirigindo-se ao seu supervisor geral, o senhor Dráuzio.

O supervisor geral responde.

- Eslah foi solicitada aqui pelo nosso setor para efetuar um trabalho na crosta, relacionado a uma questão "familiar". No momento ela encontra-se indisponível. Pelo menos, para qualquer atividade em curto prazo.

- Senhor Dráuzio, o doutor Zafir, diretor geral do Instituto, recomendou-me agilidade para que Eslah pudesse comparecer a essa reunião. Creio que existe certa urgência. Há alguma forma de podermos contatá-la para que possa atender a nossa solicitação?

- Bem, normalmente não procedemos assim. Visto que a comunicação não pode ser imediata, além das tarefas e compromissos assumidos por ela. De qualquer forma, vou buscar contato através das linhas de comunicação que dispomos com a crosta. Assim que tiver qualquer informação eu lhe passo, imediatamente.

- Só temos a agradecer a sua prestimosa atenção senhor Dráuzio. Ficaremos aguardando. Muito obrigada, e desculpe-nos a insistência, devido tratar-se de situação urgente.

- Não há de que senhora Ayvla. Entraremos em contato.

Ayvla imediatamente busca o doutor Zafir e comunica-lhe a situação. O mesmo a recebe com ares de preocupação, mas mantém a serenidade que lhe era característica, sem afetação.

- Ayvla, assim que tiver notícias de Eslah comunique-me imediatamente, independente da hora, está ouvindo?

- É claro, doutor Zafir. Assim que Tejany ou o senhor Dráuzio entrar em contato comigo eu lhe passo as informações.

Quando Ayvla já estava saindo do gabinete, o diretor geral volta a falar-lhe.

- Ayvla, por favor. Entre em contato com o comandante Atílio, dos Legionários. Solicite uma reunião com ele, em caráter de urgência.

- Sim senhor. Com licença.

O diretor geral não contava com a situação que se configurava, contudo a experiência que tinha na lide com os problemas da vida e a consciência de que Deus tudo vê e possibilita para o melhor, o mantinha fora de expectativas angustiantes e débeis. Antes, pensava em solução que se mostrasse viável. Ele sempre a encontrava, justamente pela fé absoluta no amor e na justiça divinas.

Permaneceu pensativo, olhando através da janela inspiradora do seu gabinete, mas naquele momento, a única saída para a recuperação de Hoilek em curtíssimo prazo seria a presença de Eslah junto a ele. E isso considerando que tudo desse certo quanto ao manejo dela nas deficiências que ele passou a apresentar e das antigas que ela já tinha conhecimento.

Nesse ínterim, Ayvla retorna com a resposta, informando que o comandante geral dos Legionários poderia recebê-lo à noite, por volta das 20:00.

O doutor Zafir agradece a Ayvla e entra em contato com a doutora Heldra, comunicando-lhe a situação. Acrescentou que estaria na sede dos Legionários à noite para uma reunião como o comandante geral, tendo em vista a informação do estágio que Eslah realizou para que pudesse desenvolver o serviço a ela solicitado pela administração central.

Perguntou à diretora médica quando ocorrera a última consulta de acompanhamento de Eslah no Instituto, e se havia algum registro referente à sua requisição para prestar serviço na crosta.

A médica ficou de averiguar a informação, mas adiantou que segundo os relatórios do doutor Lizeu, Eslah encontra-se em boas condições de equilíbrio emocional, somente comparecendo ao Instituto em situações que considerasse necessária, cumprindo acompanhamento anual.

Pediu ainda que a doutora Heldra continuasse os procedimentos normais com Hoilek, redobrando os esforços para o seu restabelecimento.

Naquela noite vamos encontrar o doutor Zafir e o comandante geral dos Legionários em reunião, no gabinete deste último.

- É com prazer que o recebemos em nossa sede, doutor Zafir. Fui informado pela sua secretária que se trata de um assunto urgente. Em que podemos ser úteis?

- Da mesma forma é um prazer estar com você, caro amigo Atílio. Antes de qualquer coisa, agradeço a sua prestimosa atenção em receber-me, atendendo a minha solicitação, assim tão em cima da hora.

- As questões urgentes e emergenciais parecem nos perseguir. Não se preocupe com isso. Estamos aqui para servir. Fique a vontade, por favor.

- Obrigado, amigo. Bem, o que me traz aqui é uma questão relacionada com o planejamento de restauração psíquica de um dos nossos irmãos, Hoilek, atualmente matriculado no curso para Legionário, e que se encontra internado conosco no Instituto, devido ter apresentado problemas, juntamente com uma aluna, a qual já teve alta e retornou às atividades.

O comandante Atílio ouvia com atenção. O doutor Zafir continua.

- Acontece que ele encontra-se na quarta fase do curso, e sabemos da importância do seu retorno o mais rápido possível para que não seja desclassificado. Ele tem demonstrado progresso no tratamento, mas ainda não está apto ao retorno às atividades normais do curso.

- Caro doutor, compreendo o que o senhor está dizendo, e não é a primeira vez que essa situação acontece. Sabemos que as regras são inflexíveis quanto às condições básicas para que um aluno possa exercer suas tarefas no curso e poder alcançar o seu término, formando-se como um Legionário.

- Atílio, eu não estou aqui para falar diretamente sobre Hoilek, mas a respeito da pessoa que tem sido crucial para o seu restabelecimento em outras ocorrências, não só durante o curso, porém antes de matricular-se, quando ainda encontrava-se internado conosco no Instituto, procedente da crosta em sua última existência por lá.

O comandante geral continua ouvindo o que o doutor Zafir dizia, agora intrigado.

- Já estive em reunião na administração central por mais de uma vez a respeito desse caso, e concluímos que a formação de Hoilek como Legionário será fundamental para que ele possa desenvolver o que lhe falta para uma possível última existência na crosta, com vistas ao seu processo de libertação, redimindo-se dos liames finais com aquela dimensão pela lei de causa e efeito. Dessa forma, preciso que você nos auxilie na formação de um planejamento para que possamos mantê-lo atuante no curso, concedendo todas as possibilidades quanto a prazo e serviços.

O comandante Atílio permanece ouvindo, sem nada responder.

- Fomos informados que a administração central pediu um período de estágio para uma pessoa de nome Eslah, com vistas à execução de tarefas na crosta. Isso há uns seis meses, aproximadamente. Você pode dizer-me como ela está se saindo? Sua conduta e procedimentos? Ela é a pessoa a que me referi há pouco. Por isso o meu interesse em saber da sua eficiência no estágio e na tarefa que se encontra em andamento.

O comandante Atílio solicita ao seu secretário que lhe traga os registros disponíveis sobre o estágio que Eslah havia feito, considerando a época informada, assim como os de Hoilek.

Em poucos minutos, o comandante dispõe dos registros relativos ao estágio de Eslah e da missão. Passa os olhos nas informações e responde ao doutor Zafir.

- Pelo que nos consta ela foi muito bem sucedida no treinamento. Trata-se de um processo de assistência a um ente familiar ainda na crosta.

Sua mãe, a qual se encontra com sérios problemas obsessivos. Pelo que nos foi informado, já alcançou as raias do corpo mental. Isso caro amigo Zafir, é forte indício de alienação plena.

O doutor Zafir ouve o comandante com toda a atenção, exclamando.

- Entendo.

O comandante Atílio continua.

- O seu treinamento conosco iniciou-se em maio, e contou com técnicas necessárias para a realização da tarefa a ela solicitada pela administração central. Um pacote de procedimentos que lhes serão imprescindíveis para que ela possa tornar-se um "Legionário temporário" nesse trabalho específico. Teve bom aproveitamento nas técnicas e manuseio de instrumentos. Manifestou inteligência e principalmente iniciativa para a solução de problemas. Teve algumas anotações de certa sensibilidade diante de contrariedades, mas dentro dos padrões de normalidade. Eu diria, pelo que vejo, caro amigo, que ela poderia um dia ser uma Legionária com todos os méritos.

E continuando a verificar os registros de Eslah, conclui:

- Eslah está fazendo parte de uma expedição nossa, atualmente em curso na crosta. E pelo tempo decorrido, quase seis meses, o serviço deve estar em fase final, pois o prazo previsto de sua permanência na equipe para a realização da tarefa foi de três meses. Contando os três meses de treinamento conosco, creio que a nossa "Legionária" estará de volta até o final desse mês de outubro, ou seja, em aproximadamente uma semana.

Era tudo o que o doutor Zafir queria ouvir. Ele não se conteve e abriu um largo sorriso, intrigando o comandante Atílio, que lhe pergunta:

- Posso compartilhar dessa alegria, meu amigo?

- Perdoe-me Atílio, foi força de expressão. Preciso acrescentar algumas informações a respeito desses dois. A presença de Eslah junto a Hoilek não é somente fundamental para a recuperação dele em tempo hábil para o seu retorno ao curso e poder alcançar a formação em Legionário, com vistas ao planejamento futuro a que me reportei. Eles possuem uma relação muito afim, onde um atua positivamente no outro e vice versa. O meu sorriso foi porque suas palavras fizeram-me ver um pouco mais à frente a relação dos dois. Os trabalhos que serão esteio para que ambos possam selar o término de seus compromissos milenares por débitos na crosta.

- Fico feliz pelas suas conclusões, amigo. E não ouso perguntar por quê?

Ambos sorriem. O comandante Atílio complementa, já observando os registros de Hoilek.

- Com relação ao regresso de Hoilek, vamos estender o prazo até o final do próximo mês. Com isso, o senhor dispõe de mais tempo para que ele apresente condições favoráveis ao seu retorno. A quarta fase teve algumas intercorrências, nada excepcional, mas resultaram em um atraso de dois meses para a sua conclusão, o que pelo visto, veio a calhar.

Ambos continuaram a conversar sobre Hoilek e principalmente a respeito de Eslah, sobre quem o comandante Atílio verificou e comentou a respeito de algumas informações, com referência à sua relação com os Legionários em épocas passadas, as quais foram confirmadas pelo doutor Zafir, conhecedor da situação.

Com um forte abraço os amigos se despedem, encerrando uma reunião que contou com dois diretores de duas Organizações importantíssimas da Cidade, trabalhando para o bem-estar de irmãos, fazendo valer a máxima do amor que todos devem dispor, indistintamente.

Eslah encontrava-se na crosta em tarefa junto àquela que fora sua mãe na última experiência nesta dimensão planetária. Ela estava com sérios problemas de demência senil, acentuados pela presença de entidades perversas, vampirizando e perturbando-a permanentemente.

Essa situação passou a configurar-se após a trágica desencarnação de Eslah, assim como do marido, o senhor Drumal, vítima de um crime por interesses políticos, poucos anos depois. Embora na ocasião não apresentasse qualquer problema de ordem financeira, o ócio e a incompreensão da vida, fizeram-na titubear quanto à fé em Deus e Sua justiça, esmorecendo pouco a pouco a confiança na luz divina. Esse comportamento negligente fez com que prodigalizasse seus recursos, abrindo brechas aos inimigos do pretérito de suas existências, permitindo aproximação e influência, acarretando a sua degradação.

O processo obsessivo acentuou-se progressivamente, culminando na dilapidação total do seu patrimônio, fazendo-a ter que viver dependente da caridade de parentes, que eram poucos e não a viam com bons olhos. Daí para o abandono foi uma questão de tempo.

Eslah desde que voltara à Cidade, após o precoce desfecho de sua existência, recebera todos os cuidados necessários ao seu restabelecimento, o que a permitiu equilibrar-se ao ponto de poder ser útil no resgate de seu pai, o senhor Drumal, por quem não tinha maiores relações, mas em seus momentos de recolhimento pensava positivamente em prece a Deus para que ele encontrasse paz em sua vida. Quanto à sua mãe, Carmen, sabia que ainda encontrava-se na crosta e acompanhava sua situação através da administração central.

A partir da notificação que poderia ajudá-la em seus momentos finais na existência, libertando-a da influência nefasta das entidades desequilibradas e malfeitoras, não perdeu tempo e solicitou a Tejany sua liberação, por licença, para trabalho junto à equipe do SAEC da Cidade, colocando-se à disposição para auxiliar no que fosse possível.

Assim sendo, por indicação do SAEC, fez um curso intensivo nos Legionários por três meses, a título de estágio, para aprender a lidar com técnicas de abordagem, hipnose, condução coercitiva e defesa por campo de energia vital. Tais implementos possibilitaram maior integração com aquela Organização, a qual passou a ver com outros olhos, ou seja, despertou nela a possibilidade de um dia vir a servir nos Legionários.

Especificamente para aquela finalidade, Eslah passou a integrar uma expedição que ficaria sediada na crosta por três meses, tempo que seria utilizado para agir em prol da libertação de Carmen do assédio das entidades das sombras.

O trabalho que tinha nas mãos era árduo e exigiria total dedicação para que pudesse alcançar o êxito desejado.

Carmen, a essa altura dos acontecimentos, vivia da caridade pública, pois encontrava-se em completo abandono e sem qualquer assistência dos poucos familiares e da sociedade.

Perambulava pelas ruas, doente e com aspecto repugnante. Falava sozinha, gesticulava e gritava para que os demônios a deixassem em paz. O que era completamente inócuo, uma vez que as entidades que a perturbavam regozijavam-se da sua miséria e deplorável estado.

Carmen tinha compromissos em existências pretéritas com as referidas entidades que a obsediavam ininterruptamente.

Fora no passado esposa de um senhor feudal, a qual durante décadas maltratou camponeses, submetendo-os ao regime de servidão, sem qualquer consideração quanto às mínimas condições de dignidade de suas famílias. Esta situação fazia com que esses trabalhadores preferissem muitas das vezes a própria morte, buscando a salvação no além túmulo.

Apesar de também ter sido mal sucedida em outras existências anteriores, foi a partir desta que passara a ser perseguida por muitos dos que padeceram por suas mãos, além de outros tantos que cobravam justiça pela dor que lhes fora imputada por ela.

Esse processo já contava mais de quinhentos anos, entre idas e vindas existenciais, além de relações funestas na dimensão paralela à crosta, quando sofria a dor que impusera aos outros pelo látego torturante da fome e da miséria.

——— X ———

Vamos encontrar Eslah em uma espécie de acampamento, composto por barracas montadas em estruturas pré-moldadas cujos encaixes permitiam a composição de tendas em sentido longitudinal, isto é, como uma pilha uniforme.

Ela trajava a indumentária dos Legionários, pois que, naquele momento era uma missionária em nome da Cidade, fazendo parte da corporação, mesmo que temporariamente.

Lá estava há mais de dois meses, e muitos trabalhos já haviam sido realizados pela equipe, que não estava ali para atender exclusivamente ao caso para o qual Eslah fora solicitada. A expedição tinha outras atribuições, em que Eslah somente participava como ouvinte, se fosse do seu interesse, o que sempre acontecia. Ela mantinha-se junto à equipe desde que lhe fosse permitido, passando a sentir um prazer inenarrável em fazer parte de um grupo e de um trabalho que só conhecia através de entrevistas e serviços que fazia para serem publicados e exibidos em locais próprios da Cidade.

Quanto ao caso de Carmen, o serviço de desobsessão com vistas ao inevitável desencarne, sem os prejuízos inerentes ao seu estado atual, encontrava-se bem adiantado. Contudo, não se podia afirmar como concluído, pois a última etapa do processo de descontaminação pela reciprocidade fluídica era tão complexa que a equipe já admitia a possibilidade de perda orgânica visceral, além da afetação psíquica correspondente, o que exigiria longo tempo para reparação. Entretanto, isso não era novidade e demandaria o esforço das equipes médicas da Cidade, além de tempo para que ela pudesse alcançar o equilíbrio mental e suas devidas funções orgânicas.

Em reunião com o supervisor Vantuil, estabelecia o planejamento para que o trabalho de finalização da descontaminação pudesse ser posto em prática o quanto antes. Para tal, seria imprescindível o afastamento, ainda que temporário, das entidades equivocadas, processo este já ensaiado e iniciado dentro das possibilidades que a situação permitia.

- Supervisor Vantuil, como enredar minha mãe para que o campo de força telúrica seja enfraquecido e nos permita efetivamente afastar os agressores.

- Mal comparando, é como enlaçar um animal que se queira domar. Isso vai exigir de você total desprendimento. Não a veja como sua mãe, mas como uma irmã prejudicada por sua própria vontade. A sua presença é fundamental pelo anel fluídico existente entre vocês duas. Razão de você estar aqui.

- Já estive com ela fazendo o reconhecimento conclusivo da situação. E confesso, não estou nem um pouco confiante em conseguir um bom resultado. O quadro é crítico! Apesar de tudo que temos feito para apartar as influências, parece que retornam como um elástico. As entidades encontram-se ligadas em seus plexos nervosos formando um conjunto de filetes, como tentáculos finíssimos, interligando-os em uma malha de energia. Como agir nessa situação?

- Nesse momento vamos continuar a atuar em equipe, sem nos fazer notar. Só que a partir de agora, trabalharemos para alterar nossas vibrações excedendo o limite suportável de densidade específica do terceiro nível (vibração compatível à radiação de elementos vitais à feição de fluxos energéticos, promovendo impacto decisivo nas ligações psicossomáticas em casos de simbiose obsessiva). Lembra do treinamento? Isso nos permitirá enfraquecer o campo formado pelas entidades sofredoras de forma mais efetiva. A partir daí, projetaremos sinais dispersivos nos plexos cerebral e cardíaco de Carmen. Estaremos atuando tanto nela, como indiretamente nas entidades, fazendo-as tontear e agitarem-se. Sem dúvida, Carmen deverá perder os sentidos. Quando isso se der, confirmando os resultados esperados, aplicaremos uma porção de radiação para descompatibilizar os plexos lombar, sacral e coccígeo dela. Será a ação final do processo de separação, sem ser abrupta, mas sem maiores garantias de um choque anafilático reverso. Ou seja, a falta desse tipo de veneno fluídico impõe um processo alérgico, tipo uma crise de abstinência aguda. Acredito que esses procedimentos farão com que algumas entidades desfaleçam e as demais caiam em debandada. Elas não são tolas e sabem que nessas circunstâncias os trabalhadores da luz estão agindo.

Eslah permanecia com total atenção às orientações do supervisor Vantuil. E ele continua.

- Eslah, sabemos que nos casos de obsessão intensa e continuada, o ato de separação do agente ativo pernicioso impõe ao passivo dolorosas sensações, além de não raro propiciar o seu desencarne. O equilíbrio orgânico depende de fatores cujas variações não permitem oscilações expressivas. Quando o processo obsessivo nesse nível instala-se na criatura, infelizmente não resta outra opção a não ser a que estamos realizando, ou seja, a separação e o desfecho com a morte do corpo físico.

Eslah, apesar de conhecedora da situação, não consegue evitar que lágrimas denunciem seus mais recônditos sentimentos.

O supervisor Vantuil percebendo a situação, toca-lhe o ombro e fala-lhe fraternalmente.

- Minha amiga, estamos aqui para trabalhar por ela, pois nos foi possível realizar esse serviço segundo as leis que regem a vida. Vamos prosseguir com a tarefa. Somos agentes da luz. Legionários da luz!

- Supervisor Vantuil, eu sou eternamente grata a tudo o que está sendo feito pela minha mãe. A todo o pessoal da administração central e aos Legionários pela oportunidade de poder ser útil a ela. Em nossa última experiência aqui na crosta estivemos muito pouco tempo juntas, mas em outras existências anteriores pudemos nos relacionar mais e sinto que a minha presença é significativa para ela.

- Não é outra a razão da sua presença aqui conosco, trabalhando para que a auxiliemos da melhor forma possível.

- Confesso que ainda não sei distinguir bem a diferença entre auxiliar e interferir na vida de alguém.

- Eslah, quando somos úteis segundo as leis divinas, auxiliamos; quando consideramos ser úteis segundo a nossa opinião, interferimos.

- Devemos admitir, então, que nós vamos auxiliar a minha mãe, trabalhando para livrá-la do processo obsessivo, mesmo que isso acarrete o termo de sua existência. É isso?

- Eslah, o destino das criaturas cumpre-se pelos meios que a vida dispõe, com os devidos respaldos nas leis divinas. A nossa atuação é pura e simplesmente metódica para que possamos ser úteis a Carmen. O seu corpo físico não tem mais condições de manter-se. As funções orgânicas encontram-se completamente debilitadas e não mais correspondem às necessidades que ela, como ser imortal, precisa para habitá-lo. Assim sendo, o que faremos nada mais é do que colaborar para o seu desprendimento sem que se encontre, nesse momento, sob a influência nefasta dos seres, nossos irmãos, ainda perdidos no desvario das trevas. Se essa providência não for tomada agora, quando ainda encontra-se ligada ao corpo mais denso, ou seja, após o desencarne, nossas ações seriam dificultadas ao extremo, talvez impossibilidades em curto ou médio prazo, considerando a intensificação da simbiose que se estabelece nesses casos. Compreende?

Eslah recobra o ânimo e busca sorrir, com o canto da boca.

Ambos continuam a conversar e acertar os detalhes para a ação que corresponderia ao término da existência de Carmen, uma irmã ainda infeliz, mas que o tempo e novas experiências nas lides da crosta haveriam de fazer brilhar a luz, a mesma luz que o Cristo concitara a todos nós.

Busque apenas concentrar-se nas tarefas. Esforce-se para não se permitir influenciar com o que veja ou ouça, mesmo que isso desperte sentimentos contraditórios com o seu compromisso. Sentir o impacto é natural. Dar vazão é outro assunto!

O RETORNO DE ESLAH

O prazo previsto para o desencarne de Carmen cumpriu-se quase que precisamente, sendo prestados todos os serviços pertinentes à desconexão dos liames que a detinham em processo de vampirismo. A contaminação dos plexos inferiores e dos vórtices energéticos correspondentes era franca e dificultaram bastante a ação dos trabalhadores encarregados pela ação restauradora. Fora executado verdadeiro ato cirúrgico para que as lesões já em adiantado processo de degradação não representassem óbices intransponíveis, o que resultaria em maior alienação de Carmen, além de comprometer as próprias entidades, neste caso, inconscientes do processo em que eram agentes.

Os Legionários apesar de possuírem capacitação para atuar em situações como essas não podiam prescindir de tempo e recursos fluídicos indispensáveis para a realização das tarefas. A presença de Eslah foi importante para a polarização do campo estabelecido pelas entidades ligadas a Carmen, facilitando descondicioná-la lenta e progressivamente da influência nefasta que sofria, tanto mental como fisicamente.

Conforme antecipado pelo Supervisor Vantuil, na fase final do processo de desconexão a debilidade orgânica do corpo físico de Carmen acentuou-se, acarretando a aceleração da falência múltipla dos órgãos vitais, ocasionando o desencarne. Contudo, o trabalho não terminou com o seu encaminhamento para um posto de socorro e de lá para a Cidade onde a mesma seria atendida em longo prazo para sua recuperação. Ainda muito se fez com relação às entidades que atuavam como drenos nos seus corpos (físico e espiritual), furtando-lhe o fluido vital.

Esses trabalhos podem, à primeira vista, somente considerar o afastamento das entidades manipuladoras, assim como das que vampirizam o fluido vital do hospedeiro, entretanto as leis divinas amparam a todos, indistintamente, isto é, ninguém fica sem os cuidados de que necessite e mereça.

A equipe de trabalho permaneceu por mais alguns dias no acampamento. Eslah acompanhou parte do grupo que se deslocou para o posto de socorro com Carmen. O restante concluiu os demais trabalhos que tinham que executar, desmobilizando as instalações e também retornando para a Cidade.

Eslah permaneceu com Carmen até a chegada ao hospital da ala norte, onde esta foi internada para passar pelos procedimentos que se faziam necessários, tendo em vista a situação de debilidade extrema em que se encontrava. Ela permaneceria inconsciente por muito tempo, recebendo os cuidados da equipe médica, para em um futuro não tão próximo retornar a novas experiências na crosta.

———————— x ————————

No Instituto o doutor Zafir fora informado pelo comandante Atílio, ao mesmo tempo que pelo pessoal do SAEC quanto à conclusão dos trabalhos que Eslah estava participando na crosta, de forma que a sua chegada na Cidade já estava sendo aguardada pela equipe médica do Instituto, tendo em vista a sua nova empreitada com relação a Hoilek.

Após acompanhar as providências da internação de Carmen, Eslah deixa o hospital e retorna para casa, comunicando a Tejany o seu regresso, sendo obviamente dispensada para que pudesse buscar o repouso justo após quase seis meses de muito trabalho e tensão. Contudo, foi informada que o doutor Zafir a requisitara para uma reunião no Instituto, em caráter de urgência, fazia uma semana. Tejany a orienta para entrar em contato com Ayvla e atender à direção geral do Instituto assim que pudesse, apenas comunicando-a quanto ao que fosse necessário referente à sua ausência ou novas atribuições a ela solicitadas.

Pensou em ir ao Instituto, mas tinha que terminar os relatórios para a prestação de contas junto ao SEAC e aos Legionários, além de encontrar-se muito fadigada e sem as mínimas condições para uma reunião, para a qual precisaria estar bem e poder atender ao que o diretor geral do Instituto dela precisasse.

Entrou em contato com Ayvla e informou de sua chegada, assim como do compromisso que tinha junto à administração central e aos Legionários para poder desincumbir-se e comparecer ao Instituto. Ayvla comunica ao doutor Zafir a informação recebida, e é instruída por ele a dizer a Eslah que ele a aguardaria no Instituto na manhã do dia seguinte da apresentação dos relatórios, caso ela estivesse disponível.

Uma vez informada por Ayvla, Eslah dirige-se para casa e dá prosseguimento às suas responsabilidades, comparecendo no dia seguinte ao SEAC e à sede dos Legionários, onde apresentou os relatórios referentes ao serviço realizado, além de participar de reuniões para a conclusão do serviço, com comentários e esclarecimentos relativos ao desempenho da equipe e demais aspectos operacionais da missão.

Na manhã do dia seguinte comparece ao Instituto, sendo conduzida ao gabinete do diretor geral, que já a aguardava.

Ambos cumprimentam-se com expressiva simpatia e conversam sobre o trabalho que Eslah realizou na crosta, sem antes o doutor Zafir agradecer imensamente a sua presença quando mal chegara à Cidade, vinda de um trabalho certamente estafante. Considera, todavia, a importância daquela reunião, tendo em vista a situação que ele estaria para revelar.

- Eslah, não sei se é do seu conhecimento, acredito que não, mas Hoilek encontra-se aqui conosco, internado para reabilitação.

Eslah imediatamente reage à informação que desconhecia.

- Hoilek? O que houve? Eu não sei de nada!

O doutor Zafir narra toda a situação que o trouxe mais uma vez ao Instituto na condição de paciente necessitado de equilíbrio emocional, além das terapias aplicadas e do esforço conjunto que até então estava sendo aplicado para que ele pudesse recuperar-se, em função de não ser prejudicado no curso dos Legionários.

Comunicou-lhe das reuniões que teve na administração central e nos Legionários buscando prorrogação para o seu retorno, uma vez que a aprovação no curso faz parte do planejamento para a sua recuperação como um todo.

Eslah estava boquiaberta, com expressão de tristeza e apreensão no olhar.

- Após todas as providências, ele ainda não consegue responder integralmente aos estímulos desejados. E isso nos preocupa, porque, mesmo sabendo que os trabalhos para o encerramento da fase que se encontra em curso deva ser estendida até o final do próximo mês, o que temos obtido não corresponde ao necessário. Dessa forma, toda a equipe médica considerou que você, mais uma vez, poderia colaborar conosco para que pudéssemos alcançar o nível de equilíbrio que lhe permita retornar para o curso em tempo hábil. Essa segunda reciclagem não pode exceder o prazo final, devido aos programas de treinamento a que a sua turma encontra-se executando na crosta, principalmente pela aproximação do inverno e das mudanças de exercícios e simulações que Hoilek não pode perder. Isso comprometeria o seu desenvolvimento e, certamente a aprovação. Situação que temos que trabalhar para que não ocorra.

- Doutor Zafir, apesar de estar com uma equipe dos Legionários, tratava-se de uma missão específica, de forma que eu não tinha contato com a sede, nem tinha conhecimento de qualquer ocorrência na corporação. Estávamos totalmente focados no trabalho a que formos incumbidos.

- Sem dúvida, Eslah, sabemos que você nada poderia fazer, nem deveria, levando-se em conta que o seu trabalho seria prejudicado caso não lhe desse a atenção devida.

- O que o senhor tem em mente? Como vou poder ajudá-lo em tão pouco tempo? Estou muito preocupada!

- Bem, pensamos em introduzi-la no Instituto, como das outras vezes, permitindo-lhe estar com ele no desenvolvimento de alguma tarefa, por exemplo: um trabalho voltado para a mostra da recuperação de um aluno no curso dos Legionários, em reciclagem ou qualquer coisa do gênero. Isso você, melhor do que qualquer um, pode intitular.

- Sem dúvida, doutor. Essa ideia é ótima. Desculpe-me ainda estou meio confusa com a situação e o período de trabalho na crosta nos dá uma sensação meio que de distorção de fuso horário.

- Desculpe-nos minha amiga, não estaríamos forçando uma situação, que sabemos estar lhe custando tanto, se não fosse a urgência do momento! O trabalho na crosta, sua mãe, e agora, em cima da hora, uma tarefa dessas!

- Por favor, doutor Zafir, estar aqui é mais que um dever, é uma honra para mim. Não falemos mais disso. Quando começamos? E qual o nosso prazo final para avaliação dele?

- De hoje a dezesseis dias. Sei que o prazo é exíguo, mas é o que temos.

- Então, precisamos começar já. Preciso contatar Tejany para dar-lhe satisfação do que estamos acertando.

- Não se preocupe, Ayvla fará isso, em meu nome. Vamos até a diretoria médica para conversarmos com a equipe da doutora Heldra sobre algumas instruções referentes ao comportamento dele, contribuindo com informações para suas abordagens. Quanto aos Legionários, pessoalmente vou conversar com o comandante Atílio acerca desse trabalho a ser desenvolvido por você em nome da corporação, oficializando-o.

O doutor Zafir instrui Ayvla para comunicar a Tejany sobre a dispensa de Eslah, e que mais tarde ela própria entraria em contato com ela para maiores detalhes.

Ambos dirigem-se para a diretoria médica, onde além da diretora, os médicos Lizeu e Nest os aguardavam.

Reuniram-se e instruíram Eslah quanto ao estado de Hoilek, das tentativas de Jandira, das terapias, enfim, de todos os procedimentos disponíveis, mas como ela já fora informada pelo diretor geral, ele não reagia de forma plausível para a alta médica e imediato retorno ao curso.

O doutor Nest comenta.

- Se ainda estivessem por aqui, não correríamos nenhum risco de recaída ou coisa pior. Entretanto, na crosta, não vejo condições para a sua liberação. Como você mesma verificou nessa missão durante esses últimos meses, o ambiente lá é muito agressivo e, principalmente magnetizado por vibrações e contrastes intensos dos habitantes e dos que não pertencem mais àquela esfera de ação.

- É verdade, doutor Nest. Senti na pele as influências dos campos mentais e das hostis investidas dos traficantes de fluidos. Perdão, essa é uma designação usada pelos Legionários, referindo-se àqueles que usufruem dos fluidos vitais dos encarnados, e por escambo submetem entidades escravas aos seus interesses vis e inconsequentes.

- Eslah, você agora já dispõe das informações necessárias para atuar junto a Hoilek em sua recuperação. Gostaríamos que você pudesse iniciar seu trabalho imediatamente, com uma visita, e daí por diante, estabelecesse uma rotina diária para que possamos acompanhar a evolução do quadro.

A doutora Heldra acrescenta.

- É, de certa forma, uma quebra de protocolo. Pedimos desculpas por assim procedermos, mas...

- Doutora Heldra, por favor, estou aqui para fazer um trabalho junto a alguém que muito estimo, com médicos que são meus amigos e, afinal de contas, já sou quase de casa, não é mesmo?

Todos sorriem e a reunião encerra-se.

Eslah sai do gabinete e dirige-se para a enfermaria onde se encontrava Hoilek.

Os médicos permanecem no gabinete da diretora Heldra, com um sinal que o doutor Zafir fizera sutilmente após a saída de Eslah.

Voltam a sentar-se à mesa, e o diretor geral fala-lhes.

- Gostaria de levar ao conhecimento de vocês uma informação que até agora não considerei significativa para a situação que estamos lidando. Entretanto, a condição em que Eslah se encontra é deveras estafante e, à primeira vista, comprometedora, considerando o seu retorno de uma difícil missão na crosta, além do fardo que ela tem conduzido nos últimos tempos quanto ao seu envolvimento no restabelecimento de Hoilek, sem contar o contato do senhor Drumal nas regiões intermediárias através de preces, e os trabalhos que realiza aqui na Cidade.

Todos permanecem aguardando o que o doutor Zafir tinha a revelar.

- Eslah já foi uma Legionária! Ela não se recorda de suas relações mais antigas com a Cidade. As suas últimas experiências na crosta não estavam relacionadas com problemas pessoais por maiores débitos com a economia divina, mas com aspectos diretamente ligados com aquela que fora sua mãe na última existência e, principalmente, Hoilek, a quem tem se devotado há bastante tempo. Suas relações remontam épocas remotas antes do Cristo baixar à crosta.

A doutora Heldra faz uma consideração.

- Quando do seu atendimento não havia menção a esse respeito.

- Como é do nosso conhecimento, as informações dos irmãos em atendimento aqui no Instituto, assim como nas demais Organizações da Cidade, não fazem referência a situações ocorridas em épocas muito pretéritas, as quais não são relevantes para os objetivos de que tratam no momento atual. Quando se torna necessária uma pesquisa sobre essas questões pode-se acessar os órgãos da administração central, com as devidas autorizações para tal.

- O comando geral dos Legionários possui os arquivos de todos os colaboradores. Certamente sabe que ela fora um deles no passado.

- Sem dúvida doutora Heldra, mas atualmente não existe qualquer necessidade que justifique ressaltar essa situação. As suas experiências pretéritas não determinam continuidade dessa aptidão neste momento de sua vida na Cidade, onde vem desenvolvendo outros trabalhos também importantes para o seu desenvolvimento intelecto-moral. Na última reunião que tive com o comandante Atílio ele informou-me sobre a ligação pretérita de Eslah com os Legionários, o que não foi surpresa para mim, uma vez que possuíamos informações pela administração central a esse respeito.

Entretanto, a divulgação não era e nem é relevante para o que estamos buscando no momento. Será sim, mais à frente.

O doutor Lizeu acrescenta.

- E o trabalho que ela fez para divulgação da corporação na administração central, além do estágio para a missão na crosta? Tudo isso não foi levado em consideração pelo comando geral? Confesso que estou meio sem saber como interpretar essa situação.

- Doutor Lizeu, o que se passa é perfeitamente compreensível. Vejamos: a equipe que ora dirige a corporação não era a mesma da época em que Eslah prestou serviço, além do fato de que as últimas relações que ela teve em amparo a Hoilek lhe custaram bastante ao equilíbrio psíquico. O seu esforço em auxiliá-lo não tem sido fácil. E isso fez com que revelações pretéritas não fossem, como sabemos, de interesse para o seu bem-estar. Quanto à corporação, os dados são arquivados e somente são levantados quando da necessidade de consulta para determinado fim. O que ocorreu quando indaguei ao comandante Atílio sobre o estágio de Eslah.

O doutor Lizeu complementa.

- Todo o trabalho para a preservação da sua estrutura emocional dependia de um esquecimento do passado. Ela precisava desligar-se dos acontecimentos que a motivaram nas últimas experiências na crosta, justamente para promover a sua recuperação aqui na Cidade. O uso temporário do bypass mnemônico foi por essa razão.

O doutor Zafir continua a explanação.

- Outro aspecto importante a salientar é a preservação da sua estrutura emocional, diante de uma sequência de ocorrências ligadas àquelas personagens, pelas quais tem devotado sua vida.

A doutora Heldra comenta.

- A sua aproximação com os Legionários seria um indicativo futuro de nova prestação de serviço naquela corporação?

O doutor Zafir responde.

- Acredito que isto já esteja a caminho. Pelo que temos observado e delineado para os próximos movimentos de Hoilek e Eslah, esse reengajamento nos Legionários será a pedra fundamental da consolidação do trabalho de Eslah junto a ele.

- E para isso vai necessitar fazer novo curso?

- Doutora, provavelmente terá, no mínimo, que atender às exigências da corporação, no que tange aos novos procedimentos desenvolvidos desde a época em que lá esteve. Não sei como o comando geral deverá proceder, mas creio que não terão problemas em lidar com a situação, pois ela é uma trabalhadora valiosa.

Os médicos concluíram a reunião, dirigindo-se cada um para seus locais de trabalho no Instituto, mas pensativos quanto ao destino de cada um que por ali passava sob seus cuidados, conscientes que a vida não é bem o que as pessoas pensam. Tudo muda de uma hora para outra, sem, no entanto, perder significado e atenção por parte do Criador, eterno vigilante da justiça e do amor.

Ao chegar à enfermaria, Eslah é informada que Hoilek encontrava-se no pátio lateral.

Não precisou de muito tempo para encontrá-lo. Lá estava ele, distraído, com o olhar voltado para as copas de algumas árvores do pomar, que daquela posição podiam ser vistas. Ela aproxima-se sem se fazer notar, parando ao seu lado.

Permanece por alguns instantes observando-o. Seu coração denuncia seus sentimentos, mudando o compasso pela emoção de estar próximo a ele.

Hoilek percebe uma presença pela sombra dela projetada próximo a ele, voltando-se para ver quem era. O Astro rei coincidia com seu rosto, impedindo que ele a reconhecesse. Ele mexe a cabeça procurando afastar os raios solares, logo descobrindo aquele sorriso que lhe intrigava tanto e lhe fazia tão bem.

- Eslah?

- Quem mais poderia ser?

Ambos sorriem. Ele mais comedidamente.

- Posso sentar-me ao seu lado?

- Por que não? Por favor, sente-se.

- Já sei, vai perguntar-me por que estou aqui, não é?

- Lendo os pensamentos agora? Fez algum curso de adivinhação?

- Nada disso meu amigo. Em serviço! Quando você me viu sem que estivesse trabalhando?

- Da última vez que me visitou na sede dos Legionários!

- Ah, é verdade! Você tem uma memória daquelas, hein?

Ela responde sorrindo, enquanto ele demonstra certa apatia na fisionomia.

- Sabe o que estou fazendo aqui no Instituto?

Ele responde sem falar, somente balançando a cabeça negativamente.

- Estou preparando um trabalho sobre os processos de reciclagem dos alunos do curso dos Legionários. E adivinha quem será a minha cobaia?

Ele faz uma careta e indica desconhecimento.

- Em que mundo você está? É claro que é você, futuro... Não, senhor Legionário!

Eslah diz isso fechando os olhinhos em tom de brincadeira.

Hoilek imediatamente muda a expressão e olha para baixo.

Eslah percebe e não se dá por vencida.

- Afinal, quem poderia ser. Você está à mão; é meu amigo; sabe tudo! O que mais eu poderia querer? Fui informada na sede que você estava aqui no Instituto. Não sei se você soube, mas eu fiz um estágio nos Legionários por solicitação da administração central para atuar em uma missão na crosta, com relação ao desencarne da minha mãe que estava com sérios problemas obsessivos. Entre o curso e o trabalho foram seis meses!

Dá uma risadinha e fala brincando, olhando para o alto.

- Sei que muita gente não sentiu minha falta! Nem sequer lembrou que eu existo! Mas não tem problema não! O tempo de estágio e o que atuei em uma equipe dos Legionários agradou-me bastante. Estou pensando seriamente em inscrever-me no próximo curso.

Toca no braço dele e fala-lhe instigando-o.

- Já pensou que dupla nós formaríamos?

Ele demonstra contrariedade e puxa o braço, dizendo:

- Eu não sei o que você sabe sobre o que aconteceu com o nosso grupo lá na crosta. Eu e uma colega tivemos que ser conduzidos para cá. Ela já retornou, mas eu... Sempre eu... Mais uma vez...

Eslah percebe a angústia que ele imprimia na voz, e fica sem palavras.

Ele coloca as mãos no rosto olhando para baixo.

Cria-se um impasse: ela sem saber bem o que dizer, e ele deprimido, sem ter o que falar.

Eslah rompe o silêncio.

- Ora, Hoilek, o que é isso! Não fique assim! Afinal o processo de reciclagem é comum com muitos alunos. No fim tudo dá certo! Você está recuperando-se. Já, já vai voltar para a complementação do curso. E aí, vamos comemorar a sua formatura!

Eslah sorri, buscando levantar o ânimo de Hoilek, mas ele, surpreendentemente diz, olhando para ela, com os olhos úmidos.

- Eu não vou mais voltar! Acabou! Não posso ser um Legio...

Ele não consegue terminar a frase, levantando-se abruptamente e, sem despedir-se caminha apressadamente em direção à enfermaria.

Eslah fica petrificada, sem saber o que fazer.

Aquele primeiro dia não correspondia às expectativas mais pessimistas. Contudo, não admitia perder, além do fato de ali encontrar-se em missão, pois aprendera com os Legionários, que nunca se deve abandonar uma causa, a não ser quando a força do destino assim o determina. Ela lutaria por Hoilek, como seu irmão, seu amigo, seu amor.

MOMENTO CRÍTICO

Após a saída repentina de Hoilek, sem nem sequer despedir-se, fez com que Eslah percebesse o tamanho da crise em que ele se encontrava, compreendendo porque o doutor Zafir estava preocupado e considerava o caso urgente, pela necessidade de Hoilek não perder a aprovação no curso dos Legionários.

Após um tempo pensando e já refeita do susto, levanta-se e parte para o consultório do doutor Nest.

Assim que o médico pode recebê-la, Eslah comunica-lhe o que ocorrera e a sua preocupação com o estado emocional de Hoilek.

- Doutor Nest, ainda estou estupefata com o que presenciei. Ele está perturbado e sem vontade para seguir em frente com o curso. Está se comportando como se regredisse àquela situação quando nos encontramos aqui pela primeira vez. Meu Deus!

- Você entende a razão de estarmos preocupados com a situação? Veja bem, Eslah, essa é uma condição reversível, e acreditamos que seja possível conseguir êxito com a sua imprescindível ajuda. Não sei precisar quanto ao tempo, mas penso que podemos auxiliar e fazer com que ele possa alcançar o equilíbrio emocional.

Eslah permanece em silêncio, com expressão preocupada, mas pensando em um meio para dar uma reviravolta na situação.

O doutor Nest continua.

- Eslah, peço que você fique à vontade para estar com ele durante o tempo que julgar necessário, entretanto procure não sufocá-lo com a sua presença, compreende? Apesar do problema do curto espaço de tempo para a sua reabilitação, precisamos considerar uma estratégia que não admita recomeços.

- Sem dúvida doutor. É no que estou pensando. Bem, vou deixá-lo com seu trabalho. Desculpe-me se incomodei, mas precisava falar com o senhor.

- Não há do que desculpar-se. Por favor, peço que me mantenha informado do progresso junto a ele, diariamente. Independente do que você conseguir vamos dar continuidade ao tratamento. Precisamos pensar positivo!

É verdade, doutor Nest. Estou indo, então. Vou ver como está a fera!

Eslah deixa o consultório sorrindo, mas com o coração apertado, embora confiante na vitória. A sua fé era inabalável! Agia sempre confiante em conseguir bons resultados no que fazia. Às vezes, até com expectativas além do possível, contudo de um jeito ou de outro, chegava aos finalmentes com a sensação do dever cumprido.

Assim, lá se foi aquela que um dia fora uma guerreira celta, nos idos tempos de lutas antes do declínio daquele povo para os romanos em meados do primeiro século antes de Cristo.

Mantinha os traços decisivos de uma personalidade forte, até mesmo ousada em algumas situações, sem perder a ponderação pelo cálculo quanto ao agir, sempre determinado, mas com o toque de astúcia que a sua inteligência lhe conferia.

Costumava enfrentar a situação de peito aberto, desde que armada com os requisitos que lhe dessem confiança para não titubear durante o trabalho. Definitivamente não gostava de perder! Se assim o fosse, que pudesse compreender a razão, permitindo-se caminhar de cabeça erguida, pelo menos na frente dos outros, já que muitas vezes derretia-se em lágrimas e mordidas nos pobres lábios inferiores, que sofriam em seus desabafos com a consciência e as dores do coração partido.

Alcançara o pavilhão masculino e chegou à enfermaria em que Hoilek se encontrava internado, contudo ele não estava lá. Perguntou, então, por ele ao enfermeiro de serviço, sendo informada que ele não regressara desde que saíra mais cedo para o pátio.

Eslah agradeceu e retirou-se, pensativa: "aonde esse sujeito se meteu? Oh criatura difícil"!

Depois de dar a volta em todo o pavilhão, decidiu voltar ao pátio em que o vira antes de sua saída inesperada. E não é que lá estava ele, no mesmo lugar de antes.

Eslah para a alguns passos do banco em que ele estava sentado e fala em voz alta, com a cara fechada:

- Posso saber por que você saiu daqui daquele jeito sem nem sequer despedir-se, senhor Hoilek?

Hoilek volta-se para ela com cara de assustado, pois não esperava por aquela reação dela. Fica pasmo, sem conseguir responder.

Ela aproxima-se devagar, falando sem parar.

- Se o senhor acha que só porque sou sua amiga e quem sabe também uma futura companheira nos Legionários, pode me tratar daquele jeito, está redondamente enganado. Está ouvindo?

Ele não sabia o que fazer. Estava perplexo com a forma de falar de Eslah. Ela nunca havia se dirigido a ele com aquelas palavras, naquele tom.

Meio atordoado, tenta falar, mas a ex-guerreira celta não lhe dá oportunidade, já chegando ao seu lado, junto ao banco.

- Eu não aceito qualquer explicação de sua parte! Acho que a educação e a amizade devem estar acima das nossas paixões e problemas. Nunca lhe dei razão para que se comportasse assim comigo. Exijo suas explicações. E que sejam convincentes, pois do contrário vou embora e não o procurarei mais!

Olhando fixamente para Hoilek, pronuncia mais uma frase com os olhos úmidos, porém com uma inflexão que o deixa ainda mais nas nuvens.

- Mesmo que isso me custe lágrimas de saudade e dor pela perda de alguém que me é tão caro ao coração!

Ele fica como que hipnotizado pelo olhar de Eslah, levantando-se como um autômato e levando suas mãos ao encontra das dela, dizendo mais com o coração do que com os lábios, que apenas balbuciavam.

- Desculpe-me Eslah! Eu voltei para pedir perdão para você, mas não a encontrei mais. Aí fiquei aqui, pensando no que fiz e na confusão que a minha vida representa para todo mundo.

Eslah estava com o coração partido, mas não se deixou levar pelas palavras dele, mantendo o olhar duro e inflexível, dizendo-lhe:

- Isso não justifica a sua atitude! Após a sua saída "à la furacão", fui até a sua enfermaria para dizer-lhe umas boas verdades, mas não o encontrei. Não estou dando-lhe satisfação. Procurei acalmar-me e, só então resolvi procurá-lo para despedir-me com educação e retornar às minhas atividades, buscando outra pessoa para as entrevistas que vou precisar fazer para o trabalho que estou realizando.

Hoilek estava atônito com o que acabara de ouvir. A única pessoa que ele considerava uma amiga mais íntima estava diante dele despedindo-se por causa de sua covardia e falta de educação. Ele não poderia permitir isso. Buscou refazer-se e disse-lhe já com a voz em tom normal, embora, súplice.

- Eslah, por favor, desculpe-me. Eu voltei aqui para pedir desculpas, mas não a encontrei. Sei que isso não é justificativa, mas eu... Não, tudo bem... Estou um pouco nervoso... Aliás, bem nervoso... Quero dizer que você... Eu não sei bem falar... Você é a pessoa mais importante para mim. Não vá embora, por favor. Eu preciso de você ao meu lado. Não sei o que sinto. Está tudo embaralhado...

Eslah controla-se ao máximo para não deixar que ele percebesse a sua vontade extrema de abraçá-lo, chorando e sorrindo, mas conteve-se e fez uma cara de quem estaria disposta a reconsiderar a situação, puxando devagar suas mãos das dele, dizendo:

- Bem, diante do que você está dizendo e considerando saber que é um cavalheiro, vou perdoá-lo. No entanto fique registrado que nunca mais vou tolerar uma atitude dessas!

Hoilek respira fundo e pensa um pouco, olhando para baixo.

Logo em seguida ele senta-se e indica o banco, dizendo:

- Sente-se, por favor. Fique um pouco. Você não queria conversar sobre o seu trabalho.

Eslah fingindo estar ainda contrafeita, responde:

- Estou bem de pé.

- Você não disse que queria entrevistar-me para o trabalho que vai fazer sobre a reciclagem dos alunos do curso dos Legionários?

- Disse, mas depois do ocorrido, vou pensar em se posso contar com o senhor, ou vou buscar outra pessoa que considere mais apta a prestar-me as informações de que preciso.

Como impulsionado por uma mola, Hoilek levanta-se e com a expressão apavorada fala:

- Eslah, por favor, não faça isso. Eu já disse que preciso de você. Só você...

Ela o interrompe dizendo:

- Não é só o senhor que precisa dos outros. As pessoas também podem precisar do senhor. E não é agindo como uma criança órfã que vai resolver os seus problemas. Que, aliás, talvez não sejam tão importantes em relação aos dos outros, que os enfrentam com determinação e coragem, sem chorumelas.

Eslah não sabia de onde estava tirando forças para comportar-se daquele jeito, contrariando totalmente o que gostaria de fazer por quem tanto amava. Contudo aquela força que brotava de suas entranhas a manteve firme.

- Vou pensar quanto à sua participação no meu trabalho. Se não retornar mais até amanhã pela manhã, considere-se dispensado. Tenha um bom restante de dia, senhor Hoilek.

Eslah vira-se e caminha em direção à saída do pátio, deixando Hoilek completamente aturdido.

Ele a acompanha com o olhar até que a vê saindo do pátio. Senta-se novamente no banco e põe as duas mãos na cabeça, apoiando os cotovelos nos joelhos.

Permanece assim por alguns minutos e, de repente, senta-se normalmente e fala:

- Ela tem razão. Tenho sido um idiota, um covarde, um mal educado, um estúpido esse tempo todo. Não posso mais continuar assim. Chega de tolices! Sou um homem e não um pobre coitado que não sabe o que quer. É isso!

Hoilek levanta-se decidido e caminha rumo ao consultório do doutor Nest, motivado por uma força que não sabia de onde vinha, mas alentava-o e incentivava a prosseguir, erguendo-o moralmente daquela condição de apatia e desmotivação.

A cada passo, sentia-se como uma vela de embarcação, soprada pelo vento da coragem, pronto para encarar o que viesse pela frente. Não sabia bem o que estava fazendo, mas prosseguia, caminhava, vencia o medo, a razão de todas as suas vacilações até aquele momento.

———————— x ————————

Ao sair do pátio, Eslah tremia da cabeça aos pés. As lágrimas represadas durante aquele embate entre o coração e a razão, agora molhavam suas faces ininterruptamente.

Sem parar um instante, deixou o Instituto, regressando para casa, onde tentaria conciliar as suas ações com o que precisava conseguir junto a Hoilek.

Não tinha a menor ideia de como as coisas ficariam, porém acostumada a seguir sua intuição, enxugou as lágrimas e seguiu caminhando, sentindo algo de bom em seu peito, como a dizer-lhe: "está tudo bem! Fique tranqüila! Ele vai reagir à sacudida que sofreu".

Respirando fundo e olhando o céu azul de outono, pensou com todas as forças: "Deus, meu Pai amado, auxilia-me a ajudar Hoilek em sua recuperação. Eu o amo, mas não é por isso que estou trabalhando por ele. É porque é o certo a fazer. Sou uma serva do Teu sagrado amor. Faz com que eu tenha forças para despertar aquele que dorme, lembrando ainda uma das expressões do Mestre Jesus para nos erguer e prosseguirmos na leira".

À distância o vulto de Eslah era acompanhado por um rasgo de luz vinda daquele mesmo céu azul, fendido pelo amor do Criador, em atendimento à rogativa sincera de uma filha que se prestava a agir com total fraternidade pelos Seus outros filhos.

SOLUÇÃO INESPERADA

Hoilek chega ao consultório do doutor Nest, sendo recebido pelo médico, com surpresa por parte deste, considerando a situação que Eslah comunicou-lhe instantes antes.

- Olá Hoilek, seja bem vindo. Sente-se, por favor.

- Bom dia, doutor Nest. Eu gostaria de falar-lhe. O senhor tem algum tempo para atender-me?

- Você sabe que aqui nunca temos o tempo que precisamos, mas sempre damos um jeito. Fique à vontade. Como está se sentindo?

- Doutor Nest, eu gostaria que o senhor pudesse reavaliar o meu estado com vistas à minha liberação para retorno ao curso.

Embora não deixasse transparecer para Hoilek, o doutor Nest ficou pasmo diante da proposição, e ainda mais pela postura que ele estava assumindo ao falar.

Buscou dar um pouco mais de tempo a si mesmo, para avaliar a situação, fazendo-lhe algumas perguntas.

- Fico satisfeito por vê-lo assim tão disposto! Contudo, é preciso que os exames que precisamos realizar confirmem o seu equilíbrio emocional, independente do que você queira. Para isso, temos que dar continuidade aos procedimentos que estamos aplicando...

Hoilek o interrompe enfaticamente.

- Doutor Nest, eu estou decidido a regressar ao curso. Não vou mais ficar aqui como um desnaturado, infeliz e acabado. Eu sou um homem e tenho um trabalho a fazer. Não vou mais aceitar minhas inseguranças como desculpa para a inatividade, dando trabalho, ao invés de trabalhar. Não aceito mais essa situação em que me encontro. Para mim chega!

O doutor Nest não consegue esconder a estupefação. Quando se dá conta, está boquiaberto.

Refaz-se na cadeira, procura atinar com o pensamento e volta à conversação.

- Hoilek, o que houve? De uma hora para outra você modificou o comportamento. O que aconteceu?

Ele ficou um tanto constrangido em revelar que fora a sacudida que havia levado de Eslah a razão de sua modificação de conduta. No entanto, estava decidido a vivenciar a verdade, custasse o que custasse.

- Hoje pela manhã estava no pátio lateral do nosso pavilhão, pensativo e completamente desanimado, quando Eslah surgiu diante de mim, dizendo que faria um trabalho aqui no Instituto sobre os alunos do curso dos Legionários que estivessem em reciclagem. Como sempre, ela estava procurando animar-me e levantar a minha moral. Ela é uma pessoa magnífica! De repente, sem mais nem menos, senti uma aflição, uma revolta de ver-me naquela situação de novo diante dela, e não me contive. Soltei uma saraivada de impropérios contra mim mesmo, levantei-me, e sem despedir-me dei-lhe as costas e parti para a enfermaria, sem olhar para trás.

O doutor Nest ficava cada vez mais incrédulo com o que estava ouvindo, mas permanecia com o controle da situação. Buscava rapidamente relacionar com o que Eslah havia lhe falado sobre aquela reação, sendo que agora, com os detalhes que ela suprimira, certamente para não pintar com cores vivas a situação em que ele se encontrava.

O médico permanece em silêncio aguardando que Hoilek continuasse a narrativa, uma vez que ele não tinha a menor ideia do que havia acontecido para que ele mudasse completamente a sua postura.

Hoilek continua.

- Bem, agora vem o pior. Ou o melhor, se for pensar pelo ponto de vista do resultado.

O médico era todo ouvido.

- Ao retirar-me tinha em mente voltar para a enfermaria e enterrar a cabeça no travesseiro e ficar assim, sabe-se lá até quando.

O doutor Nest continuava a olhá-lo sem dar um pio.

Notava-se que Hoilek estava sem jeito para falar, mas estava decidido mesmo. Respirou fundo e prosseguiu.

- Enquanto caminhava para a enfermaria, pensei na minha atitude e percebi o quanto fui grosseiro com Eslah. Ela não merecia ser tratada daquela forma. Ao invés de entrar na enfermaria, dei a volta pelo pavilhão buscando um tempo para pensar o que dizer para ela. Fiquei nervoso, sem saber o que iria falar, sabe? Caminhei devagar, mas ao chegar lá onde estávamos não a vi mais. Foi aí que fiquei pior. Sentei-me no mesmo banco e a sensação foi horrível, queria morrer, se possível fosse. Senti-me tão mesquinho, tão bárbaro tendo tratado Eslah daquele jeito, que preferia sumir e nunca mais vê-la.

O médico o ouvia com atenção e ainda não conseguia juntar as partes para compreender o que se passara tendo em vista a sua mudança radical.

Hoilek deu uma pausa, buscando forças para continuar a contar para o médico a última parte do seu dilema. Aquela em que se vira confrontado com a verdade dita sem qualquer pano quente por Eslah, sua benfeitora, mas que, naquele momento usou de energia e total desprendimento para mostrar-lhe a verdade por um tratamento de choque.

- Estava lá sentado, quando Eslah retornou inesperadamente.

O doutor Nest achava que após sair do consultório Eslah havia ido embora, e somente retornaria no dia seguinte. Razão pela qual, perguntou com ênfase.

- Então, ela voltou?

- Sim.

- E aí, vocês voltaram a conversar?

- Não foi bem assim.

- Não estou entendendo Hoilek. Se ela voltou e esteve com você...

- Ela chegou e começou a falar ainda um pouco distante. Alguns passos de mim.

- Sim. E o que ela disse, afinal?

- Olha, doutor Nest, eu não me recordo de ter passado tanta vergonha como naquele momento.

- Você está conseguindo deixar-me curioso. Vamos lá homem de Deus, o que se passou?

- Ela me deu uma repreensão daquelas, em tom enérgico. Perguntou como eu poderia ter saído do jeito que saí, sem despedir-me. Que só porque ela era minha amiga eu não tinha o direito de fazer aquilo. Que eu estava enganado ao seu respeito. Que não aceitava explicação minha pelo que fiz. Disse até que poderia ser minha companheira nos Legionários, porque se interessou pela corporação. Falou que nunca me deu razão para agir daquela forma. Exigiu-me explicação por aquela atitude. Disse também que se ela não se convencesse iria embora e não retornaria mais.

O doutor Nest estava perplexo, completamente pasmo com o que ouvia de Hoilek. Só acreditava porque ele estava ali, diante dele, confessando seus sentimentos e narrando os acontecimentos de momentos antes.

Fez um breve comentário.

- Também estou surpreso com o que você está falando. Nunca soube que Eslah pudesse apresentar esse comportamento.

- Nem eu! Mas o que mais me chocou foi quando ela disse-me que por mais que lhe custasse lágrimas de saudade pela dor de perder alguém que fosse tão caro para seu coração, ela não voltaria atrás. Doutor Nest, nesse momento eu me desesperei. Implorei o seu perdão pelo meu comportamento infantil, idiota, sei lá o quê.

- Nossa!

- Mesmo com meu pedido de desculpas, ela não retrocedeu. Falou que nada que eu dissesse justificaria a minha atitude. Disse que foi até a enfermaria atrás de mim para ralhar comigo lá mesmo, mas não me encontrou. Deve ter sido na hora em que voltei pelo outro lado. Ainda bem!

- Hoilek, confesso que só acredito no que você está me dizendo porque não há razão para que você minta.

- Foi aí que ela se acalmou um pouco e falou que resolveu voltar para despedir-se com educação e pensaria em procurar outra pessoa para as entrevistas de que precisa para o seu trabalho. Caso não voltasse até amanhã era porque ela não contaria mais comigo.

O médico estava absolutamente abismado com o que estava ouvindo.

Hoilek continuou.

- Quando ela disse isso o meu mundo caiu. Pareceu que o chão faltou-me. Senti que o meu coração ia explodir. Não me contive e implorei o seu perdão. Doutor Nest, eu não sabia mais o que ia dizer. Perdi a razão. Tudo ficou turvo e confuso. Foi quando ela disse que me perdoava, mas que eu nunca mais fizesse o que fiz, porque ela não iria tolerar.

- Que situação meu amigo!

- Pois é! Convidei-a para sentar-se ao meu lado. Uhm! Não quis não! Disse que estava bem de pé.

- É mesmo?

- Foi aí que me lembrei da entrevista que ela queria fazer. Mas ela disse-me que depois do que houvera iria pensar se podia mesmo contar comigo. E voltou a falar em procurar outra pessoa que fosse mais apta que eu. Olha, doutor Nest, eu fiquei apavorado. Um sentimento de angústia tão intenso dominou-me que implorei que ela não fizesse isso. Que eu precisava muito dela.

- E ela, como reagiu?

- Foi pior! Disse-me que eu não era o único que precisava das pessoas, mas que as pessoas também podiam precisar de mim. Falou que eu agia como uma criança sem pai nem mãe. Que eu precisava ter coragem para lidar com meus problemas sem choramingar com estava fazendo. Após ter dito isso, despediu-se e foi-se embora.

O doutor Nest percebendo o efeito benéfico que a atitude de Eslah havia proporcionado em Hoilek, aproveitou o ensejo e comentou.

- É, meu amigo, agora entendo a razão da sua atitude. Você está certo! Não poderia ter outra forma de agir. Diante de uma situação dessas, a sua reação está absolutamente correta. Precisamos auxiliar para que você consolide essa determinação quanto ao seu retorno ao curso. E mais que isso, Hoilek, que possa manter essa disposição em definitivo.

- É o que quero doutor Nest. Depois disso eu não vou recuar mais. Não me importa o que tenha que passar. Vou seguir em frente, superando essa coisa que me detém os passos e faz-me prostrar numa cama como se fosse um vegetal, sem vontade, com medo e trancado em mim mesmo.

- Excelente, Hoilek! Estou muito feliz com o que você está dizendo. Vamos trabalhar para que você esteja em totais condições de retorno ao curso. A doutora Heldra e o doutor Zafir vão ficar satisfeitos em saber dessa boa notícia.

- Bem, vou aguardar que ela retorne amanhã para fazer o trabalho comigo, porém se ela não vier, eu não vou vacilar. Seguiremos com o seu planejamento para que eu possa estar totalmente recuperado. O que importa é o que ela já fez por mim: trouxe-me de novo da morte para a vida!

Os dois ainda conversaram sobre os procedimentos que deveriam ser continuados, com grandes expectativas quanto à liberação dele para o retorno ao curso.

O doutor Nest estava incrédulo pela reviravolta do caso. Com muita alegria comunicou o que ocorrera à diretora Heldra, que por sua vez, levou a boa nova ao conhecimento do doutor Zafir. Todos, em uníssono, agradeceram à Providência Divina que certamente havia atuado no caso, transformando a água em vinho numa futura boda, reunindo dois irmãos pelo amor à luz da vida.

RETOMADA DAS ATIVIDADES

No dia seguinte à ocorrência inaudita envolvendo Hoilek e Eslah, na qual esta foi decisiva para que ele pudesse deixar o estado comprometedor em que se encontrava, despertando para a vida com a determinação e vontade necessárias, vamos encontrar Hoilek mais do que ansioso, andando de um lado para o outro, na entrada da enfermaria.

Ele não conseguira pregar olhos durante toda a noite, aguardando o amanhecer, insopitado pela angústia de rever Eslah e ouvir que ela continuaria o trabalho junto a ele. Seria apenas uma entrevista, a ser realizada em um ou dois dias, mas para ele representava o sinal da sua liberdade.

Ela não disse a que horas compareceria e se realmente viria. Contudo, ele não considerava a segunda hipótese. Ela viria. É claro que viria!

O relógio marcava 07:25 e ele mal se continha. Entrava e saía, olhava o pátio sem perder de vista a entrada da enfermaria. Nada! Nada de Eslah! Pensava: "ainda é muito cedo seu estúpido! Ela deve chegar lá pelas oito. Talvez um pouco mais, quem sabe".

Enquanto Hoilek estava nesse transe, o enfermeiro de serviço comunica-lhe que o doutor Nest solicitara sua presença no pavilhão três para procedimentos clínicos.

O que ele faria? Deveria estar ali quando ela chegasse. Pensou um pouco e informou ao enfermeiro que estava aguardando uma pessoa de nome Eslah, que chegaria pela manhã à sua procura. Pediu que ele a informasse a respeito dos exames que estaria fazendo por solicitação do doutor Nest, e que, se fosse possível, ela aguardasse o seu retorno. Ele estaria de volta assim que os exames fossem concluídos. Disse ainda que lhe comunicasse que ele sentia muito não poder estar ali quando ela chegasse, mas não podia deixar de atender aos requisitos médicos.

Hoilek deixou a enfermaria com o coração na mão, pensando: "e se ela não entendesse a situação. Não, ela entenderia! Ela não era estúpida como ele vinha sendo. Mas do jeito que as coisas estavam, podia ser que ela não compreendesse".

Assim, caminhava o futuro Legionário da Cidade, olhando para trás, a cada passo que dava na direção do pavilhão três, até ser forçado a entrar em um acesso que não lhe permitia mais ver a entrada da enfermaria.

Quase correndo chega ao pavilhão designado e apresenta-se ao colaborador na entrada, sendo informado que aguardasse a chamada na sala de espera.

Ele nada podia fazer. Sentou-se e com a feição mais aflita que impaciente esperava ser atendido pelo doutor Nest.

Entregue aos seus pensamentos, cogitava: "talvez ele pudesse adiar os exames, tendo em vista saber da situação aflitiva em que se encontrava".

O relógio marcava 08:10 quando o doutor Nest autorizou sua entrada. Ele não se fez de rogado, e foi logo dizendo:

- Bom dia, doutor Nest. Eu gostaria de saber se é possível para o senhor atender-me mais tarde ou adiar os exames, talvez para amanhã, a qualquer hora. Sabe por quê? Aquela situação que lhe comuniquei ontem, sobre Eslah. Ela ficou de vir aqui na parte da manhã e estou preocupado de não me encontrar lá na enfermaria, quando ela chegar. O senhor entende? Deixei recado com o enfermeiro de serviço sobre o exame que vou fazer, mas o senhor sabe como é...

- Hoilek, pelo que você me disse, ela viria ou não. Supondo que venha, é o que esperamos, certamente vai compreender que você teve compromisso médico, e não poderia faltar. Procure ficar tranquilo, tudo vai dar certo.

Hoilek estava visivelmente alterado, e o doutor Nest percebendo o seu estado, comunicou-lhe:

- Hoilek, não temos como fazer os exames que precisamos com você desse jeito. Os sensores de campo não vão fazer os enquadramentos necessários para a identificação das projeções que precisamos avaliar. É preciso que saiba da importância de seguirmos a sequência dos procedimentos a que você será submetido, uma vez que estamos correndo contra o tempo para a sua reintegração no curso. E se tudo corresponder ao esperado, ainda tem a sua reapresentação na sede dos Legionários, com todas as providências internas que você sabe existir. Somente após tudo isso é que você partiria para a crosta, com as paradas nas estações intermediárias dos postos de socorro. Esse trâmite deve levar pelo menos de uma semana a dez dias, ou seja, o tempo que temos é exíguo para a retomada dos trabalhos no campo.

Hoilek estava a par das condições para a sua reintegração no curso. Tinha consciência de que o seu restabelecimento dependia dele, exclusivamente. Não se tratava de uma ação exterior, mas de uma reforma íntima quanto aos óbices que desde muito o limitavam e prejudicavam nas lides com o trabalho e suas demais relações.

Ele ouvia atentamente, reconhecendo que o doutor Nest estava certo, e que precisava colaborar para que tudo desse certo. Afinal, todos estavam trabalhando para que ele pudesse retornar a tempo de não perder o curso.

Não havia outro jeito a não ser aquietar-se e ajudar no que estivesse ao seu alcance.

- Desculpe-me, doutor Nest, eu me deixei levar pela aflição dela não me encontrar quando chegasse. Foi infantil de minha parte. Por favor, não me leve a mal. Eu vou me acalmar e fazer o que for preciso para que possa fazer bons exames.

- Que bom que você compreende e vai colaborar. Bem, vamos lá, então.

Hoilek permaneceu por duas horas, aproximadamente no pavilhão três fazendo os exames indispensáveis para aquele dia, sendo dispensado às 10:25.

Não é preciso dizer que saiu dali às pressas, quase tropeçando nos próprios passos, alcançando a enfermaria em um piscar de olhos.

Dirige-se ao enfermeiro de serviço e pergunta sobre Eslah. Este informa que ninguém o procurou até aquele momento.

Uma bomba caindo em sua cabeça não faria um estrago maior!

- Você tem certeza? Não saiu por algum momento e não viu que ela poderia ter estado aqui?

- Hoilek, você sabe que a portaria não pode ficar sem ninguém. E eu não me afastei daqui para lugar nenhum sem que pudesse atender a quem chegasse.

Hoilek reagia como um pugilista nocauteado. Estava desconsolado. Pensava, desiludido: "pronto, perdi a amizade de Eslah, logo agora que tudo parecia encaixar-se e começo a acreditar na minha recuperação emocional, vontade de lutar e vencer. Acho que ela desistiu de mim. Tudo por minha culpa. Mais uma vez a miséria da minha culpa, exterminando com o que de mais importante se apresenta diante dos olhos".

Atormentado e cabisbaixo entrou na enfermaria e alcançou o seu leito, estirando-se com uma amargura que parecia maior que as suas forças.

Ali se deixou ficar, sem mover-se. Apenas respirava, sem pensar em nada. Tudo ficara cinza de novo. O desalento do homem velho foi assumindo forma e tomando o terreno que até ainda há pouco parecia conquistado pela coragem do homem novo.

Ele não chorava. Esqueceu-se de como chorar. Apenas mantinha o olhar fixo no teto, sem qualquer pretensão ou ideia. Somente existia, triste e inerte.

Retornando ao dia anterior, Eslah ao chegar em casa, após a caminhada que dera desde o Instituto, falava consigo mesma: "meu querido, você não pode imaginar como está o meu coração. Como foi difícil agir desta forma".

Fazendo uma caretinha, e mordiscando o lábio inferior, diz em voz alta:

- Mas você bem que mereceu!

Ensaiou um leve sorriso, porém logo a seguir ficou séria de novo, prosseguindo em suas cogitações interiores: "amanhã vou vê-lo, mas não vai ser com sorrisos. Também não vai ser com cara feia. Não, embora mereça. Mas acho que a sua dose de reprimenda já foi o suficiente. Quem sabe ao despedir-se você ganhe um sorrisinho. Bem leve, de canto de boca. Ah! Amanhã vamos ver. Não vou pensar mais nisso. Onde é que eu fui amarrar o meu cavalo"!

No dia seguinte, às 08:00, Eslah dirige-se ao Instituto. Ao passar pela portaria principal é notificada para comparecer à direção geral.

O doutor Zafir ao ser notificado pela doutora Heldra sobre a reviravolta no caso de Hoilek pela atitude de Eslah, solicitou a Ayvla que deixasse comunicação expressa na portaria para que Eslah comparecesse em seu gabinete para uma reunião assim que chegasse no dia seguinte. Ele queria conversar com ela a respeito da estratégia surpreendente que motivara a recuperação de Hoilek, a ser comprovada pelos exames que ele seria submetido. O que ocorrera, de qualquer forma, era algo fantástico, considerando o tempo que dispunham.

Eslah foi recebida na direção geral por Ayvla.

- Oh minha querida, como tem passado?

- Estou bem Ayvla, e você?

- Ótima. Por aqui estamos sempre em ritmo acelerado, mas sob controle. Olha, o doutor Zafir precisa falar com você, no entanto foi solicitada a sua presença, ainda há pouco, na diretoria de pesquisa e desenvolvimento. Ele pediu-me para dizer-lhe que o aguardasse aqui em seu gabinete antes de prosseguir com suas atividades.

- Sem problema Ayvla. Estou mesmo precisando organizar algumas coisas, que desde a minha chegada de um trabalho externo, ainda não tive tempo. Tudo está sendo tão corrido que às vezes acho que vou encontrar comigo mesma aqui e ali.

Ambas sorriem e Eslah é encaminhada para o gabinete do diretor geral, aproveitando o tempo para fazer seus apontamentos, preparando o "trabalho" que apresentaria a Hoilek, porque ainda não tinha conseguido desenvolver um projeto que justificasse a sua pesquisa junto a ele, com o tema proposto.

Entregue à tarefa não se deu conta das horas, além do fato do doutor Zafir estar, da mesma forma, entretido em atendimento em uma ocorrência de falha ininterrupta de um protótipo de sistema de prospecção morfogenética, em fase de teste.

O diretor geral retorna ao seu gabinete por volta das 09:30, desculpando-se com Eslah pelo ocorrido.

- Infelizmente não pude estar aqui para recebê-la. Ayvla explicou-lhe o motivo, não é?

- Sim, doutor Zafir. Está tudo bem. Aproveitei para fazer uns apontamentos quanto ao que vou conversar com Hoilek daqui a pouco.

- É sobre isso que eu quero falar-lhe. Soube a respeito do que aconteceu ontem entre vocês, e confesso que fiquei surpreendido, para melhor, com a ocorrência! O que você aprontou mocinha?

Eslah dá um sorrisinho maroto e responde.

- Doutor, eu não sei bem explicar o que aconteceu. Só sei que o repreendi. Uma sacudida, sabe? Não premeditei nada, mas...

- Existem coisas que só Deus explica.

- Eu não sei como ele está. Vou saber daqui a pouco. Contudo, ontem, ah! Alguma coisa mexeu por dentro dele, porque reagiu de uma forma que eu nunca tinha visto antes.

- Eslah, a sua presença na vida dele é uma referência que ele próprio ainda não consegue perceber, em função dos problemas que sofreu em experiências que vivenciou no passado, nas quais você participou ativamente, no sentido de suporte e proteção.

- Quando é que afinal ele vai despertar para ter maior consciência a esse respeito?

- Como já lhe expliquei, somos universos infinitesimais, catalogando pelas experiências o arcabouço da individualidade imortal. Neste caminho de aperfeiçoamento vão existir esquinas, ocultando temporariamente o que se encontra aquém e além do ponto em que nos situamos na trajetória pessoal e intransferível da evolução.

- Compreendo doutor. É por isso que não adianta forçar uma situação, enquanto ela não se resolver por si mesma, não é isso?

- Sim. Cada um tem o seu próprio tempo de despertar. Por mais que digamos ou mostremos uma solução a uma pessoa, ela somente a considerará válida quando raciocinar pelo que disponha de informação vivenciada e nunca pela referência das práticas do outros.

- Eu preparei um modelo de trabalho para apresentar a Hoilek, tipo uma enquete sobre a reciclagem na visão do aluno, com suas perspectivas quanto ao regresso, considerando insegurança e readaptação, coisas assim. Acho que está bom para que eu esteja próximo dele, porém considerando o tempo mínimo que dispomos, até quando vou poder atuar junto a ele? Os exames foram iniciados? Já existe algum indicativo?

O doutor Zafir passa a descrever os procedimentos que estavam sendo levados a efeito para a aferição do equilíbrio emocional de Hoilek, assim como da conversa que ele tivera com o doutor Nest no dia anterior, logo após a sua partida.

Ela fica surpreendida com o que ouve e se enche de contentamento pelo resultado, que não supunha pudesse ter sido tão positivo.

Lembrou-se que havia dito a Hoilek que pensaria em voltar ou não, pela manhã, e confere as horas.

- Doutor Zafir, já são 10:30! Eu disse a ele que poderia não voltar mais para fazer o trabalho. A essas horas ele já deve estar desesperado! Desculpe-me, mas acho melhor eu ir vê-lo. Do jeito que ele é, vai que põe tudo a perder de novo!

- Você está certa minha filha. Vá e após a reunião com ele traga-me boas notícias. Tenha um bom trabalho.

Eslah sai do gabinete do diretor geral e parte para a enfermaria onde estava Hoilek. Ao chegar, pergunta por ele ao enfermeiro de serviço, o qual lhe informa que Hoilek acabara de entrar e estava em seu leito.

Ao identificar-se o enfermeiro percebe tratar-se da pessoa que Hoilek estava aguardando. Dá um sorriso e diz:

- Ah, então é você que o nosso amigo estava aguardando. Por favor, espere aqui que vamos informar a sua chegada.

Ao receber a informação, Hoilek salta da cama como um gato, dirigindo-se imediatamente para a portaria.

Lá chegando, encontra Eslah sentada no banco de espera, fazendo apontamentos em uma papelada que trazia consigo.

Ele para, indeciso, sem saber o que dizer.

Ela ainda não tinha percebido a sua presença.

Ele resolve indicar a sua chegada, mas antes observa os seus traços. Algo chama a sua atenção: o prendedor de cabelo em forma de pequena borboleta que ela usava. Como um "déjà vu", fica por alguns instantes sem saber de onde já vira aquela cena. Eslah levanta a cabeça e o vê de pé, olhando para ela como se fosse uma estátua.

Mantendo seriedade e um certo rigor no tom de voz, fala-lhe:

- Bom dia, Hoilek.

- Bom dia, Eslah.

- Em resposta ao que conversamos ontem, estou aqui para dar prosseguimento ao trabalho que fui incumbida pelos Legionários em parceria com o Instituto. Gostaria de iniciar o trabalho em local que pudesse fazer minhas anotações. Pensei na sala contígua ao auditório ou na varanda, tanto faz.

- Tudo bem. Podemos ir para lá.

Ela levanta-se e ambos partem para o auditório, onde buscam na ampla varanda com vista para esplendoroso jardim o local para a entrevista.

Eslah toma a iniciativa e faz uma explanação sobre o trabalho, o qual deveria conter informações sobre o processo de reciclagem de alunos que necessitavam de apoio psicológico durante o curso dos Legionários.

Em momento algum sorriu ou demonstrou qualquer intimidade com Hoilek, fazendo-o crer que a relação dos dois passara a ser estritamente técnica, tendo em vista o serviço em pauta.

As perguntas eram feitas de forma direta e Hoilek as respondia, de início, um tanto acabrunhado, mas aos poucos foi se soltando até ficar mais descontraído, o que favoreceu o trabalho.

Eslah percebeu que a proposta daquele trabalho realmente poderia ser útil para compor um projeto que não somente auxiliasse na recuperação dos alunos, mas pudesse ser utilizado no próprio curso, inserido como conteúdo das aulas de apoio psicológico e nas simulações dos exercícios de campo. Isso contribuiria para evitar o afastamento para reciclagem e, consequentemente, reduziria o número de reprovações, melhorando a eficiência dos alunos.

Permaneceram em reunião durante todo o dia, somente interrompendo para a refeição, o que possibilitou a conclusão do trabalho no final da tarde.

Em momento algum Eslah tocou no assunto do entrave do dia anterior, nem deu oportunidade para que ele o fizesse, mantendo o assunto sempre voltado para o conteúdo da entrevista.

- Hoilek, acho que já tenho o suficiente para dar continuidade no escritório, sem a necessidade de mais entrevistas. Com esse material vou poder desenvolver um trabalho profícuo visando melhorar a eficiência dos alunos no curso para a formação de Legionários.

- Pensei que fôssemos nos ver outras vezes.

- Não vai ser necessário. Se for o caso, eu lhe procuro. Aliás, você já se decidiu quanto ao que vai fazer de sua vida? Não que isso me interesse, mas ontem você estava determinado a desistir do curso. Estou perguntando só por curiosidade. Responda se achar que deve.

- Não, tudo bem. Fique à vontade para perguntar o que quiser. Olha, eu decidi que vou continuar o curso. Todos aqui no Instituto, nos Legionários e, permita-me falar assim, você também tem me auxiliado de todas as formas para que eu possa recuperar-me emocionalmente e concluir o curso. O mínimo que eu posso fazer é terminar esse trabalho e tornar-me um Legionário.

Eslah ouvia com atenção, sem interrompê-lo, não demonstrando muito interesse no que ele dizia, apesar da ansiedade que lhe dominava a alma.

- Se eu for aprovado nos exames aqui no Instituto, dentro de dez dias, mais ou menos, já devo estar de volta para a conclusão da quarta fase do curso. Bem, você sabe que a quinta e última fase não admite reciclagem, além de virmos para a sede somente uma vez, por uma semana. Assim, provavelmente, não poderei mais estar com você. Quero dizer, conversar com você.

Eslah mal conseguia sustentar-se, ouvindo o que ele dizia sem olhar para ele. Não podia trair-se e demonstrar afeto, ou poderia colocar tudo a perder em favor de sua recuperação.

- Quero aproveitar a oportunidade e dizer-lhe que apesar de ter feito muitos amigos aqui no Instituto e nos Legionários, você é a pessoa que mais considero. Não tenho palavras para dizer o quanto você é importante para mim. Muito obrigado por tudo o que você tem feito pela minha recuperação. Já é a terceira vez que você está ao meu lado contribuindo para que eu possa reequilibrar-me emocionalmente. Aos médicos e todo o pessoal lá dos Legionários eu devo tudo isso, porém a você eu devo a minha vida!

Eslah mal conseguia respirar. As lágrimas insistiam em rolar pelas suas faces ruborizadas pela emoção, mas a sua força moral as impedia de atender ao princípio gravitacional.

Ela levanta-se e vira de costas para ele, em silêncio, passando as mãos pelos cabelos e no rosto, sem dar a perceber que enxugava os olhos.

Permaneceu assim por alguns instantes e disse, ainda de costas para ele, pois, se o olhasse de frente poderia ser traída pela emoção.

- É um exagero de sua parte pensar assim. Deus é o nosso sustento. Eu sou somente uma pessoa que buscou trabalhar fraternalmente. Só isso.

Fez pequena pausa para engolir a seco a emoção que insistia em dominar-lhe as ações.

- Não nego a minha amizade por você e quero vê-lo formado no final do ano que vem, com todas as honras que merece, como todos os demais alunos.

- Se você conseguir terminar o seu trabalho sem mais entrevistas e eu obtiver aprovação nos exames, podendo voltar ao curso dentro do prazo, somente poderei ver você de novo dentro de um ano. Por favor, peço que me compreenda. Digo isso, considerando o bem que você me faz. Gosto muito de conversar com você.

Reunindo todas as forças que ainda lhe restavam, Eslah vira-se para ele, sem dirigir-lhe o olhar e diz:

- Agradeço a sua sinceridade e quero que saiba que também tenho por você um terno sentimento. E que sentirei a sua falta. Mas tudo passa. Logo, logo chegará a formatura e você conseguirá vencer esse desafio. É o que todos nós esperamos de você, meu amigo.

Ele levanta-se e com um quase sorriso agradece, sendo retribuído com um sorrisinho de canto de boca, bem próprio de Eslah.

Ele estende-lhe a mão e ela o cumprimenta. Sem se conter, pois já não suportava mais, ela o abraça como nunca o fizera, e sem dizer mais nada se separa dele, desviando o olhar e dizendo, ao passo que se afastava, partindo:

- Adeus Hoilek. Estaremos aqui sempre que precisar. Nunca deixe de lutar! Seja feliz!

Ele tomou um choque entre o aperto de mão, o abraço e a despedida abrupta. Tudo foi tão rápido que não lhe deu tempo para dizer nada.

Permaneceu de pé na varanda, vendo mais uma vez aquele vulto distanciando-se até desaparecer ao ultrapassar os limites do jardim.

Eslah deixa o Instituto rapidamente, e enquanto estava no seu interior controlou-se ao máximo para não permitir que o choro denunciasse suas emoções. Contudo ao cruzar a portaria principal, alcançando a rua, chorou intensamente, sem parar de caminhar. Queria voltar lá e dizer que o amava, mas não podia. Tinha que ajudá-lo a reerguer-se, e para isso precisava renunciar ao seu amor. Ele precisava acreditar em si mesmo, e essa fora a solução que a vida lhe apresentara, assumindo aquele comportamento inesperado e que dera resultado. Não podia arriscar perder o que conseguira, nem que para isso amargasse a dor de uma separação por tanto tempo.

Mais uma vez prosseguiu a pé até em casa, onde chorou ainda por muito tempo, até que o cansaço a dominou e entregou-se ao sono reparador.

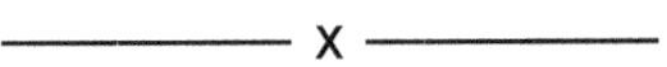

Após a partida de Eslah, Hoilek retorna para a enfermaria, e meio triste, embora firme em seu propósito de retornar ao curso, dá prosseguimento aos exames com a equipe médica, cujos resultados mostraram a sua recuperação, permitindo apresentar-se na sede dos Legionários dentro do prazo estipulado.

O seu retorno ao campo seguiu os trâmites normais e a sua turma conseguiu terminar a quarta fase do curso sem maiores problemas, a não ser ocorrências normais e esperadas para aquele tipo de trabalho.

No Instituto toda a equipe médica ficou satisfeita com o retorno de Hoilek, consciente de que tudo fora feito para que ele pudesse prosseguir e concluir o curso.

Eslah, da mesma forma, continuou o seu trabalho na equipe de comunicação da Organização em que prestava serviço. Todavia mais uma vez aproximou-se dos Legionários, apresentando o seu trabalho ao comandante Atílio, em reunião exclusiva para essa finalidade, com a presença do doutor Zafir.

O comando da corporação já a via com outros olhos, e mesmo sem revelar que ela havia sido uma Legionária no passado, por orientação do doutor Zafir, passou a ser convidada frequentemente para compor equipes de trabalho interno e organizacional.

Tejany fora consultada por Eslah quanto à possibilidade de passar a prestar serviço diretamente na sede dos Legionários, apesar de gostar muito do seu trabalho junto a ela, mas parecia que o destino a estava tocando para esse novo desafio.

Tejany deu-lhe autorização para desenvolver suas atividades na sede dos Legionários, e sempre que precisasse dela entraria em contato, buscando conciliar o serviço em ambas as Organizações, até que no futuro Eslah pudesse decidir quanto ao melhor caminho a seguir.

É preferível caminhar em segurança a correr com risco; da mesma forma que é mais prudente permanecer parado do que caminhar para o abismo.

SEGUNDA MISSÃO EXTERNA

Os trabalhos que Eslah passou a desenvolver na sede dos Legionários caíram como uma luva para ela. Ao mesmo tempo em que se integrava com os serviços, podia ter informações atualizadas sobre Hoilek. Mesmo sem poder estar com ele, acompanhava os seus passos pelo que conseguia apurar. Através de preces e bons pensamentos ela o envolvia sempre com sentimento de incentivo para que ele superasse as dificuldades.

O seu desenvolvimento saltava aos olhos, ao ponto de despertar a atenção do comando geral quanto à possibilidade de reintegração de Eslah na corporação, a partir da atualização de procedimentos e técnicas utilizados. Quanto à estrutura e serviços ela tinha pleno conhecimento pelos trabalhos realizados, além do estágio e atuação em campo como um membro ativo dos Legionários, embora para uma tarefa específica.

Assim considerando, após uma reunião do doutor Zafir com o comandante Atílio foi decidido ser aquele o melhor momento para a revelação de que Eslah havia sido uma Legionária no passado. Para tal, ela foi convocada para uma reunião no comando geral, com a presença da supervisão do setor em que prestava serviço.

Após os cumprimentos, o comandante Atílio faz uso da palavra.

- Eslah, temos acompanhado o seu serviço aqui na corporação, e é notória a sua capacidade e desempenho nas tarefas sob sua responsabilidade. Sabemos dos serviços que você realizou envolvendo a corporação e da sua atuação com a equipe de campo na crosta para a efetivação do resgate de sua mãe, em complexo processo obsessivo.

Eslah prestava total atenção em tudo o que ouvia.

- Não é preciso dizer que estamos muito satisfeitos com o seu trabalho junto a nós, e gostaríamos muito que você pudesse dedicar-se integralmente a ele. É claro que para isso, você deverá desligar-se dos serviços que atualmente ainda realiza na área de comunicação da Cidade.

Eslah nem piscava os olhos.

- O que vou comunicar-lhe agora não deve ser do seu conhecimento. Quero dizer, de sua lembrança. Você em épocas passadas já foi uma Legionária.

Eslah estava confusa e por mais que tentasse compreender o que estava ouvindo, não conseguia de pronto assimilar a informação.

- Desculpe-me ser tão direto, mas o doutor Zafir nos deixou à vontade para comentar com você a esse respeito.

- Doutor Zafir?

- Sim. Ele considerou que o melhor momento para que você soubesse a esse respeito e pudesse reintegrar-se à corporação seria agora. E nós concordamos plenamente com ele, visto que o seu trabalho preenche todos os requisitos operacionais e técnicos exigidos.

- Mas eu não tenho lembrança dessa fase da minha vida. É verdade que me sinto à vontade e gosto muito do trabalho aqui, mas daí a ver-me como uma Legionária é outra coisa. Neste caso, como poderia corresponder aos procedimentos, na prática?

- Além da nítida aptidão que você demonstra espontaneamente, vamos poder contar com o concurso do Instituto quanto ao despertamento dos aspectos fundamentais da sua memória no que se relaciona à vivência na corporação, tendo em vista as técnicas para auxiliar a sua reintegração. Os trabalhos que você tem feito e que doravante continuará a fazer virão a consolidar os conhecimentos que lhe faltam. Acreditamos que o seu desenvolvimento será natural e não apresentará qualquer problema de adaptação para a continuidade dos serviços.

- Senhor comandante, sinto-me lisonjeada pela atenção a mim dispensada e se o senhor e o doutor Zafir estão de acordo quanto a esse projeto, não me resta outra opção a não ser aceitar de bom grado a oportunidade de servir, quer dizer, voltar a servir a essa egrégia corporação.

- Após a realização dos procedimentos no Instituto, e a confirmar-se o que o doutor Zafir acredita tornar possível sem maiores complicações, vamos encaminhar uma solicitação à administração central, referente à sua reintegração. Nesta oportunidade, você deverá desligar-se da Organização que atualmente presta serviço.

- Será feito conforme a sua orientação comandante Atílio.

O comandante levanta-se e aperta a mão de Eslah, como gesto de cordialidade e aprovação do seu processo de reintegração, retirando-se em seguida.

Os demais permanecem por mais algum tempo acertando os detalhes do processo de reintegração, considerando todos os trâmites necessários para tal, além dos procedimentos que estaria assimilando gradativamente. Esperava-se que dentro de um ano ela poderia estar apta à prestação normal de serviço, oficializando-se a sua reintegração, ou seja, coincidindo com a formatura da nova turma de Legionários, a que Hoilek fazia parte.

A segunda missão externa consistia a quinta fase do curso, cujo conteúdo determinava incursões em quatro níveis dimensionais: duas regiões subcrostais, crosta e regiões intermediárias. Nelas, os alunos participam de serviços considerando estratégias de monitoramento, abordagem, resgate, desmagnetização de séquitos maléficos, custódia, esclarecimento e encaminhamento de entidades, de acordo com os níveis de acesso permitidos pelas leis divinas e pelas possibilidades que as oportunidades oferecem.

Um dos trabalhos mais árduos é a sustentação de níveis vibratórios nos locais das atividades, podendo chegar ao quase esgotamento fluídico dos trabalhadores, mesmo atuando em regime de permuta.

Uma característica de alguns trabalhos específicos realizados nas dimensões subcrostais refere-se à necessidade de camuflagem da identidade dos Legionários, ou seja, a densificação do corpo para se fazerem passar pelos habitantes dessas plagas inóspitas, além da personificação como entidades semelhantes pela utilização de trajes e demais adereços peculiares e característicos. Constitui, em suma, o uso de uma fantasia para se infiltrarem nos antros onde as trevas imperam; o que seus principais costumam designar como "seus domínios".

Os alunos não assumem essas formatações, nem participam da coordenação dos serviços, porém monitoram e até certo ponto, penetram nas periferias dos núcleos infestados de miasmas contaminantes por correspondência fluídica.

Mesmo os Legionários recém formados não atuam diretamente nesses locais. Somente com o tempo e as muitas experiências, pela participação em missões correlatas, é que paulatinamente vão atuando de forma mais direta, até se encontrarem adestrados para não serem descobertos e consequentemente alvo de ataques cuja morbidez é bem relevante.

Os pontos de referência para os contatos nesses ambientes são demarcados por cartas de localização, que pela transitoriedade dos grupamentos precisam ser permanentemente atualizadas através de engenhosos equipamentos de espectrografia. Neles, os deslocamentos das massas são registrados e acompanhados pelo comando das equipes, as quais supervisionam os caracteres fluídicos dos integrantes pela reciprocidade vibratória, invariavelmente baixa.

Os serviços são diversificados, mas concentram-se em dissipar movimentos mais expressivos voltados a cometimentos de emboscadas e ciladas políticas; tendenciosidade à beligerância; incitação à promiscuidade pelo consumo de drogas lícitas e ilícitas; conflagração partidária de toda espécie; perturbação da lei e da ordem em atentados de qualquer natureza; badernas e tumultos generalizados por variadas causas; turbulências econômicas por ações delituosas; produção e tráfico de entorpecentes; insinuação a permissividades e prostituição, e uma das mais problemáticas atividades desses irmãos desventurados, que é a semeadura da discórdia e da dúvida, da prepotência e desfaçatez, do orgulho e da vaidade, da crítica e do julgamento, da impaciência e da cólera no seio das religiões.

Esses são os principais aspectos dos mais explorados pelas hostes que vibram em trevas, habitando desde os abismos até as regiões intermediárias, com nuances que variam em intensidade pelos objetivos estabelecidos pelas suas lideranças, que são poucas, mas projetam-se em posições subalternas e postos de comando decrescentes até atingirem as massas de manobra, mais conhecidas pelos encarnados na crosta como diabos e demônios.

Neste cenário vamos encontrar uma das equipes em que se encontrava Hoilek, atuando no monitoramento e sustentação fluídica para neutralizar um ataque orquestrado a uma organização político partidária buscando conflitar aspectos de ordem nacionalista com interesses de grupos reacionários visando o retorno ao despotismo.

- Alair, como estão os níveis de saturação fluídica?

- Ainda dentro do padrão, mas crescendo, quase atingindo a faixa de segurança. A malta está envolvendo as duas representações políticas para conflito iminente. É preocupante, Hoilek. Acho prudente alertarmos Rosiel.

- Está certo. Continue o monitoramento. Vou levar essa informação para ele.

O supervisor Rosiel era o responsável pela equipe que se encontrava atuando para sustentar os ânimos dos presentes em um comício realizado em praça pública, com fortes indícios de manipulação da classe dominante formada por banqueiros e industriais, cujos interesses sobrepujavam as necessidades sociais, sustentando suas representações no poder.

- Rosiel, estou vindo do posto de monitoramento. Detetamos crescimento do nível de saturação fluídica. Achamos conveniente a adoção de medidas protetivas. O que você acha?

- Hoilek, estamos em quanto?

- Alair informou que estamos alcançando o fim da faixa de segurança.

- Tudo bem. Acione o pessoal da barometria. Peça para iniciarem os procedimentos de dispersão.

- Mas o tempo está limpo!

- Não importa. Os procedimentos para dispersão incluem providências por parte dos Elementais. Eles prescindem das aparentes condições do tempo. Por isso, vamos atuar na intensificação de fluidos sonurnos. Vão ajudar até que a ventania chegue.

- Tudo bem. Estou a caminho.

Esses serviços são rotineiros na agenda dos Legionários, sempre buscando apaziguar os ímpetos de discórdia e elevação da força acima da razão, principalmente por tratar-se de ações orquestradas por forças trevosas para o alcance de seus sinistros objetivos.

Em outra oportunidade Hoilek juntamente com os demais membros da equipe foram encurralados em uma região com predomínio das sombras, revelada pela deteção de alteração vibrátil do grupo, individual ou coletivamente. Embora não sofressem retaliações, foi uma experiência marcante e comovente.

A equipe estava aguardando o retorno de dois Legionários, sob o comando de Lízias, que haviam descido por uma estreita fenda em uma escarpa que conduzia a uma furna. Lá se concentrava o núcleo de comando para investidas em uma instituição religiosa com influência junto a um mandatário do governo da província em que trabalhava.

Os três tardavam a chegar, quando inadvertidamente alguns membros da equipe reclamaram do calor intenso e da dificuldade de respirar (nesta fase os alunos não mais utilizavam respiradores portáteis), manifestando impaciência. Foi o suficiente para alarmar as sentinelas que se encontravam nas imediações do penhasco.

O supervisor Ruiz imediatamente repreendeu a equipe e ordenou a cobertura com os escudos, além de manifestação conjunta de concentração na mãe Terra e liberação do "piloto assíncrono" (espécie de contramedidas para desviar o fulcro das emissões detetadas, constituído por material diluível pela condensação fluídica local em curtíssimo prazo; na ordem de minutos).

Essas providências eram padrão para despistar a existência e localização das equipes de Legionários, também conhecidos pelos que lá habitam como "salvacionistas" ou "intrometidos da luz".

As sentinelas se aproximaram da equipe, em guarda e afinada com o comando recebido pela supervisão, mas não conseguiram localizá-la, atribuindo a ocorrência a um alarme falso.

O registro que ficou caracterizado como comovente deveu-se pelo fato das sentinelas, que eram cinco entidades de aspecto grotesco e enormes, trajando vestes sujas e empapadas por um líquido parecendo sangue, terem à mão uma espécie de cordoalha metálica, com pontas, ligadas aos pescoços de animais, cuja forma era indescritível. Não eram cães ou seres humanos, mas uma metamorfose, dessas espécies. O aspecto geral era horripilante e os alunos tiveram que manter a concentração, apesar das imagens serem repugnantes.

Tudo isso fazia parte do treinamento para o exercício da concentração e isenção de consórcio emocional com realidades chocantes e controversas, as quais nessas regiões são consideradas comuns. A zoantropia degradante, por hipnose ou monoideísmo, vai carcomendo o corpo e degradando-o em níveis inconcebíveis para os leigos, podendo alcançar a inexpressão da vida pela anatomia conhecida nos reinos da natureza.

O grupo supervisionado por Ruiz teve que aguardar mais tempo que o previsto para o retorno de Lízias e os outros dois Legionários. Ao chegarem, informaram que o atraso se deu em função de alarme que as sentinelas emitiram pela possível presença de intrusos. Isso fez com que a equipe mantivesse a posição, oculta e imóvel, até que o risco de identificação passasse. Por fim, consideraram alarme falso.

Essas ocorrências não eram comuns, mas não de todo impossíveis. As condições adversas propiciavam comportamento inadequado para quem não tivesse experiência, acarretando situações complicadas e até comprometedoras da missão. A atuação da supervisão era decisiva para que os problemas fossem contornados e os trabalhos pudessem prosseguir sem solução de continuidade.

Em reunião no acampamento com toda a equipe presente, Lízias revela o planejamento das entidades quanto ao nefasto propósito de influenciar a direção de um núcleo religioso com vistas a facilitar a cisão do prelado com o seu superior da região, cuja província encontrava-se subordinada. Isso enfraqueceria o poder decisório junto ao governo, *f*acilitando a permuta do líder regional, atendendo às intenções menos dignas de prelado, facilitando sua ascensão.

Lízias fez abordagem sobre o ocorrido, sem apontar culpados ou responsáveis. Todavia, descreveu a ocorrência passo a passo, explicando as razões que levaram as sentinelas a perceberem a variação das vibrações, sentidas pelos que se encontravam detidos pelas correntes como se animais fossem.

———————— X ————————

Todas as tarefas sempre eram registradas, com atribuição de mérito e demais observações relevantes, individual e coletivamente.

Os alunos passaram todo aquele ano desenvolvendo habilidades que mais tarde fariam a diferença entre ser bem ou mal sucedido nas missões a eles atribuídas. Nenhuma ocorrência vitimou qualquer aluno. Todos foram aprovados em seus serviços, com os devidos apontamentos que os caracterizavam, mas sem nenhum indício reprovativo.

Ao término do período a ansiedade tomou conta de todos os alunos. Não havia quem não aguardasse a informação da viagem de retorno para a Cidade com a data para a formatura. Cada qual se mantinha dentro do seu perfil, mas não escondia a inquietação quanto à data para coroar o término do curso.

Foi nesse clima que Lízias reuniu toda a equipe e notificou o encerramento das atividades da quinta fase do curso, e que o retorno para a Cidade seria realizado em três dias.

A alegria foi contagiante. Muitos "hurras" foram bradados entre abraços e lágrimas de contentamento dando testemunho da conquista que aqueles alunos tinham obtido em quase cinco anos e meio, desde a reunião no pátio da sede dos Legionários, quando ouviram a saudação do comandante geral, dando-lhes boas vindas e desejando-lhes força e coragem para que alcançassem com sucesso o término do curso.

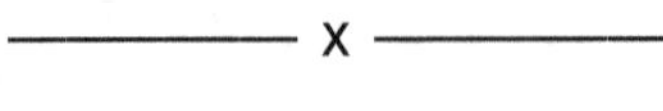

Após a reunião que tivera com o comandante Atílio, quando fora notificada que em épocas passadas já estivera na corporação, e que no Instituto receberia auxílio para recuperar a memória dessa fase de sua vida, Eslah compareceu àquela Organização e recebeu o atendimento preciso para que pudesse rememorar os pontos básicos referentes à sua experiência nos Legionários.

Não precisou permanecer internada, pois as atividades não exigiam qualquer ingestão de substâncias ou procedimentos invasivos. Eram realizados com a utilização de técnicas de indução retroativa no corpo mental, acionando os enlaces existenciais superpostos pelas frequências características.

Semanalmente Eslah comparecia ao Instituto, e por aproximadamente duas horas fazia o tratamento, que teve a duração de três meses.

Isso fez com que as lembranças dos procedimentos e técnicas aprendidas no passado pudessem ser reabsorvidas no consciente, atualizando paulatinamente sua compreensão do processo dinâmico do aprendizado. Contudo, não foram somente os conhecimentos que vieram à tona, mas um perfil que Eslah apresentava somente a "casca". Essa terapia para recobrar a memória das experiências passadas relacionadas com o seu trabalho nos Legionários propiciou o preenchimento do perfil que já era decidido, passando a ser decisivo no seu modo de ser.

Descobrira que o nome Aslet fora o que tinha na época em que esteve ligada aos Legionários, confirmando o que o doutor Zafir havia dito sobre oportunamente ela vir a conhecer a procedência do seu nome.

Após o término da terapia, Eslah dirige-se à Organização que ainda encontrava-se ligada, e solicita seu desligamento, o que já era esperado, tendo em vista os entendimentos que tivera com Tejany a esse respeito.

—————— X ——————

Durante toda a quinta fase do curso Eslah permaneceu mais do que ativa na sede dos Legionários, exercendo vários serviços ligados à gestão e controle de atividades, além de tarefas de auxílio direto à supervisão na área de Inteligência.

Na semana em que os alunos estiveram na Cidade ela não procurou Hoilek, contentando-se em saber notícias suas, além de dar uma espiadela nele quando se encontrava no pátio conversando em grupo.

Preferiu manter-se afastada para não comprometer a sua determinação em prosseguir por conta própria. Estratégia acertada, pois Hoilek não apresentou qualquer problema que viesse a perturbá-lo além do esperado para todos os alunos.

Dessa forma, concluiu-se a quinta fase do curso dos Legionários. Entretanto, uma novidade os aguardava na sede, quando todos estavam perfilados no pátio, à espera do comandante geral e dos parabéns e outras saudações de felicitações apropriadas para eventos festivos e comemorativos.

Tudo parecia festa, mas não era!

PROVA DE FOGO

A impaciência era denotada nas expressões e cochichos dos alunos no grande pátio. Apesar de perfilados, a ansiedade não permitia que permanecessem em silêncio. Uns falavam com os que estavam à frente, outros com os que estavam ao lado, enfim, o zum-zum-zum era notório.

Em determinado momento, todos ouviram um comando para silenciar. O comandante geral e vários supervisores chegaram e tomaram seus lugares no segundo pavimento da galeria que dava para frente do pátio.

O comandante Atílio saudou e parabenizou a todos pela conclusão da quinta fase do curso dos Legionários.

Até aí, somente sorrisos e lágrimas se faziam perceber em meio aos alunos, por si mesmos, sentindo-se Legionários.

Entretanto, após algumas considerações referentes ao trabalho por eles realizado, enaltecendo o esforço empreendido para que até ali pudessem chegar, o comandante geral comunicou que apesar dos alunos terem concluído a quinta fase do curso, haveriam de cumprir uma última etapa, a qual era denominada "Prova de Fogo".

Ao silêncio que já era total, acrescentou-se a expressão gélida em todos os rostos, até ali sorridentes e confiantes, mas agora apreensivos e exultantes. "Afinal, o que seria isso"? Pensavam, sem exceção. Nunca lhes fora dito nada a esse respeito. Não tinham a menor ideia do que representava a tal prova. "Seria teórica, ou prática, ou as duas"?

O comandante Atílio continuou a explanação.

- Senhores, essa última etapa não foi revelada a ninguém, pois trata-se de um procedimento interno da corporação. Aqueles que alcançam o término da quinta fase do curso deverão apresentar resultado satisfatório em tarefas que foram apontadas em seu transcorrer, como desafio ao seu equilíbrio emocional e atitudes correspondentes às premissas fundamentais da função de Legionário.

Os alunos até então mudos e preocupados, passaram a exprimir aflição e nervosismo, quase todos baixando a cabeça e pensando nas situações que os levaram à reciclagem e outras reações negativas no desenvolvimento das tarefas, exercícios e missões. A angústia tomou conta do grupo, que mal se mantinha de pé.

O comandante continuou a sua fala.

- O motivo pelo qual essa revelação somente é feita após a última fase do curso é para que o aluno possa demonstrar retidão quanto às respostas teóricas e práticas, estas principalmente. Não serão realizadas simulações, mas a exposição direta naquilo em que mais tiveram dificuldade. Os trabalhos podem ser coletivos, mas a avaliação será individual, determinando a aprovação final do aluno. A supervisão permanecerá ao lado de cada um, sem, no entanto, interferir em suas decisões e atuações. Os resultados ficarão por conta do aluno.

O comandante fez um intervalo para a assimilação do que estava dizendo, e continuou.

- Esta etapa terá duração aproximada de seis meses. Os senhores serão comunicados quanto ao início e término, além do escopo de cada trabalho, visando a sua aprovação final como Legionário.

O comandante Atílio encerra a sua fala e retira-se com os demais supervisores.

Os alunos passam a receber as orientações para o que lhes competia fazer e partem para os alojamentos.

Nem um pio se ouvia. Somente os passos meio que vacilantes mediante a preocupante revelação.

Eles esperavam uma festa e receberam o comunicado de mais um desafio. Pelo jeito o pior!

Essa estratégia do comando geral dos Legionários implica em garantir o autocontrole em padrões elevados, que não ponham em risco a integridade dos Legionários, das pessoas envolvidas e do comprometimento das missões, como um todo.

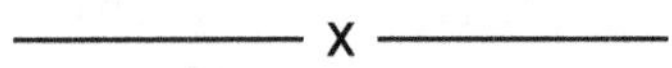

Eslah soube do que aconteceria, e imediatamente preocupou-se com Hoilek, pois ele havia feito duas reciclagens, embora, houvesse se recuperado e concluído a quinta fase sem problemas. De qualquer forma, ela ficou preocupada.

Pensou em ir até o Instituto e conversar com o doutor Nest, mas abandonou a ideia. Precisava acreditar em Hoilek. Ele não era diferente dos outros. Tinha que demonstrar aptidão e correspondência com os requisitos operacionais da corporação. Sem isso não poderia ser um Legionário. As responsabilidades são muito grandes, uma vez que não há como negociar com o erro por incompetência.

Manteve-se atenta aos seus deveres e deixou que o tempo passasse. A cada dia parecia se encontrar mais com as suas funções. À memória iam surgindo velhas experiências, de forma que conseguia atuar com eficiência diante das atribuições sob sua responsabilidade, conquistando a simpatia de todos os colegas e supervisores.

Os preparativos para a Prova de Fogo consumiram uma semana, entre a divisão das equipes, disponibilidade dos equipamentos e a logística para traslado e manutenção pelo período dos exercícios e provas.

Os grupos foram dispersos, isto é, não contaram com os integrantes que os compunham anteriormente. Durante as cinco fases do curso, as equipes, de um modo geral, mantinham a mesma formação. Isto auxiliava os alunos quanto à segurança emocional diante dos desafios que se configuravam dia após dia.

Agora eles não contariam com os mesmos colegas, nem com os mesmos supervisores e instrutores. Essa miscelânea era intencional e procurava provar os alunos em condições normais de atuação sem coberturas, como até então ocorria. Esse era o discurso da supervisão, mas na prática os alunos não eram deixados por conta própria como lhes fora dito. Essa estratégia buscava fazê-los pensar que estavam sem a proteção que sempre contavam, justamente para que soubessem safar-se das situações críticas que, na prática, haveriam de encontrar.

No transcorrer da semana dos preparativos, durante uma rotina de inspeção de equipamentos, Hoilek entrou no salão e viu Eslah conversando com o encarregado da manutenção. Ele sabia que ela estivera por lá fazendo o estágio para atuar no episódio do desencarne de sua mãe, mas não tinha qualquer ideia quanto à sua posição atual na corporação. Eslah não utilizava o uniforme dos Legionários, devido ainda não ter sido oficialmente reintegrada.

Ele não se aproximou dos dois, apenas buscou dar prosseguimento ao que iria fazer, mas num relance do olhar, Eslah percebe a sua presença. Da mesma forma, não interrompeu a conversa com o encarregado, dando um tempo para ver qual seria a reação dele.

Ao encerrar a conversa com o encarregado, Eslah volta-se para sair do salão, quando Hoilek, que na verdade estava enrolando para poder falar com ela, dirige-lhe a palavra.

- Boa tarde, Eslah. Envolvida em mais algum trabalho por aqui?

- Olá Hoilek. É, parece que eu e os Legionários estamos sempre às voltas com algo em comum. Soube que o curso alcançou o término da quinta fase. Parabéns pela conquista.

Ela conversava mantendo a seriedade, sem sorrisos. Como se fosse apenas uma conhecida, trocando ideias.

Ele percebeu a sua modificação no falar. Um tanto surpreendido, disse:

- É, concluímos a quinta fase, mas soubemos pelo comandante geral que o curso ainda não terminou. Vamos ter que cumprir uma última etapa. Uma tal de Prova de Fogo, que ninguém sabia da existência. Mas...

- Não tenho dúvida que vocês vão conseguir se virar e vencer mais essa etapa.

- É o que esperamos. Parece que isso não tem fim!

- Foi um prazer revê-lo, mas preciso ir. Tudo de bom para você e os demais colegas.

Sem aperto de mão ou qualquer outra demonstração de amizade, Eslah vira-lhe as costas e dirige-se para a saída.

Hoilek fica chocado. Jamais contaria com aquela reação dela. Lembrou-se do que ocorrera há um ano, no Instituto, quando ele foi grosseiro com ela. Ficou pensativo e disse para si mesmo: "é, companheiro, acho que você perdeu uma bela amizade, uma bela..."

Baixou a cabeça, permaneceu por ali mais um tempo, meio sem saber o que fazer. Contudo, os seus afazeres chamaram a sua atenção e deu prosseguimento às tarefas que precisava cumprir, desfazendo aos poucos a péssima impressão que Eslah deixara.

Quanto a ela, sabia perfeitamente o que estava fazendo. Manteria distância suficiente para que ele pudesse continuar a responder por si mesmo, sem a sua influência, mantendo a fibra necessária para vencer os obstáculos e desafios da última etapa do curso.

Hoilek passou a integrar uma equipe de seis alunos, coordenada pelo supervisor Kalil, o mesmo que o havia resgatado anos antes, quando de sua última experiência na crosta.

Os dois já se conheciam e não houve necessidade de maiores apresentações. Quanto aos outros cinco componentes, Kalil dispensou toda a atenção, buscando elucidar as dúvidas que porventura tivessem, explicando passo a passo as atividades que deveriam executar sem a sua intervenção direta, assim como a do instrutor.

Os seis permaneciam atentos a todos os detalhes do que lhes estava sendo transmitido, uma vez que dependiam de êxito nos trabalhos a serem desenvolvidos para que obtivessem a aprovação final no curso. Assim sendo, não pouparam perguntas e suposições, possibilidades e situações que pudessem encontrar como obstáculo, ou dificuldade que se configurasse em condição decisiva para o cumprimento do que lhes viesse a ser proposto.

Kalil informou que seriam realizadas três tarefas, com a seguinte composição:

Tarefa 1 – A equipe trabalharia em conjunto, efetuando controle de área nas regiões intermediárias, dividindo as funções de planejamento, divisão de tarefas, controle e operação, evolvendo logística e comunicação;

Tarefa 2 – Da mesma forma, que a anterior, contudo, na crosta;

Tarefa 3 – A supervisão indicaria uma missão individual, a ser divulgada quando de sua realização. Nela o aluno deveria, por sua conta, selecionar os equipamentos e materiais necessários, além de buscar corresponder ao solicitado, tendo em vista as possibilidades e recursos à sua altura.

Na semana subsequente todas as equipes deixaram a sede, cada qual com um destino, porém com a mesma data de retorno: dentro de seis meses.

A equipe de Kalil rumou para o PS 3, onde se alojaram para permanecer por dois meses.

Os trabalhos transcorreram dentro do que se pode considerar normal. A equipe demonstrou habilidade na condução das tarefas preparatórias; atuaram com desenvoltura no reconhecimento da área assinalada pela supervisão, com bom desempenho no controle e estratégias operacionais; obtiveram bom resultado nos processos de abordagem, com rotatividade na lide com os resgates e conduções.

Os relatórios apresentaram conteúdo satisfatório, retratando as condições dos locais e dos que lá se encontravam, além de serem conclusivos, apontando soluções coerentes quanto à destinação e diagnóstico preliminares.

De um modo geral, a atuação da equipe obteve aprovação coletiva e individual, sendo a tarefa cumprida dentro do prazo estipulado.

Após o término da primeira tarefa, a equipe deslocou-se para a crosta, em zona rural, tendo as mesmas responsabilidades para a mobilização e suporte quanto ao controle e operação.

O prazo para a realização da tarefa seria de três meses, um a mais que a primeira. Consistia em monitorar comerciantes que buscavam monopolizar o comércio de vinho na região nordeste da Itália, sob a influência nefasta de um grupo de entidades malfeitoras e insidiosas, buscando provocar dissensões entre os pequenos produtores.

Seus planos constituíam em provocar perturbações, de forma a acarretar conflitos recorrentes até a cisão do cooperativado, suscitando a crise produtiva, onde os insumos e mão de obra seriam disputados a alto preço, favorecendo seus intentos para a promoção de uma liderança que lhes era submissa aos interesses menos dignos.

A equipe estabeleceu-se dentro dos padrões rotineiros e começou a desenvolver suas atividades, respeitando os critérios organizacionais que haviam aprendido. Conseguiram auferir bons resultados na desmobilização do grupamento de entidades obsessoras, anular suas lideranças e dispersar a densidade fluídica que se baseava na incidência de comandos mentais perturbadores.

A parte mais difícil de lidar, como era de se esperar, relacionava-se à correspondência dos encarnados, para os quais não havia meio de contato efetivo, a não ser durante o sono e, em alguns raros casos, por indução mental durante a vigília.

Mesmo assim, o trabalho de descontinuidade do processo obsessivo fez com que os ânimos fossem restabelecidos, e a coletividade chegasse ao entendimento necessário para o prosseguimento do trabalho em boas condições de produção e comércio.

A equipe terminou a tarefa com louvores por parte da supervisão, que enalteceu a atuação de todos os seus integrantes.

Daí, com tudo transcorrendo bem, havia mais um mês para o cumprimento da última tarefa. Esta, individual, onde o aluno comprovaria, em definitivo, suas aptidões para ser um Legionário.

As equipes contariam com a presença do instrutor que permaneceria com os alunos, à distância, sem interferir, sob a coordenação do supervisor.

A equipe de Hoilek retornou para o PS 3 das regiões intermediárias, onde mais uma vez se estabeleceram. Receberam material de estudo de caso, cada qual dentro do que mais precisava melhorar, quando se tratava de agir por conta própria, sem opinião ou orientação direta, como acontecera durante as cinco fases do curso.

Os seis alunos atuariam no mesmo ambiente, mas independentemente. Fariam os serviços sem o concurso de auxílio ou direcionamento da supervisão. Isso era algo novo, porque até ali, mesmo durante as duas últimas tarefas, havia interação na equipe, e as decisões eram tomadas em conjunto. Agora seria diferente. Eles estariam na mesma região, mas atuando sem contato uns com os outros. Era como se estivessem sozinhos, tendo que concluir a tarefa designada.

As tarefas seriam realizadas uma por vez, ou seja, o instrutor e o supervisor fariam o monitoramento de cada aluno. Os recursos a serem utilizados seriam escolhidos por eles, de acordo com o que considerassem suficiente para dar cabo da missão.

A indicação da ordem para execução da tarefa era estabelecida pela supervisão, de acordo com as circunstâncias que o ambiente apresentasse. Hoilek foi o último a partir. Os alunos não acompanhavam a atuação dos colegas, permanecendo no Posto à espera da ordem para o início da missão, assim como aguardavam o retorno dos demais.

Apesar dos alunos saberem que estavam sendo monitorados pelo instrutor, eles não o viam. A sensação era apavorante, porém continham-se porque já haviam vivenciado a experiência, embora nunca a sós, sem a companhia do instrutor e da supervisão. Agora, as condições eram outras. Sentir-se sozinho num lugar desses é, no mínimo, desafiador!

Hoilek aguardava a ordem para o início da tarefa, e assim como os demais, não tinha a menor ideia do que encontraria pela frente. Somente era do conhecimento geral que se tratava de uma missão de resgate.

Antes de receber a ordem para deixar o posto, Kalil aproxima-se dele e fala-lhe com seriedade e firmeza:

- Hoilek, você chegou até aqui, e daqui continuará. Isso só depende de você. Nada poderá detê-lo a não ser o medo! Quando ele se apresentar, ignore-o e siga os procedimentos. Você os conhece e pode vencer colocando-os em prática, sem titubear. Não aceite qualquer outro resultado que não seja a vitória. Para isso, é fundamental acreditar em si mesmo. Você está preparado.

E tocando-lhe a destra no ombro, diz-lhe com emoção.

- Eu não somente torço por você. Eu confio em você!

Hoilek sente suas fibras mais íntimas vibrarem com aquela demonstração de carinho paternal.

Não conseguia responder com os lábios, dado o nervosismo, mas balançou a cabeça afirmativamente, com o olhar determinado, sendo correspondido por Kalil.

Ao receber o comando para deixar o Posto, ele o faz decididamente. Caminha em direção não determinada, sem ver alma viva. O silêncio era entrecortado por vozerios, gemidos, gritos alucinados ao longe e, às vezes, mais próximos. Um cenário despido de qualquer vegetação, pantanoso e com odores nauseabundos.

Lá ia ele, com o pensamento na missão, concentrado ao máximo. Deveria fazer um resgate, mas de quem e de quantos? Em quais condições? Esse era o desafio!

Pensava consigo mesmo: "eu posso fazer isso. Já o fiz antes. Deus está comigo. A luz do Nosso Senhor Jesus Cristo me protege".

De repente, surge uma turba à guisa de salteadores, tendo à sua frente a mesma criatura que na quarta fase do curso se apresentara aos gritos, difamando-o, chamando-o de Adamastor.

- Por aqui de novo cretino? Agora quero ver! Não está mais com aquela corja para lhe proteger da minha ira, maldito!

Hoilek estancou e ficou petrificado. Não sabia o que fazer, mas não baixou a cabeça, mantendo a atenção no olhar que o fuzilava. As ofensas continuaram e o grupo aproximava-se cada vez mais, buscando cercá-lo. A insegurança começou a evoluir para medo, permitindo às entidades avançarem ainda mais, vociferando todo tipo de acusação e ofensa, buscando intimidá-lo.

Nesse ínterim o instrutor Moisés que acompanhava a uma certa distância, sem se fazer perceber, comunica ao supervisor Kalil quanto a interferir na situação, considerando o perigo iminente de Hoilek ser atacado.

O supervisor Kalil responde, orientando para que ele se posicionasse, mas que se mantivesse oculto, aguardando mais um pouco.

A situação era por demais tensa e tudo poderia acontecer.

Quando pensou em deixar o local, fugindo do confronto inevitável, não soube dizer como, mas surgiu-lhe uma voz aos ouvidos da alma, dizendo-lhe: "acalma-te! Ele é teu irmão em Cristo. Nada pode fazer diante da luz que te guia! Estou contigo"!

As ofensas continuaram.

- Vamos te levar e escravizar. Tu estás em nossos domínios. Aqui será muito diferente, desgraçado!

Hoilek aos poucos já conseguia respirar, e sem tirar os olhos daquele que o ofendia, conseguia transformar a inquietação da surpresa e do medo que o possuía, em certa confiança e controle das emoções.

Percebendo que Hoilek não cedia ao desespero, nem à fuga, a entidade tentou manietá-lo avançando contra ele, aos berros.

- Agora tu verás a força do ódio e da vingança, seu crápula!

Hoilek instintivamente ergue o escudo e aponta a espada, em posição de combate, ao mesmo tempo em que mentaliza a luz divina através da imagem das insígnias dos Legionários. Visualiza o brasão com as duas mãos dadas sob o sol, e a inscrição "Legionários da Luz".

Os agressores sustam seus movimentos, surpreendidos pela atitude de Hoilek, mas ao invés de recuar, cercam-no, mantendo certa distância.

Ao perceber a manobra, Hoilek gira em torno de si mesmo, procurando estar em condições de enfrentamento ao ataque de qualquer lado.

Apesar da agitação, ele consegue manter o pensamento na luz, de forma que sua espada começa a espargir pequenos flashes luminosos, que vão criando um vórtice de energia por conexão com o Alto.

A imagem era de um herói épico. Sua cabeça jungia-se ao vórtice de luz centrado pela espada, iluminando um raio de ação que envolvia os circunstantes. Alguns correram desnorteados e enceguecidos, outros caíram genuflexos e aturdidos, e o líder gritou com as mãos nos olhos, tombando de joelhos.

A cena durou alguns instantes apenas, mas o suficiente para que Hoilek assumisse o controle da situação.

Os que ainda permaneceram acordados, embora abobalhados, viram-no modificado. Hoilek surgia para eles como um guerreiro todo iluminado com brilhos dourados sobre a cabeça, todo envolto em uma névoa branca, que cintilava tons prateados.

Assim, ele passou a dizer, com autoridade, as seguintes palavras:

- Meus irmãos em Cristo! Somos aqueles mesmos que outrora buscamos, pela ignomínia, a consecução de obras desarrazoadas, prejudicando os semelhantes e a nós mesmos, por fim. Não há castigo nas leis divinas. Entretanto, a vida cobra a cada um segundo suas obras. Aqui estamos nesse local de expiações acerbas, mas justas e necessárias para que possamos repensar as atitudes do passado, refazendo nosso caminho no infinito futuro.

Os que permaneceram, juntamente com o líder, ouviam-no em silêncio, subordinados a sua força moral pela luz que irradiava.

- Eu não sou um ser sobrenatural. Sou apenas um homem consciente que precisa melhorar e respeitar a vida através das pessoas, nossos irmãos. Aqui estou para auxiliar a todos que buscam uma vida melhor e as oportunidades que Deus nos concede para repararmos nossos erros e voltarmos a crescer como pessoas de bem.

Alguns dos que ali ficaram choravam e estendiam as mãos para Hoilek, que naquele momento mais parecia um gênio envolto em luz safirina espargindo-se de sua cabeça.

- Não me confundam com um ser superior, porque não sou. Represento uma corporação que trabalha para o bem, auxiliando a tantos quantos queiram superar suas dificuldades e prosseguir em uma vida de esperança e realizações úteis. Vamos irmãos, voltemos à casa do Pai! Ele nos espera com os braços abertos, saudando-nos com alegria.

Hoilek os ergue e os auxilia a caminhar junto a ele, em direção ao PS 3. Pouco se via pelas péssimas condições da região, mas seus passos não errariam a direção, pois o seu guia era a força do amor, o indicador divino da vida.

Todos esses acontecimentos acompanhados pelo instrutor Moisés e por Kalil os surpreenderam. Eles estavam meio que perplexos com a desenvoltura de Hoilek. Ele agira como um verdadeiro Legionário, trabalhando com total domínio de suas emoções, em colaboração nítida com o Alto, o que não era raro, mas incomum, uma vez que o mérito está na superação pelas próprias forças, considerando "Deus em nós".

Moisés e Kalil estavam verdadeiramente emocionados com aquele testemunho de competência, envolvendo coragem e amor. Ficaram sem palavras. Apenas os olhos embaçados de emoção denunciava o que sentiam.

Hoilek naquela missão não somente enfrentou a situação, mas excedeu-se em exuberante demonstração de fé e determinação, entregando-se nas mãos de Deus para fazer o que fosse preciso, sem dúvida, sem medo, conseguindo fazer o que Kalil lhe orientara momentos antes. Fizera o resgate de treze irmãos sofredores que viviam em péssimas condições naquelas regiões inóspitas.

Os demais membros da equipe também retornaram guiados pela luz ao ponto de origem, concluindo suas missões com êxito.

Todos os resgatados foram recebidos pelos trabalhadores sediados no posto e prosseguiram para a Cidade, aonde receberiam os cuidados necessários, segundo as orientações e procedimentos.

Assim, encerrou-se a última etapa do curso dos Legionários, somente restando aos aguerridos alunos a cerimônia de formatura, a que indubitavelmente faziam jus.

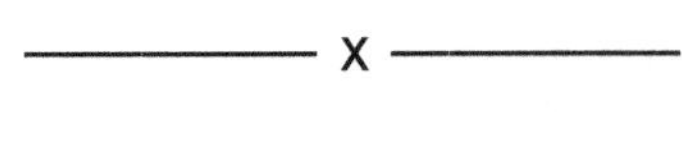

Eslah encontrava-se na sede dos Legionários, a sós em uma sala de reunião preparando um relatório sobre a conclusão do curso, quando em dado momento sentiu um grande aperto no coração.

Imediatamente veio-lhe em mente a figura de Hoilek em apuros.

Seu coração parecia que ia sair pela boca. Perturbou-se de início, contudo logo a seguir, entrou em prece e rogou a Deus e ao Mestre Jesus que ele pudesse ser bem sucedido no que estivesse envolvido.

Naquele momento ímpar, em estado de profunda concentração onde o coração dita as regras da razão, em sua tela mental vislumbrou a figura de Hoilek assediado pelas sombras. Manteve o pensamento na luz e disse mentalmente na expressão máxima de seus sentimentos, com a pureza do seu amor: "acalma-te! Ele é teu irmão em Cristo. Nada pode fazer diante da luz que te guia! Estou contigo"!

As deformidades cerebrais não são produto de situações atuais e imediatas, mas de acumulado somatório de atitudes que contrariam a sanidade, a qual reflete a equidade primordial. O problema reside na falta de educação das criaturas mediante o livre arbítrio. Este nos permite o direito de querer, enquanto as leis divinas nos indicam o dever de querer. São nuances que diferem o significado do que consideramos direito e dever, os quais podem ser traduzidos como compromisso e comprometimento.

A FORMATURA

A sede dos Legionários em época de formatura adquiria outra tonalidade. O movimento dos formandos lembrava uma colmeia, com o intenso entra e sai nos departamentos e o trânsito nos alojamentos.

Os serviços na sede dos Legionários operavam ininterruptamente, porém sem o frenesi que os alunos causavam pela ansiedade do evento da formatura, o que era compreensível, considerando todas as dificuldades vencidas e os problemas superados ao longo daqueles anos marcantes em suas vidas.

Sabiam que o evento era um divisor de águas entre os conceitos de dependência e autonomia, apesar da hierarquia prevalecer, de forma que sempre haveria alguém superior na cadeia de comando, assumindo a responsabilidade da corporação e de seus trabalhos dentro e fora da Cidade.

A Prova de Fogo constitui um momento marcante para o desenvolvimento dos alunos, auxiliando-os no amadurecimento do perfil exigido aos Legionários no desempenho de suas funções. Embora todos tenham cumprido as missões e terem sido bem sucedidos quanto aos quesitos básicos e alguns específicos, somente a vivência do dia a dia é que moldaria o servidor nas lides com os deveres de um Legionário.

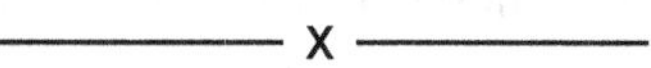

Eslah era toda alegria. Sentia-se uma Legionária, e com a formatura de Hoilek, ambos poderiam trabalhar juntos, e quem sabe dividir as mesmas tarefas. Não sabia se sorria ou se chorava de emoção. O destino parecia apontar finalmente para aquele desfecho, surpreendentemente melhor do que ela poderia supor.

Alguns dias antes da formatura, ela encontrava-se trabalhando no setor de suprimentos, em uma de suas dependências utilizada para depósito de equipamentos dos Legionários não mais na ativa.

O efetivo da corporação é atualizado à medida das demandas que a Cidade apresenta, constituindo dever primordial servir aos interesses da colônia. Para tal, o número de integrantes precisa corresponder às exigências das suas responsabilidades.

Normalmente ocorrem baixas no efetivo motivadas por injunções da administração central, relacionadas a processos reencarnatórios na crosta; tarefas em outros órgãos da Cidade; transferência para outras colônias; tarefas específicas e por prolongado tempo em outras esferas de ação, e ascensão evolutiva a dimensões superiores.

As ocorrências de lesão, ou outras que por ventura venham a limitar a ação do Legionário, não implicam em seu afastamento da corporação. Ele recebe todos os cuidados na área de saúde e tem acompanhamento da sede até a sua reavaliação para reintegração ou não, de acordo com as suas condições orgânicas e psicológicas, além de sua própria vontade.

O evento da formatura consiste na entrega da espada a ser utilizada pelo Legionário. Ela recebe a inscrição do seu nome no guarda mão, identificando-a permanentemente.

Por reconhecimento aos Legionários que não mais se encontram ligados à corporação, suas espadas são depositadas em arquivos fechados. Em eventos especiais, como a formatura de novos Legionários, elas são expostas para visitação.

Essa era a razão de Eslah lá se encontrar, tomando as providências para a condução da atividade que requeria cuidados especiais quanto ao traslado das espadas, a sua colocação em cavaletes, assim como a verificação de suas referências, basicamente o nome do Legionário, período de prestação de serviço e outras de maior relevância quanto ao mérito pessoal pelos resultados obtidos nas missões.

Eslah estava concentrada no trabalho, e não se lembrava de sua situação pessoal por ter sido no passado, integrante da corporação. Em determinado momento, para espanto seu, em uma das gavetas viu o nome Aslet junto com outros nove nomes, pois cada uma delas comportava dez espadas dispostas contrariamente umas às outras.

Sentiu um calafrio nas costas e um calor subiu-lhe à cabeça. Ficou paralisada, olhando para aquele nome que fora seu. Ali, dentro da gaveta, voltaria a rever o símbolo de seu trabalho de outrora. Como reagiria? Assim ficou por alguns instantes, no entanto o serviço tinha que ter continuidade. Respirou fundo e fechou os olhos, lembrando do seu atendimento no Instituto para a recuperação da memória relativa àquele período.

Voltando no tempo um ano e meio, após a recomendação do comandante Atílio, em reunião na sede dos Legionários, Eslah compareceu ao Instituto para submeter-se aos procedimentos que a fariam recordar os pontos fundamentais da época em que servira àquela corporação.

- Doutor Lizeu, às vezes, confundo-me com a realidade dos fatos da vida.

- Em que sentido Eslah?

- Estou consciente de quem sou, de onde estive na última experiência na crosta, e das relações que me envolvem aqui na Cidade. Por que não posso espontaneamente acessar as demais existências por lá e dos períodos que vivi aqui ou em qualquer outro lugar. A prestação de serviço como Legionária, por exemplo? Por mais que me esforce não consigo lembrar nada. Em alguns momentos, quando muito me concentro, somente alguns laivos de recordação me vêm à mente, mas inconsistentes e sem continuidade. Sinto-me como uma turista na minha própria vida!

- Compreendo perfeitamente o que se passa com você, porque é o que acontece com todos nós.

- Eu sei que cheguei aqui no Instituto com os problemas de uma gravidez ainda na fase inicial, e também conheço as razões de ter reencarnado junto àqueles que foram meus pais, a relação com Hoilek e o motivo de ter regressado antes de completar vinte anos naquela existência. Apesar disso, doutor Lizeu, não consigo recuar no tempo e chegar, principalmente, à época em que servi nos Legionários. Por que isso ocorre, já que vivemos em uma esfera sem os condicionamentos físicos da crosta?

- Eslah, estamos vivendo em uma dimensão diferenciada, porém física. Você sabe que a vida também se expressa em níveis superiores aos daqui. Para quem está acima nossos meios são considerados densos, bem mais que os existentes naquelas paragens, contudo mais sutis que os da crosta, mas ainda considerados materiais.

- É verdade. Mas que dá uma raivazinha de não conseguir vasculhar o passado, ah isso dá!

Ambos sorriem.

- Todo processo existencial na crosta acrescenta ao nosso intelecto e, principalmente à moralidade, os atributos essenciais que vão nos sustentar emocionalmente no processo evolutivo. São como fases em uma escola milenar, onde cada experiência supera a anterior. Não que sejam apagadas, pois que permanecem registradas no corpo mental, todavia não mais se expressam pelas vias neuronais do cérebro.

Eslah ouvia atentamente o médico.

- O que temos no consciente é o que necessitamos para dar continuidade nesse processo, somente sendo insuperáveis as questões de ordem moral, precursoras do equilíbrio da individualidade que somos. Quanto aos quesitos intelectuais e as relações que tivemos, sofrem variações no controle de acesso, uma vez que a cada experiência os novos desafios vão exigir novos padrões, os quais se complementam e justificam.

- É porque não são necessários para que possamos aprender coisas novas e crescer. Não é isso?

- Não só por essa razão, mas para que não influenciem nos relacionamentos e propostas que o sensato destino nos apresenta.

Os trabalhos da terapia foram realizados e revelaram que Eslah servira nos Legionários quando da época do período das cruzadas, entre os séculos XI e XIII. Seu nome era Aslet e atuara nas divisões de atendimento aos que abandonavam os corpos físicos em combate, em grande expedição dedicada a esse mister durante quase trezentos anos. Também trabalhara arduamente na desmobilização de Organizações das trevas, incentivadoras da barbárie através de seus planejamentos beligerantes, com vistas ao domínio de territórios considerados santos, mas que não tinham outra intenção a não ser o pérfido poderio pela força das armas.

Após esse período crítico permanecera na Cidade atuando em variadas missões. Contudo novas tarefas relacionadas ao seu processo evolutivo pelas relações a que se vinculara, determinaram a necessidade de outras experiências na crosta. Nestas oportunidades conseguiu deslindar situações complicadas a ela relacionadas, assim como reconciliar corações revoltados, transformando-os em irmãos queridos.

———————— X ————————

Retornando ao momento atual, depois de hesitar o quanto pode, abriu a gaveta e deparou-se com aquela que fora sua companheira durante tanto tempo: a sua espada. Lá estava gravado o nome Aslet. Não conseguiu evitar tocá-la, retirando-a da gaveta e desembainhando-a. Era ela mesma. Lembrava nitidamente do seu brilho, da empunhadura. Tudo se encaixava. As lembranças obtidas na terapia no Instituto acenderam e parecia que tinham ocorrido há pouco tempo. As lágrimas molharam suas faces, que sorriam como se houvera encontrado algo que há muito procurara, sem noção a esse respeito. Recolocou-a na bainha e abraçou-a.

Assim ficou por algum tempo, sem que os demais lhe dirigissem a palavra. O que ali estava acontecendo era digno demais para ser interrompido.

Recuperando-se do êxtase a que se viu tomada com aquele encontro inesperado, Eslah repôs a espada na gaveta e prosseguiu com as suas tarefas, juntamente com os demais Legionários. Contudo, ela não se sentia mais como antes. Um novo brilho no seu olhar denotava mais força e determinação. Era, como se pode dizer, o renascimento de um trabalhador que reencontra suas raízes e seus propósitos. Nesse caso, o de servir como um Legionário da luz.

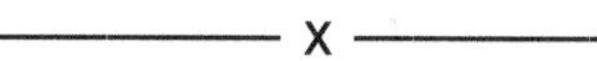

Os preparativos seguiam conforme a programação, quando Eslah fora chamada para uma reunião no gabinete do comandante geral. Pelo menos assim ela recebera a convocação.

Ao apresentar-se foi informada que a reunião seria no auditório. Agradeceu e dirigiu-se para lá, sem entender bem o porquê do engano. Esse tipo de ocorrência não era comum na corporação.

Lá chegando foi-lhe solicitado que utilizasse a entrada lateral, que dá acesso diretamente aos bastidores do palco. A partir daí ficou realmente intrigada, mas fazer o quê, os Legionários não questionam ordens, as cumprem dando o melhor de si.

Voltou-se e deslocou-se para a referida entrada, onde foi recebida por um assistente e encaminhada para uma sala próxima ao palco. Foi-lhe solicitado que ali permanecesse e aguardasse.

Eslah jamais poderia prever o que estaria para ocorrer, nem em suas mais mirabolantes peripécias mentais construtivas de situações e possibilidades.

Aguardou por uns dez minutos, quando a porta abriu-se e outro assistente convidou-a para acompanhá-lo. Ela levantou-se e seguiu-lhe os passos, adentrando o palco, onde havia uma grande mesa no centro, com a presença da direção geral dos Legionários, o diretor geral da Cidade, a supervisão da sede e demais membros de coordenadoria dos Legionários.

Foi-lhe indicado assentar-se à outra mesa na lateral do palco, onde já havia três pessoas.

Completamente aturdida deixava-se conduzir pela força do respeito às determinações, mas sem compreender o significado daquela aparente solenidade.

O auditório estava repleto. Todos em silêncio. Não conseguia identificar quem eram os ocupantes dos assentos, pois os refletores dificultavam a visualização. Certamente eram Legionários, pelos trajes que usavam.

A sua curiosidade deu lugar a uma das maiores emoções de sua vida, quando a palavra foi tomada pelo senhor Efraim, diretor geral da Cidade.

- Senhores, que a paz do Cristo seja em nossas consciências. Aqui estamos com muita alegria para prestigiar um importante evento nesta digna corporação. Não é apenas o cumprimento de um protocolo ou gentileza, mas o dever de comparecer a um momento assaz relevante para a administração central da Cidade, assim como, para os Legionários.

Não se ouvia nem a respiração dos presentes. Todos evidenciavam o maior respeito pelo que estavam participando. O diretor Efraim continuou.

- O reconhecimento pelos serviços prestados em regime de colaboração espontânea na prática efetiva do amor ao semelhante e ao meio ambiente faz de um Legionário mais que um trabalhador, um missionário da luz divina, o qual sempre será reconhecido e lembrado por todos nós.

A essa altura dos acontecimentos, Eslah e os demais já percebiam do que se tratava, mas ainda não sabiam que a cerimônia os envolvia diretamente, tendo em vista a emoção que os dominava.

- Passo a palavra ao comandante Atílio para que dê prosseguimento à cerimônia.

- Damos as boas vindas a todos e agradecemos pela presença, atendendo ao nosso convite para esse protocolo. Estamos em período de formatura, e os alunos, a um passo de serem chamados Legionários, aguardam com ansiedade o evento que se dará dentro de dois dias. Contudo, como é de praxe, realizamos eventos como o de hoje, tendo em vista o que o diretor Efraim nos disse, isto é, o respeito e reconhecimento pelos serviços prestados à Cidade, na condição de Legionário.

Os quatro não conseguiam tirar os olhos do comandante Atílio. Talvez nem respirassem naquele momento.

- Dessa forma, aqui estamos para a realização de uma cerimônia de reintegração à corporação, de trabalhadores que outrora fizeram parte do quadro e que por variadas razões tiveram que deixá-lo, em atendimento às exigências da vida.

Após essas considerações, o comandante Atílio passou a chamar um a um dos quatro que estavam sentados na mesa lateral.

A cada nome citado, era sinalizado para dirigir-se à frente do palco. Ao mesmo tempo, do lado oposto, entrava um assistente com uma espada identificada com a gravação do seu nome.

Eslah foi a última a ser chamada, mas como todos os outros três, não cabia em si de alegria. Os aplausos que recebiam da platéia, de pé, o sorriso de todos os integrantes da mesa, além de receber a espada. Não havia como não se emocionar. Enfim, tudo aquilo sem qualquer notificação que os prevenisse, fez com que o momento fosse único, realmente fantástico e inesquecível.

Ao tocar a espada percebeu não ser aquela que encontrara no arquivo, mas outra, nova e diferente, com o nome Eslah gravado no guarda mão. Era apenas um detalhe que mais tarde haveria de saber a razão. Naquele momento, o que importava era dar vazão à felicidade que a envolvia pela sincera demonstração de amizade e reconhecimento dos dirigentes da Cidade.

Cada qual pode agradecer aos presentes e à mesa pelo que estavam recebendo e pela nova oportunidade em voltar a servir nos Legionários.

Mais algumas considerações foram feitas tanto pelo comandante Atílio, como pelo diretor Efraim, sendo encerrada a cerimônia, sob mais aplausos de todos que participaram daquele evento emocionante.

Os formandos não compareceram e nem souberam do evento, somente aberto aos Legionários na ativa e convidados, de forma que

Hoilek não ficara ciente da situação de Eslah, nem muito menos de sua reintegração, o que seria em breve tempo uma grande surpresa para ele.

Apesar dos quatro reintegrados estarem nas nuvens com o que ocorrera, continuaram a desenvolver suas atividades naturalmente, sem que o evento trouxesse qualquer prejuízo à continuidade dos serviços sob sua responsabilidade. A discrição é uma característica marcante dos Legionários.

Eslah guardou sua espada em seu armário, mas não sem antes namorá-la antes de dormir. Ficava como uma criança olhando-a, e ao mesmo tempo curiosa por não ter recebido a antiga. Pensava consigo mesma: "será que é por causa do nome gravado? Ora, era só mudar. Mas a história da corporação ficaria comprometida em seus princípios. Assim que puder vou saber a razão de receber uma nova espada. Desperdício! Além do fato daquela ser tão bela e que despertou em mim um sentimento esquecido. Poxa, que pena"! Mal acabara de pensar isso, olhou para a espada em suas mãos e falou em tom de desculpas: "ei, está tudo bem, não precisa ficar enciumada não, ouviu? É só brincadeirinha"! Assim pensando, sorria e deixava-se conduzir por pensamentos do que viria a fazer e participar.

No dia da formatura, teve oportunidade de conversar com um dos supervisores que participariam do evento, e acabou por perguntar-lhe a razão de receber uma nova espada, e não a antiga.

Ele respondera-lhe que isso era devido a dois motivos: o primeiro, pelo respeito à memória da corporação e uma homenagem aos Legionários que prestaram serviço no passado. O segundo, era a tecnologia empregada na confecção das espadas, uma vez que elas não eram utilizadas como uma arma, propriamente dita, mas como um símbolo de defesa e, principalmente, como elemento para rastreamento e localização, e também de concentração fluídica, imprescindível para determinadas missões em ambientes inóspitos, de forma que com o desenvolvimento científico as espadas tinham que atender às novas exigências.

Eslah agradece a informação e ambos dirigem-se para o pátio, já ornamentado para receber os formandos. Cadeiras foram dispostas em fileiras permitindo o seu deslocamento com facilidade, quando fossem chamados para comparecer ao palco. O formando na colação de grau recebe o diploma e a espada já com o seu nome gravado. Esse, sem dúvida, era o momento mais emocionante, o ápice da cerimônia.

Estes itens eram entregues aos formandos por intermédio de dois Legionários, geralmente um instrutor ou supervisor, dos quais haviam se aproximado mais durante os anos do curso, em meio aos aplausos de todos.

Quando Hoilek foi chamado, recebeu o diploma das mãos de Kalil, por ele considerado muito mais que um supervisor, um grande amigo. Já a espada, para sua absoluta surpresa, a recebera das mãos de Eslah, que ali estava diante dele, uniformizada como um Legionário.

Apesar de não esperar jamais que fosse ela quem lhe entregaria a espada, envolvido que estava pelas emoções que lhe tomavam o ser, integralmente, postou-se diante dela, trêmulo e boquiaberto, mas feliz e sem poder responder pelas suas reações.

Ela, que fora informada momentos antes que teria a função de entregar a espada a Hoilek, já começara a emocionar-se daquele momento em diante. No entanto, diante dele, dos aplausos e de toda aquela contagiante situação, também se permitiu conduzir pelas emoções.

Ele, pela primeira vez desde que chegara à Cidade, resgatado por Kalil, cuidado no Instituto e acompanhado durante toda a extensão do curso por tantos amigos, passado por duas reciclagens, e superado todos os problemas que se apresentaram, chorou diante dos outros. Parou diante dela com as mãos sobre o rosto e deixou que as lágrimas testemunhassem toda a dor que sentiu por tanto tempo e que ela soube auxiliar para que ele obtivesse êxito naquela árdua tarefa. Os aplausos subiram de tom, contagiando todos os formandos e os componentes da mesa, que sabiam o quanto era difícil conquistar a vitória, vencendo a si mesmo e dedicando-se ao extremo na arte de servir.

Ele chegara até ali, indubitavelmente graças ao seu esforço, mas com a presença dela junto ou distante dele, contudo sempre ao seu lado, pelas vias do amor incondicional.

Eslah não se deu conta do espaço e do tempo, esqueceu o protocolo e o abraçou ternamente, tocando-lhe, em seguida, a cabeça com as mãozinhas, e também em lágrimas olhando-o como a um filho querido disse-lhe:

- Parabéns Hoilek! Você conseguiu!

Ele, sem forças para falar, apenas balançou a cabeça afirmativamente.

Eslah entrega-lhe a espada e Hoilek vive um momento de muita alegria e contentamento, mas que seria o início de uma série de desafios, os quais constituiriam na previsão do doutor Zafir, presente na cerimônia, o seu passaporte para a eternidade.

NOVOS CONCEITOS

No dia seguinte à formatura ainda se via certo movimento de encontros e cumprimentos, algumas visitas e os sorrisos que espelhavam o contentamento dos, agora, Legionários. Amigos e simpatizantes da corporação visitavam a exposição das espadas e outros equipamentos, além de quadros representativos das ações dos Legionários e estatísticas sobre a prestação de serviço da corporação em mais de dois mil anos de existência.

Os recém formados Legionários acompanhavam os visitantes, e com muita alegria faziam indicações e prestavam esclarecimentos sem demonstrar cansaço ou inquietação. Era um momento de prazer, de alegria mesmo. Eles não cabiam em si de tanto regozijo em trajar o uniforme dos Legionários, sem portar as espadas, as quais eram guardadas em locais devidos sob sua responsabilidade. Elas somente eram portadas quando em serviço, e se precisassem ser utilizadas. Não havia qualquer ideia de ostentação ou exibição de poder, mas a consciência de que possuíam um equipamento a ser utilizado quando necessário, dentro das proporções que a situação exigisse.

Os novos Legionários receberam uma semana de folga para administração de suas relações pessoais na Cidade e além dela (neste caso, autorizados pela administração central). Durante esse período alguns deixam a sede para satisfazer seus interesses, mas é comum a permanência de tantos outros, os quais não possuem vínculos que peçam sua presença e atuação. Estes, embora de folga, visitam Organizações da Cidade para estudo, áreas públicas para meditação, programas culturais, ou ficam na sede aprimorando seus conhecimentos nos sistemas e equipamentos, lendo sobre a história da corporação, estudando os registros das missões e fazendo treinamento.

Hoilek logo após o término da cerimônia de formatura, já um pouco refeito das emoções que agitaram o seu íntimo, assim como dos demais, pode pensar com calma e refletir quanto à presença de Eslah e ser ela quem lhe entregara a espada, ainda por cima uniformizada como membro da corporação.

O que ele sabia era somente que ela havia feito trabalhos para os Legionários. Nada mais que pudesse justificar a sua atuação na cerimônia, trajada como se Legionária fosse.

Haveria de saber a razão daquilo. Pensava: "Ora, ela não fizera o curso, só alguns trabalhos. Isso não lhe dava direito de estar ali. Cabia a um verdadeiro Legionário a função da entrega da minha espada"!

Naquele momento, Hoilek deixava transparecer inconscientemente o motivo pelo qual o destino ainda não permitira que ambos pudessem estar juntos, em plenitude de realizações. Ele a invejava. Apesar de sentir-se bem junto a ela, dado o amor que ela sentia por ele, a recíproca não era verdadeira, razão pela qual sentia necessidade dela, sem corresponder com sentimento elevado à altura do que ela lhe devotava.

Eslah vinha desempenhando funções mais ligadas à Inteligência, com trabalhos voltados para levantamentos, análise e monitoramento de densidade demográfica e, por conseguinte, fluídica em áreas degradadas das regiões intermediárias, além de alguns locais da crosta e pontos das dimensões subcrostais. Também participava de ações na Intendência, na coordenação dos insumos, disponibilidade de sistemas e equipamentos, além de logística. Enfim, ela possuía a genial capacidade de pensar em tudo, desde a identificação de um possível problema, à formação de uma equipe de trabalho e necessidades para o cumprimento das tarefas, segundo análise criteriosa de custo e benefício, com apropriação de pessoal e recursos, seguindo as estratégias do regimento interno da corporação.

Diante de situações inesperadas, ocorrência não rara, ela improvisava, sem, contudo, deixar de seguir os trâmites estabelecidos pela cadeia de comando quanto às notificações, autorizações e consecução das tarefas dentro das missões, ou mesmo ocorrências menos relevantes, mas que exigem resposta imediata.

Assim, Eslah sobressaía cada vez mais na corporação, passando, naturalmente, a compor as equipes de supervisão, prestando serviço de coordenação, embora não ocupasse formalmente essa função.

Os trabalhos da corporação por serem ininterruptos exigiam labor contínuo, apesar das devidas permutas nas linhas de frente, assim como nas equipes da retaguarda. Os Legionários são uma Organização que se pode considerar como exemplar. Não que sejam perfeitos ou que não apresentem problemas, às vezes, de difícil solução, contudo nunca demonstram desequilíbrio ou atritos entre seus colaboradores, da mesma forma, considerando a corporação e as demais Organizações da Cidade e fora dela.

Os novos Legionários na semana subsequente seriam enquadrados em várias atividades, compondo equipes em diversos trabalhos, tanto internos, nos limites da Cidade, como além de suas muralhas. A distribuição do efetivo respeitaria o quesito aptidão, conforme as indicações constantes nos registros dos relatórios finais da supervisão.

Hoilek foi um daqueles que não deixou a sede. Permaneceu estudando, com acesso aos arquivos sobre missões, dando bastante atenção para a estrutura do planejamento e o desenvolvimento de sistemas e equipamentos. Pelo seu perfil introspectivo, quase sempre calado, tinha facilidade de concentração e fixação do conhecimento, o que lhe privilegiava em relação aos demais.

O recém formado Legionário pode solicitar o seu ingresso em determinada equipe que desenvolva trabalhos com que mais se identifique, mas nem sempre são atendidos, tendo em vista as demandas da administração central, as quais os Legionários têm o dever de respeitar.

Por outra forma, a supervisão indica a utilização do novo Legionário para compor equipes nas quais considere de melhor aplicação, considerando o seu perfil e eficiência demonstrados durante o curso.

Hoilek fora um desses casos. O supervisor Kalil o solicitou para compor a sua equipe que se encontrava prestando serviço nas regiões intermediárias. Afeiçoara-se a ele, além de reconhecer sua habilidade e dedicação extrema no trabalho, itens fundamentais para a execução dos serviços.

Ele recebeu a notificação com alegria, porque também sentia por Kalil muito respeito e gratidão pelo que fizera por ele, não só quando fora resgatado, mas pelo seu interesse em orientá-lo e auxiliá-lo para que pudesse concluir o curso, principalmente durante a Prova de Fogo, quando o incentivou pessoalmente, dando-lhe todo o apoio para que pudesse superar seus medos e inseguranças, tornando-o um vitorioso sobre si mesmo.

Transcorridos alguns dias da formatura, Eslah e Hoilek ainda não haviam se encontrado. Ele, engolfado no estudo de missões e sistemas, além do manuseio de equipamentos. Ela, super atarefada pelas demandas que não cessavam. O movimento nas dimensões paralelas à crosta indicava situações críticas de conflagração entre as nações em tempo vindouro, mas não tão distante, o que acarretava providências de saneamento e retificação das condições ambientais, contribuindo para que os resultados obedecessem à balança do amor, em cujos pratos encontram-se a justiça e a misericórdia.

Já no final daquela semana, Eslah pensou em fazer uma surpresa a Hoilek. Sabia que ele encontrava-se no setor de estudo e desenvolvimento de novas tecnologias, e dirigiu-se para lá, sem que ele soubesse. Queria conversar com ele. Agora, quem sabe, poderiam definir juntos, novas ideias e trabalhos futuros. Estava tão feliz, quase saltitando durante o caminhar.

Ao aproximar-se da entrada do setor, confirmou com o atendente que Hoilek lá estava. Agradeceu e entrou de mansinho, esgueirando-se pelos corredores feitos pelas mesas e equipamentos. Logo pode ouvi-lo, conversando com alguém. Pensou consigo mesma: "o que ele deve estar falando? Certamente confessando a saudade que sente por mim"!

Longe disso, Hoilek conversava com o supervisor Kalil sobre a utilização de equipamentos para a neutralização de emissões psíquicas com efeitos compatíveis às radiativas.

Tendo em vista a intimidade que tinha com o supervisor, o qual considerava um pai, disse-lhe:

- Kalil, perdoe-me sair do assunto, mas estou curioso com uma situação que ainda não consegui explicação.

- Do que se trata, Hoilek?

- Na formatura, a minha espada foi entregue por alguém que eu não esperava.

- Sim, e daí, isso acontece naturalmente. A organização do evento busca relacionar aqueles que são mais afins para proceder à entrega do diploma e da espada. Por que isso o incomodou?

Eslah até aí, embora achando estranho o que ouvia, considerou a surpresa que ele demonstrara porque não sabia da sua condição como reintegrada à corporação.

- Não que eu esteja incomodado, mas eu tinha outra pessoa em mente.

- Ora Hoilek, como te disse isso não é relevante. A Organização nem sempre acerta!

Kalil diz isso sorrindo e tocando-lhe o ombro, como a convidá-lo a mudar de assunto. Não sabia da presença de Eslah atrás de um bastidor, a poucos metros de onde se encontravam, porém a intuição fez-lhe buscar mudar o rumo da conversa.

Entretanto, Hoilek insistiu.

- Acho que só porque uma pessoa faz alguns trabalhinhos para uma Organização como esta, não deveria comparecer a uma cerimônia daquele porte. E, principalmente, ser a portadora da espada de um Legionário. Essa é uma tarefa muito importante para ser dada a qualquer um.

Eslah não sabia se acreditava no que ouvia. Aquelas palavras não podiam vir de Hoilek. Jamais! Alguém lhe tomara o lugar. Um gênio perverso, certamente. Ela estava completamente estupefata, sem saber o que fazer. Apenas ouvia com total incredulidade o que ele dizia a seu respeito.

- Hoilek, a escolha foi tão ruim assim?

- Não se trata disso. Acho que fui desmerecido. Todos receberam a espada das mãos daqueles que trabalharam para que conquistassem o título de Legionário. E eu não. Tudo bem, a moça que me passou a espada é minha conhecida, mas eu não a convidei para ali estar. Tinha outra pessoa em mente.

Eslah estava sem ar. Sentiu-se mal, a ponto de desmaiar. Contudo sua fibra a fez permanecer de pé. Trêmula, voltou-se e dirigiu-se para a saída do setor, sem fazer qualquer ruído que denunciasse a sua presença.

Ao passar pela porta de saída o atendente perguntou-lhe:

- Conseguiu falar com ele? Ele fica incomunicável quando se concentra num assunto mais sério. E quando está com o supervisor Kalil, então, nem se fala!

Eslah responde que sim, e agradece ao atendente, deixando o setor.

Encontrava-se sem rumo. Não sabia para onde ir ou com quem falar. Acabou por decidir em ir para o seu alojamento, como que autômata, sem qualquer condição de raciocínio quanto ao que sentir e fazer. Deixou-se ficar na cama durante todo o resto do dia, imóvel e completamente desnorteada. Não se alimentou, e também não dormiu.

Todos aqueles anos ao lado de Hoilek, suas atuações no Instituto, a presença ao seu lado, o incentivo, as ações diretas e indiretas para que ele pudesse superar suas deficiências não tiveram qualquer valor para ele.

Ela nada representara em sua vida. Fora considerada "qualquer um"; "não fora convidada para estar ali"; "uma pessoa conhecida".

A cada pensamento, uma torrente de lágrimas sulcava-lhe as faces e rasgavam-lhe o coração.

"Eu o amo e nada significo para ele. Só uma pessoa descartável e, pelo visto, um estorvo a ser chutado para longe por estar no lugar errado e na hora errada".

Não conseguia sentir raiva dele. Era a horrível sensação de não somente ser correspondida, mas espezinhada pelas costas.

Em função do que ouvira, passou a considerar um meio de não mais estar próximo a ele. Isso a ajudaria a esquecê-lo, pela dedicação ao trabalho, único meio que conseguia considerar para ajudá-la nessa difícil tarefa.

Assim sendo, passou para a detestável situação de encontrar uma solução para não mais procurá-lo ou pensar nele. Essa seria, talvez a pior dor. Contudo, a determinação falou mais alto em seu íntimo. A guerreira celta ressurgiu do passado distante e assumiu a dianteira dos seus sentimentos e pensamentos, fazendo com que levantasse e percebesse que um novo dia requisitava a sua atenção e trabalho na corporação que hoje era a sua casa e a ela devia seu esforço e comprometimento, deixando o alojamento ainda sem que os primeiros raios de sol surgissem no horizonte.

No caminho para o comando geral, onde teria uma reunião importante, procurou refazer-se e preparar-se, com a determinação de sempre para realizar o seu trabalho. Entretanto, o silêncio e a tristeza estavam estampados no rosto, lívido e ulcerado por pequenas vias formadas pelas lágrimas que verteram incessantemente dos seus belos e agora inexpressivos, mas determinados olhos.

A LUZ DO INFINITO

Ainda no dia anterior, durante aquela conversa de trabalho entre Hoilek e Kalil, o supervisor percebeu que Hoilek estava com ar de incomodado.

- O que foi? Está tudo bem?

- Acho que não foi correto o que eu disse a seu respeito.

- Em relação a quê?

- À moça que me passou a espada. Seu nome é Eslah. Na verdade, Kalil, ela foi fundamental na minha recuperação. Colaborou no meu despertar lá no Instituto e desde então tem sido um verdadeiro anjo de guarda para mim.

O supervisor Kalil nada comentou, apenas ouvia em silêncio, dando tempo para Hoilek desabafar.

- Até quando ela foi ríspida comigo na minha segunda reciclagem no Instituto, hoje entendo que era disso que eu precisava. Acreditar em mim mesmo, sem depender de ninguém para dizer-me o que fazer, ou ficar indicando a direção a seguir.

- Compreendo.

- Por isso estou com a consciência pesada. Por ter falado daquele jeito, menosprezando-a. Ela não merece que eu a trate assim. Mesmo sem que saiba, mas definitivamente não merece. Estou sentindo-me um crápula, mesquinho e no fundo, invejoso. Ela, na verdade, é tudo o que eu queria ser: uma pessoa decidida, comprometida e corajosa.

- Ora, Hoilek, procure-a e agradeça-lhe. Olha, quanto à sua referência de que esta moça seja "qualquer um", tenho que discordar, porque compareci a uma cerimônia esta semana aqui na sede, para a reintegração de Legionários. E recordo-me do seu nome, Eslah. Ela foi um dos quatro a receber essa honraria.

Se um raio caísse na cabeça de Hoilek não faria um estrago tão grande.

- O que foi que disse?

- Sim, ela já fora uma Legionária no passado, e pelo que soube, tem prestado serviço na corporação há mais de um ano. Pela sua dedicação e eficiência, além do fato de já ter servido conosco em épocas passadas, foi reintegrada. Certamente por isso e pelo que você está dizendo, foi-lhe dada a tarefa de entregar-lhe a espada. Nada mais justo do que uma amiga e tão nobre trabalhadora ter a honra de fazê-lo.

Hoilek estava arrasado.

- Kalil, perdoe-me pelo meu comportamento absurdo. Meu Deus, como pude ser tão atabalhoado e egoísta!

- Meu amigo, isso já passou. O que importa é que você agora já tem a sua explicação e...

Kalil interrompe a fala, como se sentisse que algo não estava no seu lugar. Depois completou o raciocínio.

- Olha, tudo um dia se acerta. O que vale mesmo é o que você sente. Procure-a e agradeça-a! Esqueça isso!

O restante do dia não passou da mesma forma para Hoilek. Sua cabeça ardia. Não conseguia concentrar-se no que estavam tratando. Precisava falar com Eslah e agradecer por tudo o que fizera. Lembrou-se de quando estivera internado, na segunda reciclagem, ela dissera-lhe que os trabalhos que estava fazendo despertavam seu interesse em entrar para a corporação. Comentara até que poderiam trabalhar juntos e tudo mais.

Apesar de ainda preocupado e triste consigo mesmo, sentiu-se um pouco melhor e decidiu procurá-la no dia seguinte, logo pela manhã. Precisava tirar aquilo da cabeça.

Kalil teve que ausentar-se do setor antes de Hoilek. Ele concluiu o que estava fazendo e logo após também encerrou sua atividade naquele setor.

Na saída, ao despedir-se do atendente, este o questionou:

- Como foi o trabalho?

- Tudo bem. Conseguimos avançar em encontrar uma solução para o que precisamos.

- Teve tempo para atender à moça?

- Que moça? Eu não falei com moça alguma!

- A que estava à sua procura. Ela esteve aqui mais cedo e perguntou se podia falar com você. Como é uma Legionária, eu não solicitei acompanhamento. Só a identifiquei no registro de presença e autorizei a sua entrada.

Hoilek parecia uma estátua de cera. Fez um esforço sobre humano e perguntou ao atendente:

- Qual o nome dela?

- Eslah.

Não fosse a situação, aquele homenzarrão cairia ao solo como uma mosca.

Balbuciou algumas palavras sem qualquer nexo para o atendente e caminhou para o pátio que dava acesso ao setor, sentando em um banco.

Pensava: "Meu Deus, o que aconteceu? Será que ela ouviu aquelas loucuras que eu disse"?

Já era noite. Não havia como falar-lhe àquelas horas.

Os pensamentos corroíam-lhe os miolos: "não tinha jeito! Somente no dia seguinte vou poder estar com ela. Mas para dizer o quê? Se ela ouviu o que eu disse, e tudo indicava que sim, não haveria explicação".

Sua cabeça só faltava explodir.

Ali ficou por algum tempo e depois não lhe restou outra opção a não ser ir para o alojamento. Não conseguiu pregar olhos, torcendo para que o dia amanhecesse.

Iria procurá-la, quem sabe até no alojamento, antes que fosse para o seu setor de trabalho, que ele ainda teria que saber qual era.

Martirizava-se: "como pude ser tão idiota, imbecil, ignóbil"!

Ele não sabia mais o que fazer para torturar-se. Assim permaneceu. E logo ao amanhecer, partiu para o alojamento feminino para buscar informações sobre Eslah. Ele tinha que encontrá-la e aí, só Deus para ajudá-lo, pois não saberia o que dizer a ela como desculpa pelo que houvera.

Enquanto caminhava, pensava amedrontado: "se há quase dois anos só porque me levantei abruptamente sem despedir-me, deu no que deu. Imagina agora, o que ela vai dizer-me! Não tenho como imaginar o que eu vou escutar".

Chegando à portaria do alojamento feminino, solicitou à atendente informação sobre Eslah, informando que gostaria de falar-lhe.

Esta lhe disse que Eslah já havia saído há algum tempo.

Hoilek não sabia o que fazer, nem para onde ir, pois não sabia onde ela prestava serviço. Assim sendo, pediu informação à atendente quanto ao local de trabalho de Eslah.

Ela não soube informar. Pediu que ele aguardasse, pois iria solicitar que uma supervisora o atendesse.

A impaciência estava estampada nas feições de Hoilek.

- Bom dia, meu nome é Olga, sou supervisora desse setor. Em que posso auxiliá-lo?

- Bom dia, supervisora Olga. Meu nome é Hoilek. Sou amigo de Eslah e gostaria de falar-lhe. Sou um dos recém formados e ainda não sei onde ela presta serviço aqui na sede. Você poderia informar-me? Por favor, preciso realmente falar-lhe com certa urgência.

- Eslah tem atendido a muitas responsabilidades. Trabalha em vários setores da sede, como a Intendência, Inteligência, além de trabalhos em várias coordenadorias. É difícil localizá-la.

- Eu preciso que você me ajude, Olga. Tenho que falar com ela o quanto antes. Pedoe-me pela insistência.

- Olha, não sei o que dizer. Vá até cada um desses setores e certamente haverá de encontrá-la. É o que eu faria.

- Obrigado, Olga. Em caso dela retornar, por favor, diga-lhe que Hoilek esteve aqui e precisa muito falar com ela.

Antes de partir para a Intendência, pois fora o primeiro lugar que ele considerou que ela estivesse, Hoilek entrou em contato com Kalil para informar a respeito de sua peregrinação para encontrar Eslah, com vistas a desculpar-se, se fosse o caso, quanto ao ocorrido no dia anterior.

Kalil deixou-o à vontade, principalmente porque era uma semana em que todos os recém formados tinham direito à folga.

Hoilek caminha a passos largos para a Intendência. Contudo, também não conseguiu sucesso. Deixa recado com o atendente na portaria e vai para o setor de Inteligência. Lá chegando outra não foi a notícia a não ser a mesma: Eslah não se encontrava. E o pior, ninguém sabia dizer onde ela poderia estar.

O desespero o fez quedar-se. Buscou uma praça próxima e sentou-se sob uma frondosa árvore e ficou cismando. Não sabia mais para onde ir. Foi quando lhe veio à mente ir até o comando geral. Não seria muito adequado buscar informações sobre Eslah assim de supetão, porém diante da situação ele arriscaria até ser chamado à atenção.

Lá se foi Hoilek, suarento e escabelado atrás daquela que, por imprudência e falta de consideração, fora desprezada com palavras duras e despropositadas, irrefletidas pelo egoísmo latente no homem em aprendizado para ser bom, um dia.

Eslah chega ao comando geral e dirige-se para a sala de reunião, onde ainda não havia ninguém, devido ao horário. Ali permanece aguardando a chegada dos demais participantes, assim como do comandante Atílio, que iria dirigir a reunião.

Buscou concentrar-se nos assuntos a serem tratados. O tempo passou até que os outros convocados foram chegando, e com a presença do comandante Atílio foi dado início à reunião.

- Senhores, que a paz seja com todos. Tenhamos um bom dia de trabalho. Quero iniciar a reunião comunicando que haveremos de nos deslocar para a administração central após o que aqui tratarmos, tendo em vista que os assuntos a serem considerados estão relacionados com uma séria situação, a qual se configurará na crosta, mais precisamente na Europa.

O comandante Atílio passa a relatar o planejamento da administração central com relação a um evento que se daria na crosta, um conflito de proporções continentais, o qual envolveria muitas nações. Essa conflagração entraria para a História como a primeira grande guerra mundial.

Informou que o planejamento, o qual estava sendo informado, encontrava-se em estudo há algum tempo pela administração central, de forma que os assuntos ali tratados não deveriam ser divulgados, pois as ações preliminares, embora antecedessem às ocorrências decisivas previstas para o evento, deveriam contar com estratégias por parte da corporação, em atendimento ao plano de ação da administração central.

- Sei o quanto pesa nos ombros a responsabilidade de orquestrar providências em uma situação dessas. Principalmente considerando que será uma missão de longo prazo. Os participantes diretos deverão deixar a Cidade o quanto antes, partindo para a realização de tarefas preparatórias nos subníveis das regiões intermediárias, na crosta e nas dimensões subcrostais. Para tal, a administração central solicitou-nos a formação de uma equipe piloto que deverá deixar a Cidade ainda esta noite, com vistas à atualização de informações sobre demografia geral e os núcleos de concentração de lideranças contrárias à luz.

Todos os participantes já estavam habituados a convocações daquele tipo, mas aquela não era uma ocorrência que se via a todo instante. O silêncio e as feições mostravam o efeito das palavras do comandante geral.

- Precisamos de voluntários para compor a primeira equipe, como disse, piloto, a qual vai direcionar as demais com o passar do tempo, até que estejamos com o controle para o devido atendimento às necessidades que se apresentarão, a que tudo indica, no conflito. Essa missão deverá ter a duração de vinte e cinco anos, aproximadamente. Os primeiros dez anos serão dedicados para os levantamentos e posicionamentos de equipes. Os quinze seguintes para a consolidação de movimentos com vistas à estruturação dos resgates individuais e coletivos, assim como para a reestruturação psíquica do continente, nos segmentos planetários mencionados.

Eslah somente nesse momento ligou os fatos. Não se sentia mais necessária junto a Hoilek, principalmente depois do que ouvira de seus próprios lábios. A solução apresentou-se sem que precisasse buscá-la.

Enquanto o comandante explicava o planejamento macro preliminar da missão, Eslah também pensava sobre o seu destino na corporação, não mais ao lado daquele que amava, pois pelo visto, estava atrapalhando, e precisaria tomar uma decisão para deixá-lo em paz, para seguir os seus passos, sem a sua interferência indesejada.

O comandante Atílio concluiu com uma pergunta.

- Precisamos montar uma equipe com um participante de cada área para apresentar à administração central hoje à tarde, a qual partirá esta noite para o cumprimento do que será estabelecido. Assim sendo peço a vocês que considerem a situação e se apresentem voluntariamente.

Eslah levantou o braço e foi a primeira a candidatar-se para o trabalho. Não havia mais o que fazer ali na sede, além do que já cumpria. Ela tinha absoluto controle do que fazia e tendo Hoilek a preterido naqueles termos que ouvira, nada mais lhe restava a fazer a não ser partir para servir à Cidade, com os Legionários, seus irmãos em Cristo.

Outros representantes de setor também se prontificaram a compor a equipe piloto, ficando decidido que iriam para a administração central ao término da reunião, para acertar os detalhes da partida naquela noite.

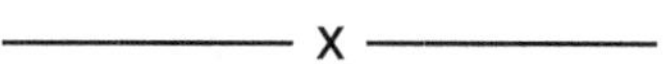

Hoilek, afogueado, chega ao comando geral quando o sol já ia alto.

Meio sem jeito, dirige-se à portaria e procura informações sobre a presença de Eslah.

O atendente solicita-lhe tanto suas referências como as de Eslah.

Hoilek atrapalha-se e acaba por informar a situação. Contou ao atendente que era um amigo e que na condição de recém formado precisava falar com ela. Falou sobre a sua trajetória durante toda a parte da manhã, e que não sabia mais aonde pudesse ir para encontrá-la. Pediu perdão por ali estar, e ainda por cima, com um assunto de ordem pessoal.

O atendente consulta os registros de entrada e informa que Eslah havia estado ali, mas já havia deixado o comando geral. No entanto, não tinha qualquer informação quanto ao seu destino. Disse-lhe, como sugestão, que ele deveria buscar contato com ela no alojamento, pois seria o lugar mais indicado para que ele pudesse encontrá-la ou ter notícias mais precisas.

Hoilek agradece ao atendente e, cabisbaixo, dirige-se para o seu alojamento. Precisava pensar no que fazer. Não tinha sentido ficar rodando a sede atrás de Eslah sem a mínima noção do que ela pudesse estar fazendo.

Ao chegar lá se estirou na cama. As lágrimas de arrependimento molhavam suas faces suadas e queimadas pela ação da radiação solar. Fechou os olhos e ficou lembrando-se do rosto de Eslah, de suas palavras de carinho e incentivo em tantos momentos naqueles últimos anos.

Como não havia pregado olhos durante a noite, ansioso por falar com Eslah, acabou por adormecer. Assim ficou por algumas horas, até que despertou e olhou para a janela. Já era noite.

- Meu Deus! Dormi demais! Idiota!

Levantou-se às pressas e conferiu o relógio. Os ponteiros mostravam 19:45.

Sem perder um só minuto, partiu em direção ao alojamento feminino.

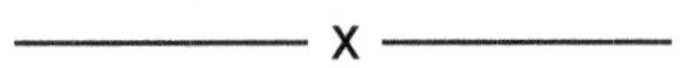

Após a reunião no comando geral, já com a definição da composição da equipe piloto, o grupo partiu para a administração central ainda na parte da manhã, para fechar os detalhes preliminares do planejamento da missão.

Na administração central foram recebidos pelo diretor geral Efraim, assim como pelos demais membros dos Ministérios que seriam envolvidos direta e indiretamente no plano de ação.

A reunião foi bem sucedida, sendo acertado que a equipe piloto deixaria a Cidade naquela noite, e daria início aos serviços estabelecidos para que alcançassem os objetivos e suas metas nos prazos considerados plausíveis. As atualizações das informações seriam feitas à medida que avançassem os acontecimentos a se confirmarem as expectativas sobre as ocorrências vindouras.

No final da tarde os integrantes da equipe piloto deixaram a administração central para reunir seus pertences e equipamentos pessoais, com reapresentação marcada para as 20:00. A partida seria às 22:00.

Foram orientados para que não dessem qualquer informação a respeito da missão e buscassem deixar seus alojamentos evitando contato com quem quer que fosse. Aquele trabalho não deveria deixar qualquer vestígio de início. A formação e o destino do grupo somente seriam do conhecimento da alta cúpula do comando geral dos Legionários e da administração central. Os comandantes e supervisores dos componentes da equipe piloto foram notificados naquele mesmo dia, após a sua definição, com orientação expressa de sigilo absoluto da empreitada.

Dessa forma, os integrantes desta equipe de bravos Legionários procederam conforme as orientações. Eslah utilizou a passagem dos fundos do alojamento, utilizada para fins de transporte de equipamentos, sem que ninguém fosse informado a seu respeito na entrada principal. Essa é uma situação comum, quando os Legionários cumprem determinadas tarefas, as quais somente são de conhecimento da supervisão das equipes e dos comandantes de divisão. Os demais supervisores na sede são notificados oportunamente, respeitando o controle que exercem sobre o pessoal, pois não participam das decisões e da organização dos eventos.

———————— X ————————

Hoilek chega ao alojamento feminino minutos antes das 20:00.

A atendente de plantão já era outra, e ele mais uma vez explica que precisava falar com Eslah. Que se tratava de assunto importante, desculpando-se pelo horário impróprio.

A atendente responde que não tinha informações a seu respeito.

Hoilek não acreditava no que estava acontecendo. Ele a procurara o dia inteiro, ou quase isso.

- Mas como? Eu deixei recado aqui na portaria. Falei com a supervisora Olga. Pedi que Eslah fosse informada que estive aqui à sua procura!

- Desculpe-me, mas não sabemos dizer sobre o seu paradeiro.

Pensava quase ensandecido: "o sono, o maldito sono! Por que dormira? Eu tinha que ter me prostrado aqui à sua espera. Mas não, fui dormir! Como fui capaz de fazer mais essa tolice! Burro! Imbecil! E agora"?

Ainda de frente para a atendente, que a essas alturas estava impressionada com as feições que ele apresentava, passando as mãos no rosto nos cabelos, quase se agredindo.

- Você está bem? Precisa de alguma coisa?

- Não, obrigado. Por favor, quando ela chegar, transmita o recado. Diga-lhe que Hoilek esteve aqui duas vezes para falar com ela.

Hoilek despede-se da atendente e dirige-se para a praça central da sede. E lá fica sem saber o que pensar ou fazer para acalmar-se e conseguir atinar com uma solução para o caso.

Olha as estrelas, e triste fica a lembrar do rostinho de Eslah sempre ao seu lado, animando-o, levantando-o, incentivando-o, dando-lhe força para prosseguir na sua luta, na sua conquista como ser divino e capaz de realizar o bem.

Levanta-se com outro ânimo, e caminha mais resoluto, certo de que no dia seguinte a encontraria e haveria de desculpar-se pelo que dissera.

Amanhã seria outro dia...

———————— X ————————

O veículo com a equipe piloto parte da Cidade no horário marcado, conduzindo corações apreensivos com o que encontrariam. Contudo, entre eles havia alguém que dividia seus sentimentos com o que deixara.

Por mais que Eslah tivesse ficado perplexa com o que ouvira de Hoilek, no fundo, não abalara o que ela sentia. Ali se encontrava por força da necessidade e do compromisso com o seu trabalho nos Legionários, contudo o seu coração não conseguia deixar de anelar-se a Hoilek, a quem vinha dedicando-se há tanto tempo. Haveria de continuar a fazê-lo, no entanto de outra forma, de outro lugar, mas com o mesmo amor.

CRONOLOGIA

Jan 1870	Julho 1871	Junho 1872	Jan 1886	Fev 1886	Abril 1886	Maio 1886	Junho 1888	
Desencarne de Eslah e Hoilek	Hoilek é resgatado das Regiões intermediárias	Hoilek chega ao Instituto	Entrevista de Aslet no Instituto	Despertar de Hoilek e início de tratamento	Fim do tratamento de Hoilek	Hoilek começa trabalho na DPD	Transferência de Hoilek para os Legionários	C p d
Eslah chega ao Instituto, atendendo pelo nome de Aslet	Hoilek dá entrada no Hospital da ala sul							
Agosto 1891	Setembro 1891	Outubro 1891	Maio 1892	Outubro 1892	Novembro 1892	Dezembro 1892	Janeiro 1893	
Hoilek passa mal e é encaminhado ao Instituto	Hoilek retorna ao curso e ocorre o fim da 3ª fase	Início da 4ª fase do curso	Eslah inicia o estágio nos Legionários para missão na crosta	Hoilek dá entrada no Instituto. Eslah retorna da missão na crosta	Hoilek retorna ao curso e ocorre o fim da 4ª fase	Início da 5ª fase do curso	Eslah é notificada pelo cmte Atílio que fora Legionário em épocas passadas	E a r n

CRONOLOGIA

1886	Abril 1886	Maio 1886	Junho 1888	Julho 1888	Junho 1889	Julho 1889	Junho 1890	Julho 1890
ertar oilek io de mento	Fim do tratamento de Hoilek	Hoilek começa trabalho na DPD	Transferência de Hoilek para os Legionários	Começo da primeira fase do curso	Término da primeira fase do curso	Início da segunda fase do curso	Término da segunda fase do curso	Início da 3ª fase do curso
						Eslah tem o sonho revelador da identidade na última existência		

ubro 92	Novembro 1892	Dezembro 1892	Janeiro 1893	Abril 1893	Novembro 1893	Dezembro 1893	Maio 1894	Junho 1894
k dá dano uto. ah na da ãona sta	Hoilek retorna ao curso e ocorre o fim da 4ª fase	Início da 5ª fase do curso	Eslah é notificada pelo cmte Atílio que fora Legionário em épocas passadas	Eslah termina a terapia de regressão de memória no Instituto e descobre a razão do nome Aslet	Término da 5ª fase do curso	Início da Prova de Fogo	Término da Prova de Fogo	Eslah é reintegrada Formatura Eslah parte em missão de 25 anos na crosta

Essa história continua em

LEGIONÁRIOS

A saga de Eslah e Hoilek

Missões